Le chat noir

Edgar Allan Poe

Le chat noir

et autres récits fantastiques

traduit de l'américain par Charles BAUDELAIRE

Éditions J'ai lu

(Document Roger Viollet.)

Edgar Allan Poe
l'ange du bizarre

Le 18 janvier 1809, entre deux représentations à Boston, une jeune comédienne de la troupe des Virginia Players met au monde un garçon qu'elle prénomme Edgar. C'est son second fils. Veuve à dix-huit ans, Elisabeth Arnold a épousé un autre acteur de la troupe, David Poe. Leur mariage ne semble guère avoir été heureux : David n'a aucun talent, en outre il est alcoolique et tuberculeux. En 1810, il disparaît, abandonnant sa femme enceinte et leurs enfants. On apprendra sa mort quelques mois plus tard.

La troupe continue sa tournée dans le sud des Etats-Unis. En août 1811, elle donne une série de représentations à Richmond, en Virginie. C'est là qu'Elisabeth Poe va mourir à son tour de phtisie, dans une chambre misérable, le 8 décembre. Elle avait vingt-quatre ans. Quelques jours plus tard, le théâtre de Richmond est ravagé par un incendie qui fait soixante-treize morts.

(Document Roger Viollet.)

Elisabeth Poe,
mère d'Edgar Poe.

Edgar Allan

Misère, alcoolisme, phtisie, puis le feu : la vie d'Edgar Poe commence sous de mauvais auspices !

Henry, le fils aîné, est confié à ses grands-parents et les deux autres enfants restent à Richmond : Edgar est recueilli par un riche négociant, John Allan, dont la femme ne peut avoir d'enfants, et sa petite sœur Rosalie par une autre famille aisée de la ville.

Une nouvelle existence commence alors pour Edgar dans une de ces luxueuses demeures du sud des Etats-Unis, où « flottent le parfum du tabac, du punch et la senteur musquée des esclaves ». John Allan est un homme austère, formaliste et conservateur, qui ne s'intéresse guère au petit garçon. Ayant déjà deux enfants illégitimes, il n'a nulle envie de l'adopter bien qu'il lui donne son nom. Edgar s'appellera désormais Edgar Allan Poe, double identité dans laquelle il va se perdre. France Allan, sa nouvelle mère, s'occupe de lui avec tendresse et douceur ; sa nounou noire le gâte. Pendant quelques années, il est parfaitement heureux.

En 1815, M. Allan, qui veut développer ses affaires, embarque sa famille pour l'Angleterre, où il veut ouvrir une succursale. Après un bref séjour en Ecosse, les Allan s'installent à Londres et Edgar, alors âgé de six ans, entre comme pensionnaire dans une coûteuse pension de Stoke Newington. Il va rester quatre ans dans cette énorme bâtisse aux pièces innombrables et aux couloirs tortueux, qu'il évoquera dans *William Wilson,* un conte aux résonances autobiographiques.

Cependant l'équipée anglaise tourne court : les affaires de M. Allan se gâtent et Mme Allan tombe malade. En 1820, la famille Allan retourne aux Etats-Unis. Edgar reprend ses études à Richmond.

Premiers drames

Les soucis financiers qui assaillent M. Allan vont contribuer à dégrader l'ambiance familiale. Edgar devient un adolescent difficile, taciturne et solitaire. Père et fils s'affrontent de plus en plus souvent et Mme Allan, dont la santé décline, ne parvient plus à maintenir entre eux la relative sérénité d'antan.

A quinze ans, Edgar tombe amoureux de la mère d'un de ses condisciples. Jane Stanard est belle et écoute volontiers les vers qu'écrit pour elle cet ombrageux jeune homme. Mais un jour il trouve la porte close : Mme Stanard est malade. Quelques mois plus tard, elle meurt, folle et tuberculeuse. Ce drame impressionne profondément Edgar, qui se replie davantage encore sur lui-même.

En 1826, il s'inscrit à l'université de Carlottesville, « l'Oxford du Nouveau Monde », dans l'intention d'y faire son droit. La plupart des étudiants sont de riches fils de famille, qui mènent une vie dissipée. L'atmosphère est plus au jeu et aux beuveries qu'à l'étude. Edgar, qui vient de subir un nouvel échec amoureux, commence à boire. L'argent de poche que lui donne M. Allan est insuffisant ; il joue aux cartes, perd et s'endette. Furieux, M. Allan refuse de lui venir en aide. Edgar rentre à Richmond, mais la rupture est proche. En mars 1827, il reçoit un ultimatum : ou bien il entre dans la firme de son père, ou bien il quitte la maison. Edgar claque la porte. Sans que l'on sache comment, il gagne Boston. C'est là qu'il

(Document Roger Viollet.)

France Allan, mère adoptive et bien-aimée d'Edgar Poe. Sa mort prématurée bouleversera le jeune homme.

(Document Roger Viollet.)

John Allan, père adoptif d'Edgar Poe. Les relations entre les deux hommes ne cessèrent de se dégrader. Edgar ne sera même pas mentionné dans le testament de John Allan.

Maria Clemm, sœur du père de Poe et mère de sa femme. Aimante et dévouée, Edgar l'appellera Maman.

fait imprimer sa première œuvre, une plaquette anonyme de vers, intitulée *Tamerlan et autres poèmes,* qui n'a aucun succès.

A bout de ressources, il s'enrôle alors dans l'armée sous un nom d'emprunt, et fait courir le bruit qu'il est parti à Saint-Pétersbourg.

Curieusement, il s'accommode assez bien de la discipline militaire et décide d'entrer à West Point, l'académie militaire américaine. Il écrit à son père pour obtenir son autorisation mais ne reçoit aucune réponse. Mme Allan est au plus mal et supplie en vain son mari de prévenir Edgar. Lorsque enfin il se décide, il est trop tard : Edgar arrive à Richmond le lendemain des obsèques.

Très affecté, Edgar éprouve alors le besoin de retrouver sa véritable famille et se rend à Baltimore, en attendant son entrée à West Point. Les Poe l'accueillent chaleureusement et il s'installe pour quelques mois chez Maria Clemm, la sœur de son père.

Admis à West Point en juin 1830, Edgar se retrouve confronté aux mêmes difficultés qu'à l'Université. Sans argent, il fait des dettes et recommence à boire. Ses relations avec M. Allan, qui vient de se remarier, s'enveniment et, en représailles, Edgar se fait casser de son grade et renvoyer pour indiscipline.

Un étrange mariage

C'est chez Mme Clemm qu'il va chercher refuge. Sans ressources, Edgar est une charge supplémentaire pour cette femme d'un dévouement admirable, qui subvient déjà aux besoins de sa fille Virginia et du frère aîné d'Edgar, Henry. Alcoolique et poitrinaire, celui-ci meurt en août 1831. Poe et les siens vivent dans un dénuement extrême : les travaux de couture de Mme Clemm sont aussi mal payés que les quelques contes qu'Edgar parvient à vendre au *Philadelphia Saturday Courier*. Le désespoir s'empare de lui : ses crises d'éthylisme sont de plus en plus fréquentes et de plus en plus violentes. En 1834, il apprend que M. Allan est très malade et il se précipite à Richmond, dans l'espoir d'obtenir quelques subsides. En vain. M. Allan meurt le 27 mars 1834 sans mentionner Edgar dans son testament. Très abattu, celui-ci regagne Baltimore où l'attendent Mme Clemm et Virginia, alors âgée de douze ans. Que se passe-t-il en lui pour que prenne corps l'étrange projet d'épouser sa cousine ? Il est probable que cette union semi-incestueuse — et vraisemblablement jamais consommée — confortait son sentiment d'appartenance familiale. Mais comment parvint-il à convaincre Mme Clemm ? Ceci reste inexpliqué. Toujours est-il que le 22 septembre 1835, il épouse clandestinement Virginia et réitère l'année suivante, le 16 mai 1836, où cette fois le mariage est public ! Bien entendu, il faut tricher sur l'âge de la mariée, qui n'a, lors de la seconde cérémonie, que quatorze ans...

Errances

Après une période de noire misère, Poe obtient un poste de directeur adjoint au *Southern Literary Messenger,* une revue de Richmond, qui vient de publier quatre de ses contes. Ce retour au pays de son enfance s'avère difficile et il alterne des périodes de travail acharné et d'autres où il erre interminablement de taverne en taverne, ivre mort. Pourtant, il réussit

(Document Roger Viollet.)

Virginia Clemm, épouse et cousine germaine de Poe. Tuberculeuse, elle mourra à 24 ans.

à faire du *Southern Literary Messenger* l'un des meilleurs magazines littéraires de la région. Les tirages ayant augmenté considérablement, il est nommé rédacteur en chef. Mme Clemm et Virginia viennent le rejoindre, mais rapidement il se fait congédier pour éthylisme. Ce scénario va se répéter inlassablement.

Poe et sa famille repartent vers le nord. Après un an de misère à New York, où personne ne s'intéresse aux *Aventures d'Arthur Gordon Pym,* ils s'installent à Philadelphie, et Poe commence à travailler à la rédaction du *Gentleman's Magazine.* Il y publie de nombreux articles critiques ainsi que des nouvelles, dont *La Chute de la Maison Usher* et *William Wilson.* Toutefois, son recueil de *Contes grotesques et fantastiques* est un échec.

En 1840, le *Gentleman's Magazine* est vendu et devient le *Graham's Magazine,* dont Poe prend la direction littéraire. Mais l'idée de fonder sa propre revue commence à le hanter. Il n'y parviendra jamais.

C'est dans le *Graham's* que paraît *Double Assassinat dans la rue Morgue.* Poe vient d'inventer les *detective stories,* un genre fructueux... Le nombre des abonnés du journal quadruple, mais en 1842, c'est à nouveau le drame : Virginia, atteinte de tuberculose à son tour, commence à cracher du sang. Son mari, qui l'adore, noie son chagrin dans l'alcool. Ses fugues alcooliques se multiplient et, un matin, il trouve sa place au journal occupée. La misère se réinstalle au foyer des Poe.

Au début 1844, Edgar repart avec Virginia pour New York, où le *New York Sun* publie *Le Canard au ballon* comme une information. Le public s'y laisse prendre et croit que l'Atlantique vient vraiment d'être traversé en ballon : les éditions du journal s'arrachent ! Pourtant la situation des Poe ne s'améliore pas. Edgar, qui travaille d'arrache-pied, collabore à plusieurs journaux pour un salaire ridiculement bas.

New York au début du siècle dernier.

« Voici deux ans, ma femme que j'aimais comme jamais homme n'aima auparavant, se rompit un vaisseau en chantant... Sa vie fut condamnée. Je devins fou avec de longs intervalles d'horrible lucidité. Pendant ces accès d'inconscience absolue, je buvais. Dieu sait combien et combien souvent. Bien entendu, mes ennemis rapportèrent la folie à la boisson, plutôt que la boisson à la folie... » (Correspondance.)

Le cauchemar

L'année suivante, la publication du *Corbeau* lui apporte une réelle célébrité littéraire, à laquelle il se laisse prendre. On le sollicite pour des conférences, on lui réclame des autographes, les salons littéraires lui ouvrent leurs portes. Il délaisse Virginia dont l'état empire de jour en jour, pour des femmes de lettres médiocres. Le 30 janvier 1847, Virginia s'éteint, au terme d'une longue agonie. La

(Document Roger Viollet.)

vie d'Edgar bascule dans le cauchemar : il est pris de crises de delirium tremens. Mme Clemm ne l'a pas abandonné, mais elle ne peut plus rien pour lui. Pendant deux ans encore, il erre de ville en ville, de femme en femme. Il boit, se drogue et tente à deux reprises de se suicider. Le 27 septembre 1849, il débarque à Baltimore, où il disparaît pendant cinq jours au terme desquels on le retrouve errant, prostré, ses vêtements en lambeaux. Transporté à l'hôpital, il meurt d'une nouvelle crise de delirium tremens, le 7 octobre, dans la salle commune.

(Document Roger Viollet.)

A gauche, portrait d'Edgar Poe par Manet. A droite, gravure de Gustave Doré pour Le Corbeau.

Scrutant
profondément
les ténèbres,
je me tins longtemps
à m'étonner et
à craindre,
à douter,
à rêver des rêves
qu'aucun mortel
n'a jamais osé
rêver auparavant.
(Le Corbeau.)

Edgar Poe
vu par Baudelaire

C'est une bien lamentable tragédie que la vie d'Edgar Poe, et qui eut un dénouement dont l'horrible est augmenté par le trivial. Les divers documents que je viens de lire ont créé en moi cette persuasion que les Etats-Unis furent pour Poe une vaste cage, un grand établissement de comptabilité, et qu'il fit toute sa vie de sinistres efforts pour échapper à l'influence de cette atmosphère antipathique. Dans l'une de ces biographies il est dit que, si M. Poe avait voulu régulariser son génie et appliquer ses facultés créatrices d'une manière plus appropriée au sol américain, il aurait été un auteur à argent, *a making-money author* ; qu'après tout, les temps ne sont pas si durs pour l'homme de talent, qu'il trouve toujours de quoi vivre, pourvu qu'il ait de l'ordre et de l'économie, et qu'il use avec modération des biens matériels. Ailleurs, un critique affirme sans vergogne que, quelque beau que soit le génie de M. Poe, il eût mieux valu pour lui n'avoir que du talent, parce que le talent s'escompte plus facilement que le génie. Dans une note que nous verrons tout à l'heure, et qui fut écrite par un de ses amis, il est avoué qu'il est difficile d'employer M. Poe dans une revue, et qu'on était obligé de le payer moins que d'autres, parce qu'il écrivait dans un style trop au-dessus du vulgaire. Tout cela me rappelle l'odieux proverbe paternel : *make money, my son, honestly, if you can,* BUT MAKE MONEY. *Quelle odeur de magasin !* comme disait J. de Maistre, à propos de Locke.

Si vous causez avec un Américain, et si vous lui parlez de M. Poe, il vous avouera son génie ; volontiers même, peut-être en sera-t-il fier, mais il finira par vous dire avec un ton supérieur : mais moi, je suis un homme positif ; puis avec un petit air sardonique, il vous parlera de ces grands esprits qui ne savent rien conserver ; il vous parlera de la vie débraillée de M. Poe, de son haleine alcoolisée, qui aurait pris feu à la flamme d'une chandelle, de ses habitudes errantes ; il vous dira que c'était un être *erratique,* une planète *désorbitée,* qu'il roulait sans cesse de New York à Philadelphie, de Boston à Baltimore, de Baltimore à Richmond.

[...]

Quant à avoir pitié d'un poète que la douleur et l'isolement pouvaient rendre fou, il n'en a pas le temps. Il est si fier de sa jeune grandeur, il a une foi si naïve dans la toute-puissance de l'industrie, il est tellement convaincu qu'elle finira par manger le Diable, qu'il a une certaine pitié pour toutes ces rêvasseries. En avant, dit-il, en avant, et négligeons nos morts. Il passerait volontiers sur les âmes solitaires et libres, et les foulerait aux pieds avec autant d'insouciance que ses immenses lignes de fer les forêts abattues, et ses bateaux monstres les débris d'un bateau incendié la veille. Il est si pressé d'arriver. Le temps et l'argent, tout est là.

Extrait de la notice *Edgar Allan Poe, sa vie et ses ouvrages,* publiée en 1852 dans la *Revue de Paris*.

Portrait de Baudelaire par Gustave Courbet.
Baudelaire fut non seulement le traducteur de Poe, mais aussi son plus ardent apologiste.

(*Document Giraudon.*)

Vie d'Edgar Poe	Vie politique
1809 Naissance à Boston, le 19 janvier. **1811** Mort de sa mère. Edgar est adopté par les Allan. **1815-1820** Séjour en Angleterre. **1822** Naissance de Virginia Clemm. **1826** Université de Virginie. **1827** Il quitte les Allan et s'engage dans l'armée. **1829** Mort de France Allan. Il va habiter chez Mme Clemm à Baltimore. **1830-1831** West Point. **1834** Mort de John Allan. **1835** Il épouse secrètement Virginia Clemm. **1836** Mariage officiel. **1837** New York. *Les Aventures d'Arthur Gordon Pym*. **1838** Philadelphie. **1840** *Histoires grotesques et sérieuses*. **1843** *Le Scarabée d'or*. **1844** New York. *Le Canard au ballon* fait sensation. **1845** Succès du *Corbeau*. **1847** Mort de Virginia Poe. **1848** Tentatives de suicide. *Eurêka*. **1849** Il meurt le 7 octobre à Baltimore.	**1809** Election de James Madison, 4ᵉ président des U.S.A. **1812-1814** Seconde guerre d'indépendance anglo-américaine. **1815** Chute de Napoléon. Congrès de Vienne. **1817** Election de Monroe. **1819** Les Américains achètent la Floride aux Espagnols. **1820** Révolte des esclaves en Virginie. **1822** L'Amérique latine échappe à la domination hispano-portugaise. **1825** Election de Adams. **1829** Election de Jackson. **1830** Fondation de la secte des Mormons. **1832** Renforcement du protectionnisme américain. **1836** Bataille de Fort Alamo. Indépendance du Texas. **1842** Fixation de la frontière avec le Canada. **1846** Annexion du Texas aux U.S.A. Début de la guerre avec le Mexique. Exode des Mormons vers le lac Salé. **1847** Début de la mise en valeur du Far West **1848** Achèvement de l'unité territoriale : le Mexique cède aux U.S.A. le Texas, le Nouveau-Mexique et la Californie. Début de la ruée vers l'or.

Vie littéraire

1810 Mme de Staël : *De l'Allemagne*.
1812 Byron : *Le Chevalier Harold*.
1816 Hoffmann : *Les Elixirs du diable*.
1818 Mary Shelley : *Frankenstein*.
Collin de Plancy : *Dictionnaire infernal*.
1819 Polidori : *Le Vampire*.
1820 Walter Scott : *Ivanhoé*.
Rev. Maturin : *Melmoth ou l'Homme errant*.
1821 Ch. Nodier : *Smarra*.
1822 De Quincey : *Confessions d'un opiomane anglais*.
1826 F. Cooper : *Le Dernier des Mohicans*.
1827 F. Cooper : *La Prairie*.
1831 V. Hugo : *Notre-Dame de Paris*.
1833 Goethe : *Second Faust*.
1835 Tocqueville : *De la démocratie en Amérique*.
1837 Mérimée : *La Vénus d'Ille*.
1838 Ch. Dickens : *Olivier Twist*.
1842 Aloysius Bertrand : *Gaspard de la nuit*.
1847 Emily Brontë : *Les Hauts de Hurlevent*.
1848 Lewis Carroll : *Alice au pays des merveilles*.
1849 H. Thoreau : *La Désobéissance civile*.

Vie culturelle

1809 Goya : *Le Colosse*.
1813 Caspar David Friedrich : *Le Tombeau des héros*.
1818 Géricault : *Le Radeau de la Méduse*.
1819 Goya commence les fresques de la *Casa del Sordo*.
1822 Champollion déchiffre les hiéroglyphes.
Delacroix : *Les Massacres de Scio*.
1823 Beethoven : *9e Symphonie*.
1828 Berlioz : *Symphonie fantastique*.
1829 Rossini : *Guillaume Tell*.
1834 Turner : *Incendie en mer*.
1837 Premier daguerréotype.
1841 Wagner : *Le Vaisseau fantôme*.
1848 Première manifestation pré-raphaélite.

L'œuvre d'Edgar Poe

Grâce à deux traducteurs de première qualité, Baudelaire et Mallarmé, l'œuvre d'Edgar Poe est plus connue en France qu'aux Etats-Unis.

Edgar Poe a commencé à publier régulièrement ses contes dans la presse à partir de 1832. Un seul recueil a été édité de son vivant, *Tell of the grotesque and arabesque,* qui paraîtra en France en 1856, dans la traduction de Baudelaire, sous le titre d'*Histoires extraordinaires*.

Tous les autres contes ont été regroupés de façon arbitraire lors des éditions posthumes de son œuvre.

Les traductions de Baudelaire ont été regroupées en cinq volumes :

- *Histoires extraordinaires,*
- *Nouvelles Histoires extraordinaires,*
- *Histoires grotesques,*
- *Histoires grotesques et sérieuses,*
- *Les Aventures d'Arthur Gordon Pym.*

Cet unique roman de Poe est paru en librairie à New York en juillet 1837.

Edgar Poe est, en outre, l'auteur d'une importante œuvre critique, également parue sous forme d'articles, et de poèmes qui seront traduits par Mallarmé et, pour *Eurêka,* par Baudelaire. Son poème le plus célèbre est *Le Corbeau,* paru en 1845.

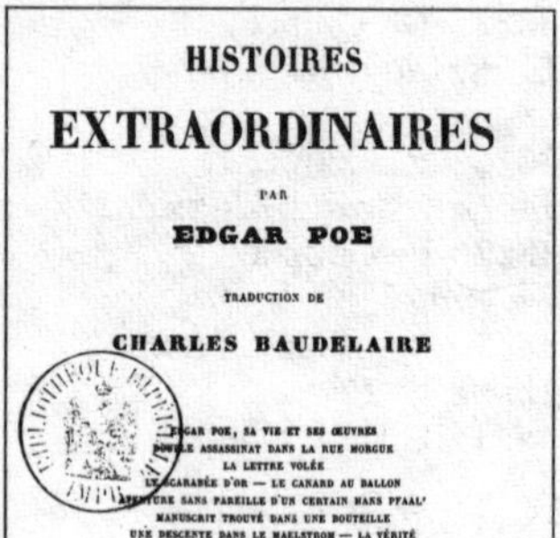

HISTOIRES

EXTRAORDINAIRES

PAR

EDGAR POE

TRADUCTION DE

CHARLES BAUDELAIRE

…GAR POE, SA VIE ET SES ŒUVRES
…LE ASSASSINAT DANS LA RUE MORGUE
LA LETTRE VOLÉE
…CARABÉE D'OR — LE CANARD AU BALLON
…TURE SANS PAREILLE D'UN CERTAIN HANS PFAAL'
MANUSCRIT TROUVÉ DANS UNE BOUTEILLE
UNE DESCENTE DANS LE MAELSTROM — LA VÉRITÉ
SUR LE CAS DE M. VALDEMAR — RÉVÉLATION MAGNÉTIQUE
LES SOUVENIRS DE M. AUGUSTE BEDLOE
MORELLA — LIGEIA — METZENGERSTEIN

PARIS

MICHEL LÉVY FRÈRES, LIBRAIRES-ÉDITEURS

RUE VIVIENNE, 2 bis

1856

— Droits de traduction et de reproduction réservés. —

(Document Roger Viollet.)

Edgar Poe aujourd'hui

• Les livres à lire

Jacques Cabau : *Edgar Poe par lui-même* (Seuil-Ecrivains de toujours).
Claude Delarue : *Edgar Poe* (Points-Seuil).
Cahiers de l'Herne : *Edgar Allan Poe.*

• Edgar Poe et le cinéma

Très tôt, l'industrie cinématographique américaine s'est aperçue que l'œuvre de Poe recelait une mine de scénarios : la première adaptation, réalisée par D.W. Griffith, date de 1909. Depuis, un grand nombre de films ont été tournés aux Etats-Unis, en France et en Allemagne. Il existe ainsi au moins cinq versions de *La Chute de la Maison Usher*, sept du *Cœur révélateur*, quatre du *Chat noir* et trois du *Double Assassinat dans la rue Morgue.* C'est au cinéaste Roger Corman que le nom de Poe a été le plus souvent associé. Corman a tourné huit adaptations des nouvelles de Poe, avec pour acteurs principaux Vincent Price, Peter Lorre, Basil Rathbone et Boris Karloff, tous spécialistes des films d'horreur. Il faut également citer le film à sketches réalisé en 1967 par Louis Malle, Vadim et Fellini, intitulé *Histoires extraordinaires.*

Ci-dessous, une des adaptations de l'œuvre d'Edgar Poe en bandes dessinées : La Chute de la Maison Usher *par Richard Corben (Albin-Michel).*

AVANT-PROPOS

En France, il est traditionnel de présenter les contes d'Edgar Poe en trois volumes : Histoires extraordinaires, Nouvelles Histoires extraordinaires, Histoires grotesques et sérieuses. *En fait, cette division ne correspond ni à l'ordre chronologique des récits, ni à leur parution en volumes aux Etats-Unis. Il s'agit de recueils composés par Baudelaire en fonction des textes qu'il avait déjà traduits. Ainsi,* Double Assassinat dans la rue Morgue *figure dans le premier volume et* le Mystère de Marie Roget *dans le troisième ; or, ce dernier texte a pour sous-titre : « Pour faire suite à* Double Assassinat dans la rue Morgue. »

Il ne m'a donc pas paru sacrilège de proposer une autre répartition des contes d'Edgar Poe. Dans le Chat noir et autres récits fantastiques, *j'ai réuni tous les textes faisant appel au surnaturel et à l'horreur pure ; dans* le Scarabée d'or et autres récits d'aventure, *j'ai regroupé les trois nouvelles policières et d'autres nouvelles que le vocable « aventure » me paraît assez bien définir.*

Bien entendu, dans les deux volumes, j'ai conservé l'admirable traduction de Charles Baudelaire. On a souvent dit que le génie de Poe provenait avant tout de la qualité de la traduction et même que le texte de Baudelaire était supérieur à l'original dans la mesure où il s'en éloignait. J'ai donc eu la curiosité de comparer ligne à ligne certains textes anglais et français. La traduction de Baudelaire est d'une fidélité extraordinaire, et cependant la phrase française garde une grande élégance (1). *Un contresens ici ou là ne s'explique que par une erreur d'inattention* (2). *En fait, Edgar Allan Poe a trouvé en la personne du poète français le traducteur idéal que bien des grands écrivains étrangers attendent encore.*

Aux Etats-Unis, Edgar Poe n'occupe probablement pas la place qui lui revient. Son influence a été et reste pourtant considérable puisqu'il a créé de toutes pièces le roman de détection et qu'il est un des pères fondateurs de la science-fiction moderne. Sherlock Holmes, Hercule Poirot, plus tard Philip Marlowe, aujourd'hui Fletch, sont tous les descendants du chevalier Dupin. En trois récits Poe a défini le genre : crime, enquête, surprise finale. La première revue de science-fiction, « Amazing stories », publiée en avril 1926, rendait hommage aux « founding fathers » de la S.-F. : H.G. Wells, Jules Verne et Edgar Allan Poe. Verne, dans le Sphinx des glaces, *a tenté d'écrire la suite des* Aventures d'Arthur Gordon Pym, *son roman étant loin d'égaler celui de son modèle. Mais c'est surtout à travers les auteurs anglo-saxons que Poe a trouvé de dignes successeurs, en particulier H. P. Lovecraft et Abraham Merritt. Dans* les Montagnes hallucinées, *Lovecraft a voulu à son tour apporter une conclusion aux* Aventures d'Arthur Gordon Pym *et, cette fois, l'élève a dépassé le maître.*

De nos jours encore, l'influence de Poe est perceptible chez de jeunes auteurs de « fantasy » et c'est en cela qu'il reste un écrivain vivant et important, et pas seulement un nom dans les manuels d'histoire littéraire. Edgar Poe, tout comme Baudelaire, est un auteur d'aujourd'hui.

Jacques SADOUL.

(1) Dans l'introduction de son édition bilingue des contes de Poe, le Pr Roger Asselineau écrit : *La traduction est dans l'ensemble d'une remarquable fidélité et colle presque toujours au texte mot pour mot. Baudelaire ne s'est permis aucune transposition, aucun remaniement et par cette méthode est parvenu à rendre non seulement le sens du texte, mais encore sa tonalité générale, bien qu'on ne puisse pas dire qu'il donne du style de Poe une reproduction parfaite.* Editions Aubier-Flammarion, 1968.

(2) Exemple : *The police are entirely at fault – an unusual occurrence in affairs of this nature.* Ce qui signifie : « La police est complètement déroutée – ce qui est inhabituel dans ce genre d'affaires », et Baudelaire traduit : « La police est absolument déroutée – cas fort usité dans les affaires de cette nature » (in *Double Assassinat dans la rue Morgue).*

LE CHAT NOIR

Relativement à la très-étrange et pourtant très-familière histoire que je vais coucher par écrit, je n'attends ni ne sollicite la créance. Vraiment, je serais fou de m'y attendre dans un cas où mes sens eux-mêmes rejettent leur propre témoignage. Cependant, je ne suis pas fou, – et très-certainement je ne rêve pas. Mais demain je meurs, et aujourd'hui je voudrais décharger mon âme. Mon dessein immédiat est de placer devant le monde, clairement, succinctement et sans commentaire, une série de simples événements domestiques. Dans leurs conséquences, ces événements m'ont terrifié, – m'ont torturé, – m'ont anéanti. – Cependant, je n'essayerai pas de les élucider. Pour moi, ils ne m'ont guère présenté que de l'horreur : – à beaucoup de personnes ils paraîtront moins terribles que *baroques*. Plus tard peut-être, il se trouvera une intelligence qui réduira mon fantôme à l'état de lieu commun, – quelque intelligence plus calme, plus logique et beaucoup moins excitable que la mienne, qui ne trouvera dans les circonstances que je raconte avec terreur qu'une succession ordinaire de causes et d'effets très-naturels.

Dès mon enfance, j'étais noté pour la docilité et l'humanité de mon caractère. Ma tendresse de cœur était même si remarquable qu'elle avait fait de moi le jouet de mes camarades. J'étais particulièrement fou des animaux, et mes parents m'avaient permis de posséder une grande variété de favoris. Je passais presque tout mon temps avec eux, et je n'étais jamais si heureux que quand je les nourrissais et les caressais. Cette particularité de mon caractère s'accrut avec ma croissance, et, quand je devins homme, j'en fis une de mes principales sources de plaisir. Pour ceux qui ont voué une affection à un chien fidèle et sagace, je n'ai pas besoin d'expliquer la nature ou l'intensité des jouissances qu'on peut en tirer. Il y a dans l'amour désintéressé d'une bête, dans ce sacrifice d'elle-même, quelque chose qui va directement au cœur de celui qui a eu fréquemment l'occasion de vérifier la chétive amitié et la fidélité de gaze de l'homme *naturel*.

Je me mariai de bonne heure, et je fus heureux de trouver dans ma femme une disposition sympathique à la mienne. Observant mon goût pour ces favoris domestiques, elle ne perdit aucune occasion de me procurer ceux de l'espèce la plus agréable. Nous eûmes des oiseaux, un poisson doré, un beau chien, des lapins, un petit singe et *un chat*.

Ce dernier était un animal remarquablement fort et beau, entièrement noir, et d'une sagacité merveilleuse. En parlant de son intelligence, ma femme, qui au fond n'était pas peu pénétrée de superstition, faisait de fréquentes allusions à l'ancienne croyance populaire qui regardait tous les chats noirs comme des sorcières déguisées. Ce n'est pas qu'elle fût toujours *sérieuse* sur ce point, – et, si je mentionne la chose, c'est simplement parce que cela me revient, en ce moment même, à la mémoire.

Pluton – c'était le nom du chat – était mon préféré, mon camarade. Moi seul, je le nourrissais, et il me suivait dans la maison partout où j'allais. Ce n'était même pas sans peine que je parvenais à l'empêcher de me suivre dans les rues.

Notre amitié subsista ainsi plusieurs années, durant lesquelles l'ensemble de mon caractère et de mon tempérament, – par l'opération du démon Intempérance, je rougis de le confesser, – subit une altération, radicalement mauvaise. Je devins de jour en jour plus morne, plus irritable, plus insoucieux des sentiments des autres. Je me permis d'employer un langage brutal à l'égard de ma femme. A la longue, je lui infligeai même des violences personnelles. Mes pauvres favoris, naturellement, durent ressentir le changement de mon caractère. Non-seulement je les négligeais, mais je les maltraitais. Quant à Pluton, toutefois, j'avais encore une considération suffisante qui m'empêchait de le malmener, tandis que je n'éprouvais aucun scrupule à maltraiter les lapins, le singe et même le chien, quand, par hasard ou par amitié, ils se jetaient dans mon chemin. Mais mon mal m'envahissait de plus en plus, – car quel mal est comparable à l'alcool ? – et à la longue Pluton lui-même, qui maintenant se faisait vieux et qui naturellement devenait quelque peu maussade, – Pluton lui-même commença à connaître les effets de mon méchant caractère.

Une nuit, comme je rentrais au logis très-ivre, au sortir d'un de mes repaires habituels des faubourgs, je m'imaginai que le chat évitait ma présence. Je le saisis ; – mais lui, effrayé de ma violence, il me fit à la main une légère blessure avec les dents. Une fureur de démon s'empara soudainement de moi. Je ne me connus plus, mon âme originelle sembla tout d'un coup s'envoler de mon corps, et une méchanceté hyperdiabolique, saturée de gin, pénétra chaque fibre de mon être. Je tirai de la poche de mon gilet un canif, je l'ouvris ; je saisis la pauvre bête par la gorge, et, délibérément, je fis sauter un de ses yeux de son orbite ! Je rougis, je brûle, je frissonne en écrivant cette damnable atrocité !

Quand la raison me revint avec le matin, – quand j'eus cuvé les vapeurs de ma débauche nocturne, – j'éprouvai un sentiment moitié d'horreur, moitié de remords, pour le crime dont je m'étais rendu coupable ; mais c'était tout au plus un faible et équivoque sentiment, et l'âme n'en subit pas les atteintes. Je me replongeai dans les excès, et bientôt je noyai dans le vin tout le souvenir de mon action.

Cependant, le chat guérit lentement. L'orbite de l'œil perdu présentait, il est vrai, un aspect effrayant, mais il n'en parut plus souffrir désormais. Il allait et venait dans la maison selon son habitude ; mais, comme je devais m'y attendre, il fuyait avec une extrême terreur à mon approche. Il me restait assez de mon ancien cœur pour me sentir d'abord affligé de cette évidente antipathie de la part d'une créature qui jadis m'avait tant aimé. Mais ce sentiment fit bientôt place à l'irritation. Et alors apparut, comme pour ma chute finale et irrévocable, l'esprit de PERVERSITÉ. De cet esprit la philosophie ne tient aucun compte. Cependant, aussi sûr que mon âme existe, je crois que la perversité est une des primitives impulsions du cœur humain, – une des indivisibles premières facultés, ou sentiments, qui donnent la direction au caractère de l'homme. Qui ne s'est pas surpris cent fois commettant une action sotte ou vile, par la seule raison qu'il savait devoir *ne pas* la commettre ? N'avons-nous pas une perpétuelle inclination, malgré l'excellence de notre jugement, à violer ce qui est *la Loi*, simplement parce que nous comprenons que c'est *la Loi* ? Cet esprit de perversité, dis-je, vint causer ma déroute finale. C'est ce désir ardent, insondable de l'âme *de se torturer elle-même*, – de violenter sa propre nature, – de faire le mal pour l'amour du mal seul, – qui me poussait à continuer, et finalement à consommer le supplice que j'avais infligé à la bête inoffensive. Un matin, de sang-froid, je glissai un nœud coulant autour de son cou, et je le pendis à la branche d'un arbre ; – je le pendis avec des larmes plein mes yeux, – avec le plus amer remords dans le cœur ; – je le pendis, *parce que* je savais qu'il m'avait aimé, et *parce que* je sentais qu'il ne m'avait donné aucun sujet de colère ; – je le pendis, *parce que* je savais qu'en faisant ainsi je commettais un péché, – un péché mortel qui compromettait mon âme immortelle, au point de la placer, – si une telle chose était possible, – même au-delà de la miséricorde infinie du Dieu Très-Miséricordieux et Très-Terrible.

Dans la nuit qui suivit le jour où fut commise cette action cruelle, je fus tiré de mon sommeil par le cri « Au feu ! » Les rideaux de mon lit étaient en flammes. Toute la maison flambait. Ce ne fut pas sans une grande difficulté que nous échappâmes à l'incendie, – ma femme, un domestique, et moi. La destruction fut complète. Toute ma fortune fut engloutie, et je m'abandonnai dès lors au désespoir.

Je ne cherche pas à établir une liaison de cause à effet entre l'atrocité et le désastre, je suis au-dessus de cette faiblesse. Mais je rends compte d'une chaîne de faits, – et je ne veux pas négliger un seul anneau. Le jour qui suivit l'incendie, je visitai les ruines. Les murailles étaient tombées, une seule exceptée ; et cette seule exception se trouva être une cloison intérieure, peu épaisse, située à peu près au milieu de la maison, et contre laquelle s'appuyait le chevet de mon lit. La maçonnerie avait ici, en grande partie, résisté à l'action du feu, – fait que j'attribuai à ce qu'elle avait été récemment remise à neuf. Autour de ce mur, une foule épaisse était rassemblée, et plusieurs personnes paraissaient en examiner une portion particulière avec une minutieuse et vive attention. Les mots : Etrange ! singulier !

et autres expressions analogues, excitèrent ma curiosité. Je m'approchai, et je vis, semblable à un bas-relief sculpté sur la surface blanche, la figure d'un gigantesque *chat*. L'image était rendue avec une exactitude vraiment merveilleuse. Il y avait une corde autour du cou de l'animal.

Tout d'abord, en voyant cette apparition, – car je ne pouvais guère considérer cela que comme une apparition, – mon étonnement et ma terreur furent extrêmes. Mais enfin, la réflexion vint à mon aide. Le chat, je m'en souvenais, avait été pendu dans un jardin adjacent à la maison. Aux cris d'alarme, ce jardin avait été immédiatement envahi par la foule, et l'animal avait dû être détaché de l'arbre par quelqu'un, et jeté dans ma chambre à travers une fenêtre ouverte. Cela avait été fait, sans doute, dans le but de m'arracher au sommeil. La chute des autres murailles avait comprimé la victime de ma cruauté dans la substance du plâtre fraîchement étendu ; la chaux de ce mur, combinée avec les flammes et l'ammoniaque du cadavre, avait ainsi opéré l'image telle que je la voyais.

Quoique je satisfisse ainsi lestement ma raison, sinon tout à fait ma conscience, relativement au fait surprenant que je viens de raconter, il n'en fit pas moins sur mon imagination une impression profonde. Pendant plusieurs mois je ne pus me débarrasser du fantôme du chat ; et durant cette période un demi-sentiment revint dans mon âme, qui paraissait être, mais qui n'était pas le remords. J'allai jusqu'à déplorer la perte de l'animal, et à chercher autour de moi, dans les bouges méprisables que maintenant je fréquentais habituellement, un autre favori de la même espèce et d'une figure à peu près semblable pour le suppléer.

Une nuit, comme j'étais assis à moitié stupéfié, dans un repaire plus qu'infâme, mon attention fut soudainement attirée vers un objet noir, reposant sur le haut d'un des immenses tonneaux de gin ou de rhum qui composaient le principal ameublement de la salle. Depuis quelques minutes, je regardais fixement le haut de ce tonneau, et ce qui me surprenait maintenant, c'était de n'avoir pas encore aperçu l'objet situé dessus. Je m'en approchai, et je le touchai avec ma main. C'était un chat noir, – un très-gros chat, – au moins aussi gros que Pluton, lui ressemblant absolument, excepté en un point. Pluton n'avait pas un poil blanc sur tout le corps ; celui-ci portait une éclaboussure large et blanche, mais d'une forme indécise, qui couvrait presque toute la région de la poitrine.

A peine l'eus-je touché, qu'il se leva subitement, ronronna fortement, se frotta contre ma main, et parut enchanté de mon attention. C'était donc là la vraie créature dont j'étais en quête. J'offris tout de suite au propriétaire de le lui acheter ; mais cet homme ne le revendiqua pas, – ne le connaissait pas, – ne l'avait jamais vu auparavant.

Je continuai mes caresses, et, quand je me préparai à retourner chez moi, l'animal se montra disposé à m'accompagner. Je lui permis de le faire ; me baissant de temps à autre, et le caressant en marchant. Quand il fut arrivé à la maison, il s'y trouva comme chez lui, et devint tout de suite le grand ami de ma femme.

Pour ma part, je sentis bientôt s'élever en moi une antipathie contre lui. C'était justement le contraire de ce que j'avais espéré ; mais – je ne sais ni comment ni pourquoi cela eut lieu – son évidente tendresse pour moi me dégoûtait presque et me fatiguait. Par de lents degrés, ces sentiments de dégoût et d'ennui s'élevèrent jusqu'à l'amertume de la haine. J'évitais la créature ; une certaine sensation de honte et le souvenir de mon premier acte de cruauté m'empêchèrent de la maltraiter. Pendant quelques semaines, je m'abstins de battre le chat ou de le malmener violemment ; mais graduellement, – insensiblement, – j'en vins à le considérer avec une indicible horreur, et à fuir silencieusement son odieuse présence, comme le souffle d'une peste.

Ce qui ajouta sans doute à ma haine contre l'animal, fut la découverte que je fis le matin, après l'avoir amené à la maison, que, comme Pluton, lui aussi avait été privé d'un de ses yeux. Cette circonstance, toutefois, ne fit que le rendre plus cher à ma femme, qui, comme je l'ai déjà dit, possédait à un haut degré cette tendresse de sentiment qui jadis avait été mon trait caractéristique et la source fréquente de mes plaisirs les plus simples et les plus purs.

Néanmoins, l'affection du chat pour moi paraissait s'accroître en raison de mon aversion contre lui. Il suivait mes pas avec une opiniâtreté qu'il serait difficile de faire comprendre au lecteur. Chaque fois que je m'asseyais, il se blottissait sous ma chaise, ou il sautait sur mes genoux, me couvrant de ses affreuses caresses. Si je me levais pour marcher, il se fourrait dans mes jambes, et me jetait presque par terre, ou bien, enfonçant ses griffes longues et aiguës dans mes habits, grimpait de cette manière jusqu'à ma poitrine. Dans ces moments-là, quoique je désirasse le tuer d'un bon coup, j'en étais empêché, en partie par le souvenir de mon premier crime, mais principalement – je dois le confesser tout de suite – par une véritable *terreur* de la bête.

Cette terreur n'était pas positivement la terreur d'un mal physique, – et cependant je serais fort en peine de la définir autrement. Je suis presque honteux d'avouer, – oui, même dans cette cellule de malfaiteur, je suis presque honteux d'avouer que la terreur et l'horreur que m'inspirait l'animal avaient été accrues par une des plus parfaites chimères qu'il fût possible de concevoir. Ma femme avait appelé mon attention plus d'une fois sur le caractère de la tache blanche dont j'ai parlé, et qui constituait l'unique différence visible entre l'étrange bête et celle que j'avais tuée. Le lecteur se rappellera sans doute que cette marque, quoique grande, était primitivement indéfinie dans sa forme ; mais, lentement, par degrés, – par des degrés imperceptibles, et que ma raison s'efforça longtemps de considérer comme imaginaires, – elle avait à la longue pris une rigoureuse netteté de contours. Elle était maintenant l'image d'un objet que je frémis de nommer, – et c'était là surtout ce qui me faisait prendre le monstre en horreur et en dégoût, et m'aurait poussé à m'en délivrer, *si je l'avais osé ; – c'était* maintenant, dis-je, l'image d'une hideuse, – d'une sinistre chose, – l'image du GIBET ! – oh ! lugubre et terrible machine ! machine d'Horreur et de Crime, – d'Agonie et de Mort !

Et, maintenant, j'étais en vérité misérable au-delà de la misère possible de l'Humanité. Une bête brute, – dont j'avais avec mépris détruit le frère, – *une bête brute* engendrée pour moi, – pour moi, homme façonné à l'image du Dieu Très-Haut, – une si grande et si intolérable infortune ! Hélas ! je ne connaissais plus la béatitude du repos, ni le jour ni la nuit ! Durant le jour la créature ne me laissait pas un seul moment ; et, pendant la nuit, à chaque instant, quand je sortais de mes rêves pleins d'une intraduisible angoisse, c'était pour sentir la tiède haleine de la *chose* sur mon visage, et son immense poids, – incarnation d'un cauchemar que j'étais impuissant à secouer, – éternellement posé sur mon *cœur* !

Sous la pression de pareils tourments, le peu de bon qui restait en moi succomba. De mauvaises pensées devinrent mes seules intimes, – les plus sombres et les plus mauvaises de toutes les pensées. La tristesse de mon humeur habituelle s'accrut jusqu'à la haine de toutes choses et de toute humanité ; cependant, ma femme, qui ne se plaignait jamais, hélas ! était mon souffre-douleur ordinaire, la plus patiente victime des soudaines, fréquentes et indomptables éruptions d'une furie à laquelle je m'abandonnai dès lors aveuglément.

Un jour, elle m'accompagna pour quelque besogne domestique dans la cave du vieux bâtiment où notre pauvreté nous contraignait d'habiter. Le chat me suivit sur les marches roides de l'escalier, et, m'ayant presque culbuté la tête la première, m'exaspéra jusqu'à la folie. Levant une hache, et oubliant dans ma rage la peur puérile qui jusque-là avait retenu ma main, j'adressai à l'animal un coup qui eût été mortel, s'il avait porté comme je voulais ; mais ce coup fut arrêté par la main de ma femme. Cette intervention m'aiguillonna jusqu'à une rage plus que démoniaque ; je débarrassai mon bras de son étreinte et lui enfonçai ma hache dans le crâne. Elle tomba morte sur la place, sans pousser un gémissement.

Cet horrible meurtre accompli, je me mis immédiatement et très-délibérément en mesure de cacher le corps. Je compris que je ne pouvais pas le faire disparaître de la maison, soit de jour, soit de nuit, sans courir le danger d'être observé par les voisins. Plusieurs projets traversèrent mon esprit. Un moment j'eus l'idée de couper le cadavre par petits morceaux, et de les détruire par le feu. Puis je résolus de creuser une fosse dans le sol de la cave. Puis je pensai à le jeter dans le puits de la cour, – puis à l'emballer dans une caisse comme marchandise, avec les formes usitées, et à charger un commissionnaire de le porter hors de la maison. Finalement, je m'arrêtai à un expédient que je considérai comme le meilleur de tous. Je me déterminai à le murer dans la cave, – comme les moines du Moyen Age muraient, dit-on, leurs victimes.

La cave était fort bien disposée pour un pareil dessein. Les murs étaient construits négligemment, et avaient été récemment enduits dans toute leur étendue d'un gros plâtre que l'humidité de l'atmosphère avait empêché de durcir. De plus, dans l'un des murs, il y avait une saillie causée par une fausse cheminée, ou espèce d'âtre, qui avait été comblée et maçonnée dans le même genre que le reste de la cave. Je ne doutais pas qu'il ne me fût facile de déplacer les briques à cet endroit, d'y introduire le corps, et de murer le tout de la même manière, de sorte qu'aucun œil n'y pût rien découvrir de suspect.

Et je ne fus pas déçu dans mon calcul. A l'aide d'une pince, je délogeai très-aisément les briques, et, ayant soigneusement appliqué le corps contre le mur intérieur, je le soutins dans cette position jusqu'à ce que j'eusse rétabli, sans trop de peine, toute la maçonnerie dans son état primitif. M'étant procuré du mortier, du sable et du poil avec toutes les précautions imaginables, je préparai un crépi qui ne pouvait pas être distingué de l'ancien, et j'en recouvris très-soigneusement le nouveau briquetage. Quand j'eus fini, je vis avec satisfaction que tout était pour le mieux. Le mur ne présentait pas la plus légère trace de dérangement. J'enlevai tous les gravats avec le plus grand soin, j'épluchai pour ainsi dire le sol. Je regardai triomphalement autour de moi, et me dis à moi-même : Ici, au moins, ma peine n'aura pas été perdue !

Mon premier mouvement fut de chercher la bête qui avait été la cause d'un si grand malheur ; car à la fin, j'avais résolu fermement de la mettre à mort. Si j'avais pu la rencontrer dans ce moment, sa destinée était claire ; mais il paraît que l'artificieux animal avait été alarmé par la violence de ma récente colère, et qu'il prenait soin de ne pas se montrer dans l'état actuel de mon humeur. Il est impossible de décrire ou d'imaginer la profonde, la béate sensation de soulagement que l'absence de la détestable créature détermina dans mon cœur. Elle ne se présenta pas de toute la nuit, – et ainsi ce fut la première bonne nuit, – depuis son introduction dans la maison, – que je dormis solidement et tranquillement ; oui, je *dormis* avec le poids de ce meurtre sur l'âme !

Le second et le troisième jour s'écoulèrent, et cependant mon bourreau ne vint pas. Une fois encore je respirai comme un homme libre. Le monstre, dans sa terreur, avait vidé les lieux pour toujours ! Je ne le verrais donc plus jamais ! Mon bonheur était suprême ! La criminalité de ma ténébreuse action ne m'inquiétait que fort peu. On avait bien fait une espèce d'enquête, mais elle s'était satisfaite à bon marché. Une perquisition avait même été ordonnée, – mais naturellement on ne pouvait rien découvrir. Je regardais ma félicité à venir comme assurée.

Le quatrième jour depuis l'assassinat, une troupe d'agents de police vint très-inopinément à la maison, et procéda de nouveau à une rigoureuse investigation des lieux. Confiant, néanmoins, dans l'impénétrabilité de la cachette, je n'éprouvai aucun embarras. Les officiers me firent les accompagner dans leur recherche. Ils ne laissèrent pas un coin, pas un angle inexploré. A la fin, pour la troisième ou quatrième fois, ils descendirent dans la cave. Pas un muscle en moi ne tressaillit. Mon cœur battait paisiblement, comme celui d'un homme qui dort dans l'innocence. J'arpentais la cave d'un bout à l'autre ; je croisais mes bras sur ma poitrine, et me promenais çà et là avec aisance. La police était pleinement satisfaite et se préparait à décamper. La jubilation de mon cœur était trop forte pour être réprimée. Je brûlais de dire au moins un mot, rien qu'un mot, en manière de triomphe, et de rendre deux fois plus convaincue leur conviction de mon innocence.

– Gentlemen, – dis-je à la fin, – comme leur troupe remontait l'escalier, – je suis enchanté d'avoir apaisé vos soupçons. Je vous souhaite à tous une bonne santé et un peu plus de courtoisie. Soit dit en passant, gentlemen, voilà – voilà une maison singulièrement bien bâtie (dans mon désir enragé de dire quelque chose d'un air délibéré, je savais à peine ce que je débitais), – je puis dire que c'est une maison *admirablement* bien construite. Ces murs, – est-ce que vous partez, gentlemen ? – ces murs sont solidement maçonnés.

Et ici, par une bravade frénétique, je frappai fortement avec une canne que j'avais à la main juste sur la partie du briquetage derrière laquelle se tenait le cadavre de l'épouse de mon cœur.

Ah ! qu'au moins Dieu me protège et me délivre des griffes de l'Archidémon ! – A peine l'écho de mes coups était-il tombé dans le silence, qu'une voix me répondit du fond de la tombe ! – une plainte, d'abord voilée et entrecoupée, comme le sanglotement d'un enfant, puis, bientôt, s'enflant en un cri prolongé, sonore et continu, tout à fait anormal et antihumain, – un hurlement, – un glapissement, moitié horreur et moitié triomphe, – comme il en peut monter seulement de l'Enfer, – affreuse harmonie jaillissant à la fois de la gorge des damnés dans leurs tortures, et des démons exultant dans la damnation.

Vous dire mes pensées, ce serait folie. Je me sentis défaillir, et je chancelai contre le mur opposé. Pendant un moment, les officiers placés sur les marches restèrent immobiles, stupéfiés par la terreur. Un instant après, une douzaine de bras robustes s'acharnaient sur le mur. Il tomba tout d'une pièce. Le corps, déjà grandement délabré et souillé de sang grumelé, se tenait droit devant les yeux des spectateurs. Sur sa tête, avec la gueule rouge dilatée et l'œil unique flamboyant, était perchée la hideuse bête dont l'astuce m'avait induit à l'assassinat, et dont la voix révélatrice m'avait livré au bourreau. J'avais muré le monstre dans la tombe !

WILLIAM WILSON

Qu'en dira-t-elle ? Que dira cette CONSCIENCE *affreuse,*
Ce spectre qui marche dans mon chemin ?

CHAMBERLAYNE, *Pharronida.*

Qu'il me soit permis, pour le moment, de m'appeler William Wilson. La page vierge étalée devant moi ne doit pas être souillée par mon véritable nom. Ce nom n'a été que trop souvent un objet de mépris et d'horreur, – une abomination pour ma famille. Est-ce que les vents indignés n'ont pas ébruité jusque dans les plus lointaines régions du globe son incomparable infamie ? Oh ! de tous les proscrits, le proscrit le plus abandonné ! – n'es-tu pas mort à ce monde à jamais ? à ses honneurs, à ses fleurs, à ses aspirations dorées ? – et un nuage épais, lugubre, illimité, n'est-il pas éternellement suspendu entre tes espérances et le ciel ?

Je ne voudrais pas, quand même je le pourrais, enfermer aujourd'hui dans ces pages le souvenir de mes dernières années d'ineffable misère et d'irrémissible crime. Cette période récente de ma vie a soudainement comporté une hauteur de turpitude dont je veux simplement déterminer l'origine. C'est là pour le moment mon seul but. Les hommes, en général, deviennent vils par degrés. Mais moi, toute vertu s'est détachée de moi en une minute d'un seul coup, comme un manteau. D'une perversité relativement ordinaire, j'ai passé, par une enjambée de géant, à des énormités plus qu'héliogabaliques. Permettez-moi de raconter tout au long quel hasard, quel unique accident a amené cette malédiction. La Mort approche et l'ombre qui la devance a jeté une influence adoucissante sur mon cœur. Je soupire, en passant à travers la sombre vallée, après la sympathie – j'allais dire la pitié – de mes semblables. Je voudrais leur persuader que j'ai été en quelque sorte l'esclave des circonstances qui défiaient tout contrôle humain. Je désirerais qu'ils découvrissent pour moi, dans les détails que je vais leur donner, quelque petite oasis de *fatalité* dans un Sahara d'erreur. Je voudrais qu'ils accordassent – ce qu'ils ne peuvent pas se refuser à accorder – que, bien que ce monde ait connu de grandes tentations, jamais l'homme n'a été jusqu'ici tenté de cette façon, – et certainement n'a jamais succombé de cette façon. Est-ce donc pour cela qu'il n'a jamais connu les mêmes souffrances ? En vérité, n'ai-je pas vécu dans un rêve ? Est-ce que je ne meurs pas victime de l'horreur et du mystère des plus étranges de toutes les visions sublunaires ?

Je suis le descendant d'une race qui s'est distinguée en tout temps par un tempérament imaginatif et facilement excitable ; et ma première enfance prouva que j'avais pleinement hérité du caractère de famille. Quand j'avançai en âge, ce caractère se dessina plus fortement ; il devint, pour mille raisons, une cause d'inquiétude sérieuse pour mes amis et de préjudice positif pour moi-même. Je devins volontaire, adonné aux plus sauvages caprices ; je fus la proie des plus indomptables passions. Mes parents, qui étaient d'un esprit faible et que tourmentaient des défauts constitutionnels de même nature, ne pouvaient pas faire grand'chose pour arrêter les tendances mauvaises qui me distinguaient. Il y eut de leur côté quelques tentatives, faibles, mal dirigées, qui échouèrent complètement, et qui tournèrent pour moi en triomphe complet. A partir de ce moment, ma voix fut une loi domestique ; et, à un âge où peu d'enfants ont quitté leurs lisières, je fus abandonné à mon libre arbitre, et devins le maître de toutes mes actions, – excepté de nom.

Mes premières impressions de la vie d'écolier sont liées à une vaste et extravagante maison du style d'Elisabeth, dans un sombre village d'Angleterre, décoré de nombreux arbres gigantesques et noueux, et dont toutes les maisons étaient excessivement anciennes. En vérité, c'était un lieu semblable à un rêve et bien fait pour charmer l'esprit que cette vénérable vieille ville. En ce moment même, je sens en imagination le frisson rafraîchissant de ses avenues profondément ombreuses, je respire l'émanation de ses mille taillis, et je tressaille encore, avec une indéfinissable volupté, à la note profonde et sourde de la cloche, déchirant à chaque heure, de son rugissement soudain et morose, la quiétude de l'atmosphère brune dans laquelle s'enfonçait et s'endormait le clocher gothique tout dentelé.

Je trouve peut-être autant de plaisir qu'il m'est donné d'en éprouver maintenant à m'appesantir sur ces minutieux souvenirs de l'école et de ses rêveries. Plongé dans le malheur comme je le suis, – malheur, hélas ! qui n'est que trop réel, – on me pardonnera de chercher un soulagement, bien léger et bien court, dans ces puérils et divagants détails. D'ailleurs, quoique absolument vulgaires et risibles en eux-mêmes, ils prennent dans mon imagination une importance circonstancielle, à cause de leur intime connexion avec les lieux et l'époque où je distingue maintenant les premiers avertissements ambigus de la destinée, qui depuis lors m'a si profondément enveloppé de son ombre. Laissez-moi donc me souvenir.

La maison, je l'ai dit, était vieille et irrégulière. Les terrains étaient vastes, et un haut et solide mur de briques, couronné d'une couche de mortier et de verre cassé, en faisait le circuit. Ce rempart digne d'une prison formait la limite de notre domaine ; nos regards n'allaient au-delà que trois fois par semaine, – une fois chaque samedi, dans l'après-midi, quand, accompagnés de deux maîtres d'étude, on nous permettait de faire de courtes promenades en commun à travers la campagne voisine, et deux fois le dimanche, quand nous allions, avec la régularité des troupes à la parade, assister aux offices du matin et du soir dans l'unique église du village. Le principal de notre école était pasteur de cette église. Avec quel profond sentiment d'admiration et de perplexité avais-je coutume de le contempler, de notre banc relégué dans la tribune, quand il montait en chaire d'un pas solennel et lent ! Ce personnage vénérable, avec ce visage si modeste et si bénin, avec une robe si bien lustrée et si cléricalement ondoyante, avec une perruque si minutieusement poudrée, si roide et si vaste, pouvait-il être le même homme qui, tout à l'heure, avec un visage aigre et dans des vêtements souillés de tabac, faisait exécuter, férule en main, les lois draconiennes de l'école ? Oh ! gigantesque paradoxe, dont la monstruosité exclut toute solution !

Dans un angle du mur massif rechignait une porte plus massive encore, solidement fermée, garnie de verrous et surmontée d'un buisson de ferrailles denticulées. Quels sentiments profonds de crainte elle inspirait ! Elle ne s'ouvrait jamais que pour les trois sorties et rentrées périodiques dont j'ai déjà parlé ; alors, dans chaque craquement de ses gonds puissants, nous trouvions une plénitude de mystère, – tout un monde d'observations solennelles, ou de méditations plus solennelles encore.

Le vaste enclos était d'une forme irrégulière et divisé en plusieurs parties, dont trois ou quatre des plus grandes constituaient la cour de récréation. Elle était aplanie et recouverte d'un sable menu et rude. Je me rappelle bien qu'elle ne contenait ni arbres ni bancs, ni quoi que ce soit d'analogue. Naturellement elle était située derrière la maison. Devant la façade s'étendait un petit parterre, planté de buis et d'autres arbustes ; mais nous ne traversions cette oasis sacrée que dans de bien rares occasions, telles que la première arrivée à l'école ou le départ définitif, ou peut-être quand, un ami, un parent nous ayant fait appeler, nous prenions joyeusement notre course vers le logis paternel, aux vacances de Noël ou de la Saint-Jean.

Mais la maison ! – quelle curieuse vieille bâtisse cela faisait ! – Pour moi quel véritable palais d'enchantements ! Il n'y avait réellement pas de fin à ses détours, – à ses incompréhensibles subdivisions. Il était difficile, à n'importe quel moment donné, de dire avec certitude si l'on se trouvait au premier ou au second étage. D'une pièce à l'autre, on était toujours sûr de trouver trois ou quatre marches à monter ou à descendre. Puis les subdivisions latérales étaient innombrables, inconcevables, tournaient et retournaient si bien sur elles-mêmes, que nos idées les plus exactes relativement à l'ensemble du bâtiment n'étaient pas très-différentes de celles à travers lesquelles nous envisagions l'infini. Durant les cinq ans de ma résidence, je n'ai jamais été capable de déterminer avec précision dans quelle localité lointaine était situé le petit dortoir qui m'était assigné en commun avec dix-huit ou vingt autres écoliers.

La salle d'étude était la plus vaste de toute la maison – et même du monde entier ; du moins, je ne pouvais m'empêcher de la voir ainsi. Elle était très-longue, très-étroite et lugubrement basse, avec des fenêtres en ogive et un plafond en chêne. Dans un angle éloigné, d'où émanait la terreur, était une enceinte carrée de huit à dix pieds, représentant le *sanctum* de notre principal, le révérend docteur Bransby, durant les heures d'étude. C'était une solide construction, avec une porte massive ; plutôt que de l'ouvrir en l'absence du *Dominie*, nous aurions tous préféré mourir de *la peine forte et dure*. A deux autres angles étaient deux autres loges analogues, objets d'une vénération beaucoup moins grande, il est vrai, mais toutefois d'une terreur assez considérable ; l'une, la chaire du maître d'humanités, – l'autre, du maître d'anglais et de mathématiques. Eparpillés à travers la salle, d'innombrables bancs et des pupitres, effroyablement chargés de livres maculés par des doigts, se croisaient dans une irrégularité sans fin, – noirs, anciens, ravagés par le temps, et si bien cicatrisés de lettres initiales, de noms entiers, de figures grotesques et d'autres nombreux chefs-d'œuvre du couteau, qu'ils avaient entièrement perdu le peu de forme originelle qui leur avait été réparti dans les jours très-anciens. A une extrémité de la salle se trouvait un énorme seau plein d'eau, et, à l'autre, une horloge d'une dimension prodigieuse.

Enfermé dans les murs massifs de cette vénérable école, je passai toutefois sans ennui et sans dégoût les années du troisième lustre de ma vie. Le cerveau fécond de l'enfance n'exige pas un monde extérieur d'incidents pour s'occuper ou s'amuser, et la monotonie en apparence lugubre de l'école abondait en excitations plus intenses que toutes celles que ma jeunesse plus mûre a demandées à la volupté, ou ma virilité au crime. Toutefois, je dois croire que mon premier développement intellectuel fut, en grande partie, peu ordinaire et même déréglé. En général, les événements de l'existence enfantine ne laissent pas sur l'humanité, arrivée à l'âge mûr, une impression bien définie. Tout est ombre grise, débile et irrégulier souvenir, fouillis confus de faibles plaisirs et de peines fantasmagoriques. Pour moi, il n'en est pas ainsi. Il faut que j'aie senti dans mon enfance, avec l'énergie d'un homme fait, tout ce que je trouve encore aujourd'hui frappé sur ma mémoire en lignes aussi vivantes, aussi profondes et aussi durables que les exergues des médailles carthaginoises.

Et cependant, dans le fait, – au point de vue ordinaire du monde, – qu'il y avait là peu de chose pour le souvenir ! Le réveil du matin, l'ordre du coucher, les leçons à apprendre, les récitations, les demi-congés périodiques et les promenades, la cour de récréation avec ses querelles, ses passe-temps, ses intrigues, – tout cela, par une magie psychique disparue, contenait en soi un débordement de sensations, un monde riche d'incidents, un univers d'émotions variées et d'excitations des plus passionnées et des plus enivrantes. *Oh ! le bon temps, que ce siècle de fer !*

En réalité, ma nature ardente, enthousiaste, impérieuse, fit bientôt de moi un caractère marqué parmi mes camarades, et, peu à peu, tout naturellement, me donna un ascendant sur tous ceux qui n'étaient guère plus âgés que moi, – sur tous, un seul excepté. C'était un élève qui, sans aucune parenté avec moi, portait le même nom de baptême et le même nom de famille ; – circonstance peu remarquable en soi, – car le mien, malgré la noblesse de mon origine, était une de ces appellations vulgaires qui semblent avoir été de temps immémorial, par droit de prescription, la propriété commune de la foule. Dans ce récit, je me suis donc donné le nom de William Wilson, – nom fictif qui n'est pas très-éloigné du vrai. Mon homonyme, seul parmi ceux qui, selon la langue de l'école, composaient notre *classe*, osait rivaliser avec moi dans les études de l'école, – dans les jeux et les disputes de la récréation, – refuser une créance aveugle à mes assertions et une soumission complète à ma volonté, – en somme, contrarier ma dictature dans tous les cas possibles. Si jamais il y eut sur la terre un despotisme suprême et sans réserve, c'est le despotisme d'un enfant de génie sur les âmes moins énergiques de ses camarades.

La rébellion de Wilson était pour moi la source du plus grand embarras ; d'autant plus qu'en dépit de la bravade avec laquelle je me faisais un devoir de le traiter publiquement, lui et ses prétentions, je sentais au fond que je le craignais, et je ne pouvais m'empêcher de considérer l'égalité qu'il maintenait si facilement vis-à-vis de moi comme la preuve d'une vraie supériorité, – puisque c'était de ma part un effort perpétuel pour n'être pas dominé.

Cependant, cette supériorité, ou plutôt cette égalité, n'était vraiment reconnue que par moi seul ; nos camarades, par un inexplicable aveuglement, ne paraissaient même pas la soupçonner. Et vraiment, sa rivalité, sa résistance, et particulièrement son impertinente et hargneuse intervention dans tous mes desseins, ne visaient pas au-delà d'une intention privée. Il paraissait également dépourvu de l'ambition qui me poussait à dominer et de l'énergie passionnée qui m'en donnait les moyens. On aurait pu le croire, dans cette rivalité dirigée uniquement par un désir fantasque de me contrecarrer, de m'étonner, de me mortifier ; bien qu'il y eût des cas où je ne pouvais m'empêcher de remarquer avec un sentiment confus d'ébahissement, d'humiliation et de colère, qu'il mêlait à ses outrages, à ses impertinences et à ses contradictions, de certains airs d'affectuosité les plus intempestifs, et, assurément, les plus déplaisants du monde. Je ne pouvais me rendre compte d'une si étrange conduite qu'en la supposant le résultat d'une parfaite suffisance se permettant le ton vulgaire du patronage et de la protection.

Peut-être était-ce ce dernier trait, dans la conduite de Wilson, qui, joint à notre homonymie et au fait purement accidentel de notre entrée simultanée à l'école, répandit parmi nos condisciples des classes supérieures l'opinion que nous étions frères. Habituellement ils ne s'enquièrent pas avec beaucoup d'exactitude des affaires des plus jeunes. J'ai déjà dit, ou j'aurais dû dire, que Wilson n'était pas, même au degré le plus éloigné, apparenté avec ma famille. Mais assurément, si nous avions été frères, nous aurions été jumeaux ; car, après avoir quitté la maison du docteur Bransby, j'ai appris par hasard que mon homonyme était né le 19 janvier 1813, – et c'est là une coïncidence assez remarquable, car ce jour est précisément celui de ma naissance.

Il peut paraître étrange qu'en dépit de la continuelle anxiété que me causaient la rivalité de Wilson et son insupportable esprit de contradiction, je ne fusse pas porté à le haïr absolument. Nous avions, à coup sûr, presque tous les jours une querelle, dans laquelle, m'accordant publiquement la palme de la victoire, il s'efforçait en quelque façon de me faire sentir que c'était lui qui l'avait méritée ; cependant, un sentiment d'orgueil de ma part, et de la sienne une véritable dignité, nous maintenaient toujours dans des termes de stricte convenance, pendant qu'il y avait des points assez nombreux de conformité dans nos caractères pour éveiller en moi un sentiment que notre situation respective empêchait seule peut-être de mûrir en amitié. Il m'est difficile, en vérité, de définir ou même de décrire mes vrais sentiments à son égard ; ils formaient un amalgame bigarré et hétérogène, – une animosité pétulante qui n'était pas encore de la haine, de l'estime, encore plus de respect, beaucoup de crainte et une immense et inquiète curiosité. Il est superflu d'ajouter, pour le moraliste, que Wilson et moi nous étions les plus inséparables des camarades.

Ce fut sans doute l'anomalie et l'ambiguïté de nos relations qui coulèrent toutes mes attaques contre lui – et, franches ou dissimulées, elles étaient nombreuses – dans le moule de l'ironie et de la charge (la bouffonnerie ne fait-elle pas d'excellentes blessures ?) plutôt qu'en une hostilité plus sérieuse et plus déterminée. Mais mes efforts sur ce point n'obtenaient pas régulièrement un parfait triomphe, même quand mes plans étaient le plus ingénieusement machinés ; car mon homonyme avait dans son caractère beaucoup de cette austérité pleine de réserve et de calme, qui, tout en jouissant de la morsure de ses propres railleries, ne montre jamais le talon d'Achille et se dérobe absolument au ridicule. Je ne pouvais trouver en lui qu'un seul point vulnérable, et c'était dans un détail physique, qui, venant peut-être d'une infirmité constitutionnelle, aurait été épargné par tout antagoniste moins acharné à ses fins que je ne l'étais ; – mon rival avait une faiblesse dans l'appareil vocal qui l'empêchait de jamais élever la voix *au-dessus d'un chuchotement très-bas*. Je ne manquais pas de tirer de cette imperfection tout le pauvre avantage qui était en mon pouvoir.

Les représailles de Wilson étaient de plus d'une sorte, et il avait particulièrement un genre de malice qui me troublait outre mesure. Comment eut-il dans le principe la sagacité de découvrir qu'une chose aussi minime pouvait me vexer, c'est une question que je n'ai jamais pu résoudre ; mais, une fois qu'il l'eut découvert, il pratiqua opiniâtrement cette torture. Je m'étais toujours senti de l'aversion pour mon malheureux nom de famille, si inélégant, et pour mon prénom, si trivial, sinon tout à fait plébéien. Ces syllabes étaient un poison pour mes oreilles ; et, quand le jour même de mon arrivée, un second William Wilson se présenta dans l'école, je lui en voulus de porter ce nom, et je me dégoûtai doublement du nom parce qu'un étranger le portait, – un étranger qui serait cause que je l'entendrais prononcer deux fois plus souvent, – qui serait constamment en ma présence, et dont les affaires, dans le train-train ordinaire des choses de collège, seraient souvent et inévitablement, en raison de cette détestable coïncidence, confondues avec les miennes.

Le sentiment d'irritation créé par cet accident devint plus vif à chaque circonstance qui tendait à mettre en lumière toute ressemblance morale ou physique entre mon rival et moi. Je n'avais pas encore découvert ce très-remarquable fait de parité dans notre âge ; mais je voyais que nous étions de la même taille, et je m'apercevais que nous avions même une singulière ressemblance dans notre physionomie générale et dans nos traits. J'étais également exaspéré par le bruit qui courait sur notre parenté, et qui avait généralement crédit dans les classes supérieures. – En un mot, rien ne pouvait plus sérieusement me troubler (quoique je cachasse avec le plus grand soin tout symptôme de ce trouble) qu'une allusion quelconque à une similitude entre nous, relative à l'esprit, à la personne, ou à la naissance ; mais vraiment je n'avais aucune raison de croire que cette similitude (à l'exception du fait de la parenté, et de tout ce que savait voir Wilson lui-même) eût jamais été un sujet de commentaires ou même remarquée par nos camarades de classe. Que *lui*, il l'observât sous toutes ses faces, et avec autant d'attention que moi-même, cela était clair ; mais qu'il eût pu découvrir dans de pareilles circonstances une mine si riche de contrariétés, je ne peux l'attribuer, comme je l'ai déjà dit, qu'à sa pénétration plus qu'ordinaire.

Il me donnait la réplique avec une parfaite imitation de moi-même, – gestes et paroles, – et il jouait admirablement son rôle. Mon costume était chose facile à copier ; ma démarche et mon allure générale, il se les était appropriées sans difficulté ; en dépit de son défaut constitutionnel, ma voix elle-même ne lui avait pas échappé. Naturellement, il n'essayait pas les tons élevés, mais la clef était identique, *et sa voix, pourvu qu'il parlât bas, devenait le parfait écho de la mienne.*

A quel point ce curieux portrait (car je ne puis pas

l'appeler proprement une caricature) me tourmentait, je n'entreprendrai pas de le dire. Je n'avais qu'une consolation, – c'était que l'imitation, à ce qu'il me semblait, n'était remarquée que par moi seul, et que j'avais simplement à endurer les sourires mystérieux et étrangement sarcastiques de mon homonyme. Satisfait d'avoir produit sur mon cœur l'effet voulu, il semblait s'épanouir en secret sur la piqûre qu'il m'avait infligée et se montrer singulièrement dédaigneux des applaudissements publics que le succès de son ingéniosité lui aurait si facilement conquis. Comment nos camarades ne devinaient-ils pas son dessein, n'en voyaient-ils pas la mise en œuvre, et ne partageaient-ils pas sa joie moqueuse ? ce fut pendant plusieurs mois d'inquiétude une énigme insoluble pour moi. Peut-être la lenteur graduée de son imitation la rendit-elle moins voyante, ou plutôt devais-je ma sécurité à l'air de *maîtrise* que prenait si bien le copiste, qui dédaignait la *lettre*, – tout ce que les esprits obtus peuvent saisir dans une peinture, – et ne donnait que le parfait esprit de l'original pour ma plus grande admiration et mon plus grand chagrin personnel.

J'ai déjà parlé plusieurs fois de l'air navrant de protection qu'il avait pris vis-à-vis de moi, et de sa fréquente et officieuse intervention dans mes volontés. Cette intervention prenait souvent le caractère déplaisant d'un avis ; avis qui n'était pas donné ouvertement, mais suggéré, – insinué. Je le recevais avec une répugnance qui prenait de la force à mesure que je prenais de l'âge. Cependant, à cette époque déjà lointaine, je veux lui rendre cette stricte justice de reconnaître que je ne me rappelle pas un seul cas où les suggestions de mon rival aient participé à ce caractère d'erreur et de folie, si naturel dans son âge, généralement dénué de maturité et d'expérience ; – que son sens moral, sinon ses talents et sa prudence mondaine, était beaucoup plus fin que le mien ; et que je serais aujourd'hui un homme meilleur et conséquemment plus heureux, si j'avais rejeté moins souvent les conseils inclus dans ces chuchotements significatifs qui ne m'inspiraient alors qu'une haine si cordiale et un mépris si amer.

Aussi je devins, à la longue, excessivement rebelle à son odieuse surveillance, et je détestai chaque jour plus ouvertement ce que je considérais comme une intolérable arrogance. J'ai dit que, dans les premières années de notre camaraderie, mes sentiments vis-à-vis de lui auraient facilement tourné en amitié ; mais, pendant les derniers mois de mon séjour à l'école, quoique l'importunité de ses façons habituelles fût sans doute bien diminuée, mes sentiments, dans une proportion presque semblable, avaient incliné vers la haine positive. Dans une certaine circonstance, il le vit bien, je présume, et dès lors il m'évita, ou affecta de m'éviter.

Ce fut à peu près vers la même époque, si j'ai bonne mémoire, que, dans une altercation violente que j'eus avec lui, où il avait perdu de sa réserve habituelle, et parlait et agissait avec un laisser-aller presque étranger à sa nature, je découvris ou m'imaginai découvrir dans son accent, dans son air, dans sa physionomie générale, quelque chose qui d'abord me fit tressaillir, puis m'intéressa profondément, en apportant à mon esprit des visions obscures de ma première enfance, – des souvenirs étranges, confus, pressés, d'un temps où ma mémoire n'était pas encore née. Je ne saurais mieux définir la sensation qui m'oppressait qu'en disant qu'il m'était difficile de me débarrasser de l'idée que j'avais déjà connu l'être placé devant moi, à une époque très-ancienne, – dans un passé même extrêmement reculé. Cette illusion toutefois s'évanouit aussi rapidement qu'elle était venue ; et je n'en tiens note que pour marquer le jour du dernier entretien que j'eus avec mon singulier homonyme.

La vieille et vaste maison, dans ses innombrables subdivisions, comprenait plusieurs grandes chambres qui communiquaient entre elles et servaient de dortoirs au plus grand nombre des élèves. Il y avait néanmoins (comme cela devait arriver nécessairement dans un bâtiment aussi malencontreusement dessiné) une foule de coins et de recoins, – les rognures et les bouts de la construction, et l'ingéniosité économique du docteur Bransby les avait également transformés en dortoirs ; mais, comme ce n'étaient que de simples cabinets, ils ne pouvaient servir qu'à un seul individu. Une de ces petites chambres était occupée par Wilson.

Une nuit, vers la fin de ma cinquième année à l'école, et immédiatement après l'altercation dont j'ai parlé, profitant de ce que tout le monde était plongé dans le sommeil, je me levai de mon lit, et, une lampe à la main, je me glissai, à travers un labyrinthe d'étroits passages, de ma chambre à coucher vers celle de mon rival. J'avais longuement machiné à ses dépens une de ces méchantes charges, une de ces malices dans lesquelles j'avais si complètement échoué jusqu'alors. J'avais l'idée de mettre dès lors mon plan à exécution et je résolus de lui faire sentir toute la force de la méchanceté dont j'étais rempli. J'arrivai jusqu'à son cabinet, j'entrai sans faire de bruit, laissant ma lampe à la porte avec un abat-jour dessus. J'avançai d'un pas, et j'écoutai le bruit de sa respiration paisible. Certain qu'il était bien endormi, je retournai à la porte, je pris ma lampe, et je m'approchai de nouveau du lit. Les rideaux étaient fermés ; je les ouvris doucement et lentement pour l'exécution de mon projet ; mais une lumière vive tomba en plein sur le dormeur, et en même temps mes yeux s'arrêtèrent sur sa physionomie. Je regardai ; – et un engourdissement, une sensation de glace pénétrèrent instantanément tout mon être. Mon cœur palpita, mes genoux vacillèrent, toute mon âme fut prise d'une horreur intolérable et inexplicable. Je respirai convulsivement, – j'abaissai la lampe encore plus près de la face. Etaient-ce, – étaient-ce bien là les traits de William Wilson ? Je voyais bien que c'étaient les siens, mais je tremblais, comme pris d'un accès de fièvre, en m'imaginant que ce n'étaient pas les siens. Qu'y avait-il donc en eux qui pût me confondre à ce point ? Je le contemplais, – et ma cervelle tournait sous l'action de mille pensées incohérentes. Il ne m'apparaissait pas *ainsi,* – non, certes, il ne m'apparaissait pas *tel,* aux heures actives où il était éveillé. Le même nom ! les mêmes traits ! entrés le même jour à l'école ! Et puis cette hargneuse et inexplicable imitation de ma démarche, de ma voix, de mon costume et de mes manières ! Etait-ce, en vérité, dans les limites du possible humain, que *ce que je voyais maintenant* fût le simple résultat de cette habitude d'imitation sarcastique ? Frappé d'effroi, pris de frisson, j'éteignis ma lampe, je sortis silencieusement de la chambre, et quittai une bonne fois l'enceinte de cette vieille école pour n'y jamais revenir.

Après un laps de quelques mois, que je passai chez mes parents dans la pure fainéantise, je fus placé au collège d'Eton. Ce court intervalle avait été suffisant pour affaiblir en moi le souvenir des événements de l'école Bransby, ou au moins pour opérer un changement notable dans la nature des sentiments que ces souvenirs m'inspiraient. La réalité, le côté tragique du drame, n'existait plus. Je trouvais maintenant quelques motifs pour douter du témoignage de mes sens, et je me rappelais rarement l'aventure sans admirer jusqu'où peut aller la crédulité humaine, et sans sourire de la force prodigieuse d'imagination que je tenais de ma famille. Or, la vie que je menais à Eton n'était guère de nature à diminuer cette espèce de scepticisme. Le tourbillon de folie où je me plongeai immédiatement et sans réflexion balaya tout, excepté l'écume de mes heures passées, absorba d'un seul coup toute impression solide et sérieuse, et ne laissa absolument dans mon souvenir que les étourderies de mon existence précédente.

Je n'ai pas l'intention, toutefois, de tracer ici le cours de mes misérables dérèglements, – dérèglements qui défiaient toute loi et éludaient toute surveillance. Trois années de folies, dépensées sans profit, n'avaient pu me donner que des habitudes de vice enracinées, et avaient accru d'une manière presque anormale mon développement physique. Un jour, après une semaine entière de dissipation abrutissante, j'invitai une société d'étudiants des plus dissolus à une orgie secrète dans ma chambre. Nous nous réunîmes à une heure avancée de la nuit, car notre débauche devait se prolonger religieusement jusqu'au matin. Le vin coulait librement, et d'autres séductions plus dangereuses peut-être n'avaient pas été négligées ; si bien que, comme l'aube pâlissait le ciel à l'orient, notre délire et nos extravagances étaient à leur apogée. Furieusement enflammé par les cartes et par l'ivresse, je m'obstinais à porter un toast étrangement indécent, quand mon attention fut soudainement distraite par une porte qu'on entrebâilla vivement et par la voix précipitée d'un domestique. Il me dit qu'une personne qui avait l'air fort pressée demandait à me parler dans le vestibule.

Singulièrement excité par le vin, cette interruption inattendue me causa plus de plaisir que de surprise. Je me précipitai en chancelant, et en quelques pas je fus dans le vestibule de la maison. Dans cette salle basse et étroite, il n'y avait aucune lampe, et elle ne recevait d'autre lumière que celle de l'aube, excessivement faible, qui se glissait à travers la fenêtre cintrée. En mettant le pied sur le seuil, je distinguai la personne d'un jeune homme, de ma taille à peu près, et vêtu d'une robe de chambre de casimir blanc, coupée à la nouvelle mode, comme celle que je portais en ce moment. Cette faible lueur me permit de voir tout cela ; mais les traits de la face, je ne pus les distinguer. A peine fus-je entré qu'il se précipita vers moi, et, me saisissant par le bras avec un geste impératif d'impatience, me chuchota à l'oreille ces mots :

– William Wilson !

En une seconde, je fus dégrisé.

Il y avait dans la manière de l'étranger, dans le tremblement nerveux de son doigt qu'il tenait levé entre mes yeux et la lumière, quelque chose qui me remplit d'un complet étonnement ; mais ce n'était pas là ce qui m'avait si violemment ému. C'était l'importance, la solennité d'admonition contenue dans cette parole singulière, basse, sifflante ; et, par-dessus tout, le caractère, le ton, *la clef* de ces quelques syllabes, simples, familières, et toutefois mystérieusement *chuchotées*, qui vinrent, avec mille souvenirs accumulés des jours passés, s'abattre sur mon âme, comme une décharge de pile voltaïque. Avant que j'eusse pu recouvrer mes sens, il avait disparu.

Quoique cet événement eût à coup sûr produit un effet très-vif sur mon imagination déréglée, cependant cet effet, si vif, alla bientôt s'évanouissant. Pendant plusieurs semaines, à la vérité, tantôt je me livrai à l'investigation la plus sérieuse, tantôt je restai enveloppé d'un nuage de méditation morbide. Je n'essayai pas de me dissimuler l'identité du singulier individu qui s'immisçait si opiniâtrement dans mes affaires et me fatiguait de ses conseils officieux. Mais qui était, mais qu'était ce Wilson ? – Et d'où venait-il ? – Et quel était son but ? Sur aucun de ces points je ne pus me satisfaire ; – je constatai seulement, relativement à lui, qu'un accident soudain dans sa famille lui avait fait quitter l'école du docteur Bransby dans l'après-midi du jour où je m'étais enfui. Mais, après un certain temps, je cessai d'y rêver, et mon attention fut tout absorbée par un départ projeté pour Oxford. Là j'en vins bientôt – la vanité prodigue de mes parents me permettant de mener un train coûteux et de me livrer à mon gré au luxe déjà si cher à mon cœur – à rivaliser en prodigalités avec les plus superbes héritiers des plus riches comtés de la Grande-Bretagne.

Encouragé au vice par de pareils moyens, ma nature éclata avec une ardeur double, et, dans le fol enivrement de mes débauches, je foulai aux pieds les vulgaires entraves de la décence. Mais il serait absurde de m'appesantir sur le détail de mes extravagances. Il suffira de dire que je dépassai Hérode en dissipations, et que, donnant un nom à une multitude de folies nouvelles, j'ajoutai un copieux appendice au long catalogue des vices qui régnaient alors dans l'université la plus dissolue de l'Europe.

Il paraîtra difficile à croire que je fusse tellement déchu du rang de gentilhomme, que je cherchasse à me familiariser avec les artifices les plus vils du joueur de profession, et, devenu un adepte de cette science méprisable, que je la pratiquasse habituellement comme moyen d'accroître mon revenu, déjà énorme, aux dépens de ceux de mes camarades dont l'esprit était le plus faible. Et cependant, tel était le fait. Et l'énormité même de cet attentat contre les sentiments de dignité et d'honneur, était évidemment la principale, sinon la seule raison de mon impunité. Qui donc, parmi mes camarades les plus dépravés, n'aurait pas contredit le plus clair témoignage de ses sens, plutôt que de soupçonner d'une pareille conduite le joyeux, le franc, le généreux William Wilson, – le plus noble et le plus libéral compagnon d'Oxford, – celui dont les folies, disaient ses parasites, n'étaient que les folies d'une jeunesse et d'une imagination sans frein, – dont les erreurs n'étaient que d'inimitables caprices, – les vices les plus noirs, une insoucieuse et superbe extravagance ?

J'avais déjà rempli deux années de cette joyeuse façon, quand arriva à l'université un jeune homme de fraîche noblesse, – un nommé Glendinning, – riche, disait la voix publique, comme Hérodès Atticus, et à qui sa richesse n'avait pas coûté plus de peine. Je découvris bien vite qu'il était d'une intelligence faible, et naturellement je le marquai comme une excellente victime de mes talents. Je l'engageai fréquemment à jouer, et m'appliquai, avec la ruse habituelle du joueur, à lui laisser gagner des sommes considérables, pour l'enlacer plus efficacement dans mes filets. Enfin, mon plan étant bien mûri, je me rencontrai avec lui, – dans l'intention bien arrêtée d'en finir, – chez un de nos camarades, M. Preston, également lié avec nous deux, mais qui – je dois lui rendre cette justice – n'avait pas le moindre soupçon de mon dessein. Pour donner à tout cela une meilleure couleur, j'avais eu soin d'inviter une société de huit ou dix personnes, et je m'étais particulièrement appliqué à ce que l'introduction des cartes parût tout à fait accidentelle et n'eût lieu que sur la proposition de la dupe que j'avais en vue. Pour abréger en un sujet aussi vil, je ne négligeai aucune des basses finesses, si banalement pratiquées en pareille occasion, que c'est merveille qu'il y ait toujours des gens assez sots pour en être les victimes.

Nous avions prolongé notre veillée assez avant dans la nuit, quand j'opérai enfin de manière à prendre Glendinning pour mon unique adversaire. Le jeu était mon jeu favori, l'écarté. Les autres personnes de la société, intéressées par les proportions grandioses de notre jeu, avaient laissé leurs cartes et faisaient galerie autour de nous. Notre parvenu, que j'avais adroitement poussé dans la première partie de la soirée à boire richement, mêlait, donnait et jouait d'une manière étrangement nerveuse, dans laquelle son ivresse, pensais-je, était pour quelque chose, mais qu'elle n'expliquait pas entièrement. En très-peu de temps, il était devenu mon débiteur pour une forte somme, quand, ayant avalé une longue rasade d'oporto, il fit juste ce que j'avais froidement prévu, – il proposa de doubler notre enjeu, déjà fort extravagant. Avec une heureuse affectation de résistance, et seulement après que mon refus réitéré l'eut entraîné à des paroles aigres qui donnèrent à mon consentement l'apparence d'une pique, finalement je m'exécutai. Le résultat fut ce qu'il devait être : la proie s'était complètement empêtrée dans mes filets ; en moins d'une heure, il avait quadruplé sa dette. Depuis quelque temps sa physionomie avait perdu le teint fleuri que lui prêtait le vin ; mais, alors, je m'aperçus avec étonnement qu'elle était arrivée à une pâleur vraiment terrible. Je dis avec étonnement, car j'avais pris sur Glendinning de soigneuses informations ; on me l'avait représenté comme immensément riche, et les sommes qu'il avait perdues jusqu'ici, quoique réellement fortes, ne pouvaient pas – je le supposais du moins – le tracasser très-sérieusement, encore moins l'affecter d'une manière aussi violente. L'idée qui se présenta le plus naturellement à mon esprit fut qu'il était bouleversé par le vin qu'il venait de boire ; et, dans le but de sauvegarder mon caractère aux yeux de mes camarades, plutôt que par un motif de désintéressement, j'allais insister péremptoirement pour interrompre le jeu, quand quelques mots prononcés à côté de moi parmi les personnes présentes, et une exclamation de Glendinning qui témoignait du plus complet désespoir, me firent comprendre que j'avais opéré sa ruine totale, dans des conditions qui avaient fait de lui un objet de pitié pour tous, et l'auraient protégé même contre les mauvais offices d'un démon.

Quelle conduite eussé-je adoptée dans cette circonstance, il me serait difficile de le dire. La déplorable situation de ma dupe avait jeté sur tout le monde un air de gêne et de tristesse ; et il régna un silence profond de quelques minutes, pendant lequel je sentais en dépit de moi mes joues fourmiller sous les regards brûlants de mépris et de reproche que m'adressaient les moins endurcis de la société. J'avouerai même que mon cœur se trouva momentanément déchargé d'un intolérable poids d'angoisse par la soudaine et extraordinaire interruption qui suivit. Les lourds battants de la porte de la chambre s'ouvrirent tout grands, d'un seul coup, avec une impétuosité si vigoureuse et si violente, que toutes les bougies s'éteignirent comme par enchantement. Mais la lumière mourante me permit d'apercevoir qu'un étranger s'était introduit, – un homme de ma taille à peu près, et étroitement enveloppé d'un manteau. Cependant, les ténèbres étaient maintenant complètes, et nous pouvions seulement *sentir* qu'il se tenait au milieu de nous. Avant qu'aucun de nous fût revenu de l'excessif étonnement où nous avait tous jetés cette violence, nous entendîmes la voix de l'intrus :

– Gentlemen, – dit-il, *d'une voix très-basse*, mais distincte, d'une voix inoubliable qui pénétra la moelle de mes os, – gentlemen, je ne cherche pas à excuser ma conduite, parce qu'en me conduisant ainsi je ne fais qu'accomplir un devoir. Vous n'êtes sans doute pas au fait du vrai caractère de la personne qui a gagné cette nuit une somme énorme à l'écarté à lord Glendinning. Je vais donc vous proposer un moyen expéditif et décisif pour vous procurer ces très-importants renseignements. Examinez, je vous prie, tout à votre aise, la doublure du parement de sa manche gauche et les quelques petits paquets que l'on trouvera dans les poches passablement vastes de sa robe de chambre brodée.

Pendant qu'il parlait, le silence était si profond qu'on

aurait entendu tomber une épingle sur le tapis. Quand il eut fini, il partit tout d'un coup, aussi brusquement qu'il était entré. Puis-je décrire, décrirai-je mes sensations ? Faut-il dire que je sentis toutes les horreurs du damné ? J'avais certainement peu de temps pour la réflexion. Plusieurs bras m'empoignèrent rudement, et on se procura immédiatement de la lumière. Une perquisition suivit. Dans la doublure de ma manche, on trouva toutes les figures essentielles de l'écarté, et, dans les poches de ma robe de chambre, un certain nombre de jeux de cartes exactement semblables à ceux dont nous nous servions dans nos réunions, à l'exception que les miennes étaient de celles qu'on appelle, proprement *arrondies*, les honneurs étant très-légèrement convexes sur les petits côtés et les basses cartes imperceptiblement convexes sur les grands. Grâce à cette disposition, la dupe qui coupe, comme d'habitude, dans la longueur du paquet, coupe invariablement de manière à donner un honneur à son adversaire ; tandis que le grec, en coupant dans la largeur, ne donnera jamais à sa victime rien qu'elle puisse marquer à son avantage.

Une tempête d'indignation m'aurait moins affecté que le silence méprisant et le calme sarcastique qui accueillirent cette découverte.

– Monsieur Wilson, – dit notre hôte en se baissant pour ramasser sous ses pieds un magnifique manteau doublé d'une fourrure précieuse, – monsieur Wilson, ceci est à vous. (Le temps était froid, et, en quittant ma chambre, j'avais jeté par-dessus mon vêtement du matin un manteau que j'ôtai en arrivant sur le théâtre du jeu.) Je présume, – ajouta-t-il en regardant les plis du vêtement avec un sourire amer, – qu'il est bien superflu de chercher ici de nouvelles preuves de votre savoir-faire. Vraiment, nous en avons assez. J'espère que vous comprendrez la nécessité de quitter Oxford, – en tout cas de sortir à l'instant de chez moi.

Avili, humilié ainsi jusqu'à la boue, il est probable que j'eusse châtié ce langage insultant par une violence personnelle immédiate, si toute mon attention n'avait pas été en ce moment arrêtée par un fait de la nature la plus surprenante. Le manteau que j'avais apporté était d'une fourrure supérieure, – d'une rareté et d'un prix extravagants, il est inutile de le dire. La coupe était une coupe de fantaisie, de mon invention ; car dans ces matières frivoles j'étais difficile, et je poussais les rages du dandysme jusqu'à l'absurde. Donc, quand M. Preston me tendit celui qu'il avait ramassé par terre, auprès de la porte de la chambre, ce fut avec un étonnement voisin de la terreur que je m'aperçus que j'avais déjà le mien sur mon bras, où je l'avais sans doute placé sans y penser, et que celui qu'il me présentait en était l'exacte contrefaçon dans tous ses plus minutieux détails. L'être singulier qui m'avait si désastreusement dévoilé était, je me le rappelais bien, enveloppé d'un manteau ; et aucun des individus présents, excepté moi, n'en avait apporté avec lui. Je conservai quelque présence d'esprit, je pris celui que m'offrait Preston ; je le plaçai, sans qu'on y prît garde, sur le mien ; je sortis de la chambre avec un défi et une menace dans le regard ; et, le matin même, avant le point du jour, je m'enfuis précipitamment d'Oxford vers le continent, dans une vraie agonie d'horreur et de honte.

Je fuyais en vain. Ma destinée maudite m'a poursuivi, triomphante, et me prouvant que son mystérieux pouvoir n'avait fait jusqu'alors que de commencer. A peine eus-je mis le pied dans Paris, que j'eus une preuve nouvelle du détestable intérêt que le Wilson prenait à mes affaires. Les années s'écoulèrent, et je n'eus point de répit. Misérable ! – A Rome, avec quelle importune obséquiosité, avec quelle tendresse de spectre il s'interposa entre moi et mon ambition ! – Et à Vienne ! – et à Berlin ! et à Moscou ! Où donc ne trouvai-je pas quelque amère raison de le maudire du fond de mon cœur ? Frappé d'une panique, je pris enfin la fuite devant son impénétrable tyrannie, comme devant une peste, et jusqu'au bout du monde j'ai fui, *j'ai fui en vain.*

Et toujours, et toujours interrogeant secrètement mon âme, je répétais mes questions : Qui est-il ? – D'où vient-il ? – Et quel est son dessein ? – Mais je ne trouvais pas de réponse. Et j'analysais alors avec un soin minutieux les formes, la méthode et les traits caractéristiques de son insolente surveillance. Mais, là encore, je ne trouvais pas grand'chose qui pût servir de base à une conjecture. C'était vraiment une chose remarquable que, dans les cas nombreux où il avait récemment traversé mon chemin, il ne l'eût jamais fait que pour dérouter des plans ou déranger des opérations qui, s'ils avaient réussi, n'auraient abouti qu'à une amère déconvenue. Pauvre justification, en vérité, que celle-là, pour une autorité si impérieusement usurpée ! Pauvre indemnité pour ces droits naturels de libre arbitre si opiniâtrement, si insolemment déniés !

J'avais aussi été forcé de remarquer que mon bourreau, depuis un fort long espace de temps, tout en exerçant scrupuleusement et avec une dextérité miraculeuse cette manie de toilette identique à la mienne, s'était toujours arrangé, à chaque fois qu'il posait son intervention dans ma volonté, de manière que je ne pusse voir les traits de sa face. Quoi que pût être ce damné Wilson, certes un pareil mystère était le comble de l'affectation et de la sottise. Pouvait-il avoir supposé un instant que dans mon donneur d'avis à Eton, – dans le destructeur de mon honneur à Oxford, – dans celui qui avait contrecarré mon ambition à Rome, ma vengeance à Paris, mon amour passionné à Naples, en Egypte ce qu'il appelait à tort ma cupidité, – que dans cet être, mon grand ennemi et mon mauvais génie, je ne reconnaîtrais pas le William Wilson de mes années de collège, – l'homonyme, le camarade, le rival, – le rival exécré et redouté de la maison Bransby ? – Impossible ! – Mais laissez-moi courir à la terrible scène finale du drame.

Jusqu'alors je m'étais soumis lâchement à son impérieuse domination. Le sentiment de profond respect avec lequel je m'étais accoutumé à considérer le caractère élevé, la sagesse majestueuse, l'omniprésence et l'omnipotence apparentes de Wilson, joint à je ne sais quelle sensation de terreur que m'inspiraient certains autres traits de sa nature et certains privilèges, avaient créé en moi l'idée de mon entière faiblesse et de mon impuissance, et m'avaient conseillé une soumission sans réserve, quoique pleine d'amertume et de répugnance, à son arbitraire dictature. Mais, depuis ces derniers temps, je m'étais entièrement abandonné au vin, et son influence exaspérante sur mon tempérament héréditaire me rendait de plus en plus impatient de tout contrôle. Je commençai à murmurer, – à hésiter, – à résister. Et fut-ce simplement mon imagination qui m'induisait à croire que l'opiniâtreté de mon bourreau diminuerait en raison de ma propre fermeté ? Il est possible ; mais, en tout cas, je commençais à sentir l'inspiration d'une espérance ardente, et je finis par nourrir dans le secret de mes pensées la sombre et désespérée résolution de m'affranchir de cet esclavage.

C'était à Rome, pendant le carnaval de 18... ; j'étais à un bal masqué dans le palais du duc Di Broglio, de Naples. J'avais fait abus du vin encore plus que de coutume, et l'atmosphère étouffante des salons encombrés m'irritait insupportablement. La difficulté de me frayer un passage à travers la cohue ne contribua pas peu à exaspérer mon humeur ; car je cherchais avec anxiété (je ne dirai pas pour quel indigne motif) la jeune, la joyeuse, la belle épouse du vieux et extravagant Di Broglio. Avec une confiance passablement imprudente, elle m'avait confié le secret du costume qu'elle devait porter ; et, comme je venais de l'apercevoir au loin, j'avais hâte d'arriver jusqu'à elle. En ce moment, je sentis une main qui se posa doucement sur mon épaule, – et puis cet inoubliable, ce profond, ce maudit *chuchotement* dans mon oreille !

Pris d'une rage frénétique, je me tournai brusquement vers celui qui m'avait ainsi troublé et je le saisis violemment au collet. Il portait, comme je m'y attendais, un costume absolument semblable au mien : un manteau espagnol de velours bleu, et autour de la taille une ceinture cramoisie où se rattachait une rapière. Un masque de soie noire recouvrait entièrement sa face.

– Misérable ! – m'écriai-je d'une voix enrouée par la rage, et chaque syllabe qui m'échappait était comme un aliment pour le feu de ma colère, – misérable ! imposteur ! scélérat maudit ! tu ne me suivras plus à la piste, – tu ne me harcèleras pas jusqu'à la mort ! Suis-moi, ou je t'embroche sur place !

Et je m'ouvris un chemin de la salle de bal vers une petite antichambre attenante, le traînant irrésistiblement avec moi.

En entrant, je le jetai furieusement loin de moi. Il alla chanceler contre le mur ; je fermai la porte en jurant, et lui ordonnai de dégainer. Il hésita une seconde ; puis, avec un léger soupir, il tira silencieusement son épée et se mit en garde.

Le combat ne fut certes pas long. J'étais exaspéré par les plus ardentes excitations de tout genre, et je me sentais dans un seul bras l'énergie et la puissance d'une multitude. En quelques secondes, je l'acculai par la force du poignet contre la boiserie, et, là, le tenant à ma discrétion, je lui plongeai, à plusieurs reprises et coup sur coup, mon épée dans la poitrine avec une férocité de brute.

En ce moment, quelqu'un toucha à la serrure de la porte. Je me hâtai de prévenir une invasion importune, et je retournai immédiatement vers mon adversaire mourant. Mais quelle langue humaine peut rendre suffisamment cet étonnement, cette horreur qui s'emparèrent de moi au spectacle que virent alors mes yeux. Le court instant pendant lequel je m'étais détourné avait suffi pour produire, en apparence, un changement matériel dans les dispositions locales à l'autre bout de la chambre. Une vaste glace – dans mon trouble, cela m'apparut d'abord ainsi – se dressait là où je n'en avais pas vu trace auparavant ; et, comme je marchais frappé de terreur vers ce miroir, ma propre image, mais avec une face pâle et barbouillée de sang, s'avança à ma rencontre d'un pas faible et vacillant.

C'est ainsi que la chose m'apparut, dis-je, mais telle elle n'était pas. C'était mon adversaire, – c'était Wilson qui se tenait devant moi dans son agonie. Son masque et son manteau gisaient sur le parquet, là où il les avait jetés. Pas un fil dans son vêtement, – pas une ligne dans toute sa figure si caractérisée et si singulière, – qui ne fût *mien*, – qui ne fût *mienne* ; – c'était l'absolu dans l'identité !

C'était Wilson, mais Wilson ne chuchotant plus ses paroles maintenant ! si bien que j'aurais pu croire que c'était moi-même qui parlais quand il me dit :

– Tu as vaincu, et je succombe. Mais dorénavant tu es mort aussi, – mort au Monde, au Ciel et à l'Espérance ! En moi tu existais, – et vois dans ma mort, vois par cette image qui est la tienne, comme tu t'es radicalement assassiné toi-même !

METZENGERSTEIN

Pestis eram vivus, – moriens tua mors ero.
Martin LUTHER.

L'horreur et la fatalité se sont donné carrière dans tous les siècles. A quoi bon mettre une date à l'histoire que j'ai à raconter ? Qu'il me suffise de dire qu'à l'époque dont je parle existait dans le centre de la Hongrie une croyance secrète, mais bien établie, aux doctrines de la métempsycose. De ces doctrines elles-mêmes, de leur fausseté ou de leur probabilité, – je ne dirai rien. J'affirme, toutefois, qu'une bonne partie de notre incrédulité *vient,* comme dit La Bruyère, qui attribue tout notre malheur à cette cause unique, *de ne pouvoir être seuls.*

Mais il y avait quelques points dans la superstition hongroise qui tendaient fortement à l'absurde. Les Hongrois différaient très-essentiellement de leurs autorités d'Orient. Par exemple, – *l'âme,* à ce qu'ils croyaient, – je cite les termes d'un subtil et intelligent Parisien, – *ne demeure qu'une seule fois dans un corps sensible. Ainsi, un cheval, un chien, un homme même, ne sont que la ressemblance illusoire de ces êtres.*

Les familles Berlifitzing et Metzengerstein avaient été en discorde pendant des siècles. Jamais on ne vit deux maisons aussi illustres réciproquement aigries par une inimitié aussi mortelle. Cette haine pouvait tirer son origine des paroles d'une ancienne prophétie : – *Un grand nom tombera d'une chute terrible, quand, comme le cavalier sur son cheval, la mortalité de Metzengerstein triomphera de l'immortalité de Berlifitzing.*

Certes, les termes n'avaient que peu ou point de sens. Mais des causes plus vulgaires ont donné naissance – et cela, sans remonter bien haut, – à des conséquences également grosses d'événements. En outre, les deux maisons, qui étaient voisines, avaient longtemps exercé une influence rivale dans les affaires d'un gouvernement tumultueux. De plus, des voisins aussi rapprochés sont rarement amis ; et, du haut de leurs terrasses massives, les habitants du château Berlifitzing pouvaient plonger leurs regards dans les fenêtres même du palais Metzengerstein. Enfin, le déploiement d'une magnificence plus que féodale était peu fait pour calmer les sentiments irritables des Berlifitzing, moins anciens et moins riches. Y a-t-il donc lieu de s'étonner que les termes de cette prédiction, bien que tout à fait saugrenus, aient si bien créé et entretenu la discorde entre deux familles déjà prédisposées aux querelles par toutes les instigations d'une jalousie héréditaire ? La prophétie semblait impliquer – si elle impliquait quelque chose, – un triomphe final du côté de la maison déjà plus puissante, et naturellement vivait dans la mémoire de la plus faible et de la moins influente, et la remplissait d'une aigre animosité.

Wilhelm, comte Berlifitzing, bien qu'il fût d'une haute origine, n'était, à l'époque de ce récit, qu'un vieux radoteur infirme, et n'avait rien de remarquable, si ce n'est une antipathie invétérée et folle contre la famille de son rival, et une passion si vive pour les chevaux et la chasse, que rien, ni ses infirmités physiques, ni son grand âge, ni l'affaiblissement de son esprit, ne pouvait l'empêcher de prendre journellement sa part des dangers de cet exercice. De l'autre côté, Frédérick, baron Metzengerstein, n'était pas encore majeur. Son père, le ministre G..., était mort jeune. Sa mère, madame Marie, le suivit bientôt. Frédérick était à cette époque dans sa dix-huitième année. Dans une ville, dix-huit ans ne sont pas une longue période de temps ; mais dans une solitude, dans une aussi magnifique solitude que cette vieille seigneurie, le pendule vibre avec une plus profonde et plus significative solennité.

Par suite de certaines circonstances résultant de l'administration de son père, le jeune baron, aussitôt après la mort de celui-ci, entra en possession de ses vastes domaines.

Rarement on avait vu un noble de Hongrie posséder un tel patrimoine. Ses châteaux étaient innombrables. Le plus splendide et le plus vaste était le palais Metzengerstein. La ligne frontière de ses domaines n'avait jamais été clairement définie ; mais son parc principal embrassait un circuit de cinquante milles.

L'avènement d'un propriétaire si jeune, et d'un caractère si bien connu, à une fortune si incomparable laissait peu de place aux conjectures relativement à sa ligne probable de conduite. Et, en vérité, dans l'espace de trois jours, la conduite de l'héritier fit pâlir le renom d'Hérode et dépassa magnifiquement les espérances de ses plus enthousiastes admirateurs. De honteuses débauches, de flagrantes perfidies, des atrocités inouïes, firent bientôt comprendre à ses vassaux tremblants que rien, – ni soumission servile de leur part, ni scrupules de conscience de la sienne – ne leur garantirait désormais de sécurité contre les griffes sans remords de ce petit Caligula. Vers la nuit du quatrième jour, on s'aperçut que le feu avait pris aux écuries du château Berlifitzing, et l'opinion unanime du voisinage ajouta le crime d'incendie à la liste déjà horrible des délits et des atrocités du baron.

Quant au jeune gentilhomme, pendant le tumulte occasionné par cet accident, il se tenait, en apparence plongé dans une méditation, au haut du palais de famille des Metzengerstein, dans un vaste appartement solitaire. La tenture de tapisserie, riche, quoique fanée, qui pendait mélancoliquement aux murs, représentait les figures fantastiques et majestueuses de mille ancêtres illustres. Ici des prêtres richement vêtus d'hermine, des dignitaires pontificaux, siégeaient familièrement avec l'autocrate et le souverain, opposaient leur *veto* aux caprices d'un roi temporel, ou contenaient avec le *fiat* de la toute-puissance papale le sceptre rebelle du Grand Ennemi, prince des ténèbres. Là, les sombres et grandes figures des princes Metzengerstein – leurs musculeux chevaux de guerre piétinant sur les cadavres des ennemis tombés – ébranlaient les nerfs les plus fermes par leur forte expression ; et ici, à leur tour, voluptueuses et blanches comme des cygnes, les images des dames des anciens jours flottaient au loin dans les méandres d'une danse fantastique aux accents d'une mélodie imaginaire.

Mais, pendant que le baron prêtait l'oreille ou affectait de prêter l'oreille au vacarme toujours croissant des écuries de Berlifitzing, – et peut-être méditait quelque trait nouveau, quelque trait décidé d'audace, – ses yeux se tournèrent machinalement vers l'image d'un cheval énorme, d'une couleur hors nature, et représenté dans la tapisserie comme appartenant à un ancêtre sarrasin de la famille de son rival. Le cheval se tenait sur le premier plan du tableau, – immobile comme une statue, – pendant qu'un peu plus loin, derrière lui, son cavalier déconfit mourait sous le poignard d'un Metzengerstein.

Sur la lèvre de Frédérick surgit une expression diabolique, comme s'il s'apercevait de la direction que son regard avait prise involontairement. Cependant, il ne détourna pas les yeux. Bien loin de là, il ne pouvait d'aucune façon avoir raison de l'anxiété accablante qui semblait tomber sur ses sens comme un drap mortuaire. Il conciliait difficilement ses sensations incohérentes comme celles des rêves avec la certitude d'être éveillé. Plus il contemplait, plus absorbant devenait le charme, – plus il lui paraissait impossible d'arracher son regard à la fascination de cette tapisserie. Mais le tumulte du dehors devenant soudainement plus violent, il fit enfin un effort, comme à regret, et tourna son attention vers une explosion de lumière rouge, projetée en plein des écuries enflammées sur les fenêtres de l'appartement.

L'action toutefois ne fut que momentanée ; son regard retourna machinalement au mur. A son grand étonnement, la tête du gigantesque coursier – chose horrible ! – avait pendant ce temps changé de position. Le cou de l'animal, d'abord incliné comme par la compassion vers le corps terrassé de son seigneur, était maintenant étendu, roide et dans toute sa longueur, dans la direction du baron. Les yeux, tout à l'heure invisibles, contenaient maintenant une expression énergique et humaine, et ils brillaient d'un rouge ardent et extraordinaire ; et les lèvres distendues de ce cheval à la physionomie enragée laissaient pleinement apercevoir ses dents sépulcrales et dégoûtantes.

Stupéfié par la terreur, le jeune seigneur gagna la porte en chancelant. Comme il l'ouvrait, un éclat de lumière rouge jaillit au loin dans la salle, qui dessina nettement son reflet sur la tapisserie frissonnante ; et, comme le baron hésitait un instant sur le seuil, il tressaillit en voyant que ce reflet prenait la position exacte et remplissait précisément le contour de l'implacable et triomphant meurtrier du Berlifitzing sarrasin.

Pour alléger ses esprits affaissés, le baron Frédérick chercha précipitamment le plein air. A la porte principale du palais, il rencontra trois écuyers. Ceux-ci, avec beaucoup de difficulté et au grand péril de leur vie, comprimaient les bonds convulsifs d'un cheval gigantesque couleur de feu.

– A qui ce cheval ? Où l'avez-vous trouvé ? demanda le jeune homme d'une voix querelleuse et rauque, reconnaissant immédiatement que le mystérieux coursier de la tapisserie était le parfait pendant du furieux animal qu'il avait devant lui.

– C'est votre propriété, monseigneur, répliqua l'un des écuyers ; du moins il n'est réclamé par aucun autre propriétaire. Nous l'avons pris comme il s'échappait, tout fumant et écumant de rage, des écuries brûlantes du château Berlifitzing. Supposant qu'il appartenait au haras des chevaux étrangers du vieux comte, nous l'avons ramené comme épave. Mais les domestiques désavouent tout droit sur la bête ; ce qui est étrange, puisqu'il porte des traces évidentes du feu, qui prouvent qu'il l'a échappé belle.

– Les lettres W.V.B. sont également marquées au fer très-distinctement sur son front, interrompit un second écuyer ; je supposais donc qu'elles étaient les initiales de Wilhelm von Berlifitzing, mais tout le monde au château affirme positivement n'avoir aucune connaissance du cheval.

– Extrêmement singulier ! dit le jeune baron, avec un air rêveur et comme n'ayant aucune conscience du sens de ses paroles. C'est, comme vous dites, un remarquable cheval, – un prodigieux cheval ! bien qu'il soit, comme vous le remarquez avec justesse, d'un caractère ombrageux et intraitable ; allons ! qu'il soit à moi, je le veux bien, ajouta-t-il après une pause ; peut-être un cavalier tel que Frédérick de Metzengerstein pourra-t-il dompter le diable même des écuries de Berlifitzing.

– Vous vous trompez, monseigneur ; le cheval, comme nous vous l'avons dit, je crois, n'appartient pas aux écuries du comte. Si tel eût été le cas, nous connaissons trop bien notre devoir pour l'amener en présence d'une noble personne de votre famille.

– C'est vrai ! – observa le baron sèchement. – Et, à ce moment, un jeune valet de chambre arriva du palais, le teint échauffé, et à pas précipités. Il chuchota à l'oreille de son maître l'histoire de la disparition soudaine d'un morceau de la tapisserie, dans une chambre qu'il désigna, entrant alors dans des détails d'un caractère minutieux et circonstancié ; mais, comme tout cela fut communiqué d'une voix très-basse, pas un mot ne transpira qui pût satisfaire la curiosité excitée des écuyers.

Le jeune Frédérick, pendant l'entretien, semblait agité d'émotions variées. Néanmoins, il recouvra bientôt son calme, et une expression de méchanceté décidée était déjà fixée sur sa physionomie, quand il donna des ordres péremptoires pour que l'appartement en question fût immédiatement condamné et la clef remise entre ses mains propres.

– Avez-vous appris la mort déplorable de Berlifitzing, le vieux chasseur ? dit au baron un de ses vassaux, après le départ du page, pendant que l'énorme coursier que le gentilhomme venait d'adopter comme sien s'élançait et bondissait avec une furie redoublée à travers la longue avenue qui s'étendait du palais aux écuries de Metzengerstein.

– Non, dit le baron, se tournant brusquement vers celui qui parlait ; mort ! dis-tu ?

– C'est la pure vérité, monseigneur ; et je présume que, pour un seigneur de votre nom, ce n'est pas un renseignement trop désagréable.

Un rapide sourire jaillit sur la physionomie du baron.

– Comment est-il mort ?

– Dans ses efforts imprudents pour sauver la partie préférée de son haras de chasse, il a péri misérablement dans les flammes.

– En... vé... ri... té... ! s'exclama le baron, comme impressionné lentement et graduellement par quelque évidence mystérieuse.

– En vérité, répéta le vassal.

– Horrible ! dit le jeune homme avec beaucoup de calme ; et il rentra tranquillement dans le palais.

A partir de cette époque, une altération marquée eut lieu dans la conduite extérieure du jeune débauché, baron

Frédérick von Metzengerstein. Véritablement, sa conduite désappointait toutes les espérances et déroutait les intrigues de plus d'une mère. Ses habitudes et ses manières tranchèrent de plus en plus et, moins que jamais, n'offrirent d'analogie sympathique quelconque avec celles de l'aristocratie du voisinage. On ne le voyait jamais au-delà des limites de son propre domaine, et, dans le vaste monde social, il était absolument sans compagnon, – à moins que ce grand cheval impétueux, hors nature, couleur de feu, qu'il monta continuellement à partir de cette époque, n'eût en réalité quelque droit mystérieux au titre d'ami.

Néanmoins, de nombreuses invitations de la part du voisinage lui arrivaient périodiquement. – « Le baron honorera-t-il notre fête de sa présence ? » – « Le baron se joindra-t-il à nous pour une chasse au sanglier ? » – « Metzengerstein ne chasse pas » ; – « Metzengerstein n'ira pas », – telles étaient ses hautaines et laconiques réponses.

Ces insultes répétées ne pouvaient pas être endurées par une noblesse impérieuse. De telles invitations devinrent moins cordiales, – moins fréquentes ; – avec le temps elles cessèrent tout à fait. On entendit la veuve de l'infortuné comte Berlifitzing exprimer le vœu « que le baron fût au logis quand il désirerait n'y pas être, puisqu'il dédaignait la compagnie de ses égaux ; et qu'il fût à cheval quand il voudrait n'y pas être, puisqu'il leur préférait la société d'un cheval ». Ceci à coup sûr n'était que l'explosion niaise d'une pique héréditaire et prouvait que nos paroles deviennent singulièrement absurdes quand nous voulons leur donner une forme extraordinairement énergique.

Les gens charitables, néanmoins, attribuaient le changement de manières du jeune gentilhomme au chagrin naturel d'un fils privé prématurément de ses parents, – oubliant toutefois son atroce et insouciante conduite durant les jours qui suivirent immédiatement cette perte. Il y en eut quelques-uns qui accusèrent simplement en lui une idée exagérée de son importance et de sa dignité. D'autres, à leur tour (et parmi ceux-là peut être cité le médecin de la famille), parlèrent sans hésiter d'une mélancolie morbide et d'un mal héréditaire ; cependant, des insinuations plus ténébreuses, d'une nature plus équivoque, couraient parmi la multitude.

En réalité, l'attachement pervers du baron pour sa

monture de récente acquisition, – attachement qui semblait prendre une nouvelle force dans chaque nouvel exemple que l'animal donnait de ses féroces et démoniaques inclinations, – devint à la longue, aux yeux de tous les gens raisonnables, une tendresse horrible et contre nature. Dans l'éblouissement du midi, – aux heures profondes de la nuit, – malade ou bien portant, – dans le calme ou dans la tempête, – le jeune Metzengerstein semblait cloué à la selle du cheval colossal dont les intraitables audaces s'accordaient si bien avec son propre caractère.

Il y avait de plus des circonstances qui, rapprochées des événements récents, donnaient un caractère surnaturel et monstrueux à la manie du cavalier et aux capacités de la bête. L'espace qu'elle franchissait d'un seul saut avait été soigneusement mesuré, et se trouva dépasser d'une différence stupéfiante les conjectures les plus larges et les plus exagérées. Le baron, en outre, ne se servait pour l'animal d'aucun *nom* particulier, quoique tous les chevaux de son haras fussent distingués par des appellations caractéristiques. Ce cheval-ci avait son écurie à une certaine distance des autres ; et, quant au pansement et à tout le service nécessaire, nul, excepté le propriétaire en personne, ne s'était risqué à remplir ces fonctions, ni même à entrer dans l'enclos où s'élevait son écurie particulière. On observa aussi que, quoique les trois palefreniers qui s'étaient emparés du coursier, quand il fuyait l'incendie de Berlifitzing, eussent réussi à arrêter sa course à l'aide d'une chaîne à nœud coulant, cependant aucun des trois ne pouvait affirmer avec certitude que, durant cette dangereuse lutte, ou à aucun moment depuis lors, il eût jamais posé la main sur le corps de la bête. Des preuves d'intelligence particulière dans la conduite d'un noble cheval plein d'ardeur ne suffiraient certainement pas à exciter une attention déraisonnable ; mais il y avait ici certaines circonstances qui eussent violenté les esprits les plus sceptiques et les plus flegmatiques ; et l'on disait que parfois l'animal avait fait reculer d'horreur la foule curieuse devant la profonde et frappante signification de sa marque, – que parfois le jeune Metzengerstein était devenu pâle et s'était dérobé devant l'expression soudaine de son œil sérieux et quasi humain.

Parmi toute la domesticité du baron, il ne se trouva néanmoins personne pour douter de la ferveur extraordinaire d'affection qu'excitaient dans le jeune gentilhomme les qualités brillantes de son cheval ; personne, excepté du moins un insignifiant petit page malvenu, dont on rencontrait partout l'offusquante laideur, et dont les opinions avaient aussi peu d'importance qu'il est possible. Il avait l'effronterie d'affirmer – si toutefois ses idées valent la peine d'être mentionnées, – que son maître ne s'était jamais mis en selle sans un inexplicable et presque imperceptible frisson, et qu'au retour de chacune de ses longues et habituelles promenades une expression de triomphante méchanceté faussait tous les muscles de sa face.

Pendant une nuit de tempête, Metzengerstein, sortant d'un lourd sommeil, descendit comme un maniaque de sa chambre, et, montant à cheval en toute hâte, s'élança en bondissant à travers le labyrinthe de la forêt.

Un événement aussi commun ne pouvait pas attirer particulièrement l'attention ; mais son retour fut attendu avec une intense anxiété par tous ses domestiques, quand, après quelques heures d'absence, les prodigieux et magnifiques bâtiments du palais Metzengerstein se mirent à craqueter et à trembler jusque dans leurs fondements, sous l'action d'un feu immense et immaîtrisable, – une masse épaisse et livide.

Comme les flammes, quand on les aperçut pour la première fois, avaient déjà fait un si terrible progrès que tous les efforts pour sauver une portion quelconque des bâtiments eussent été évidemment inutiles, toute la population du voisinage se tenait paresseusement à l'entour, dans une stupéfaction silencieuse, sinon apathique. Mais un objet terrible et nouveau fixa bientôt l'attention de la multitude, et démontra combien est plus intense l'intérêt excité dans les sentiments d'une foule par la contemplation d'une agonie humaine que celui qui est créé par les plus effrayants spectacles de la matière inanimée.

Sur la longue avenue de vieux chênes qui commençait à la forêt et aboutissait à l'entrée principale du palais Metzengerstein, un coursier, portant un cavalier décoiffé et en désordre, se faisait voir bondissant avec une impétuosité qui défiait le Démon de la Tempête lui-même.

Le cavalier n'était évidemment pas le maître de cette course effrénée. L'angoisse de sa physionomie, les efforts convulsifs de tout son être, rendaient témoignage d'une lutte surhumaine ; mais aucun son, excepté un cri unique, ne s'échappa de ses lèvres lacérées, qu'il mordait d'outre en outre dans l'intensité de sa terreur. En un instant, le choc des sabots retentit avec un bruit aigu et perçant, plus haut que le mugissement des flammes et le glapissement du vent, – un instant encore, et, franchissant d'un seul bond la grande porte et le fossé, le coursier s'élança sur les escaliers branlants du palais et disparut avec son cavalier dans le tourbillon de ce feu chaotique.

La furie de la tempête s'apaisa tout à coup et un calme absolu prit solennellement sa place. Une flamme blanche enveloppait toujours le bâtiment comme un suaire, et, ruisselant au loin dans l'atmosphère tranquille, dardait une lumière d'un éclat surnaturel, pendant qu'un nuage de fumée s'abattait pesamment sur les bâtiments sous la forme distincte d'un gigantesque *cheval*.

L'ANGE DU BIZARRE

C'était une froide après-midi de novembre. Je venais justement d'expédier un dîner plus solide qu'à l'ordinaire, dont la truffe dyspeptique ne faisait pas l'article le moins important, et j'étais seul, assis dans la salle à manger, les pieds sur le garde-feu et mon coude sur une petite table que j'avais roulée devant le feu, avec quelques bouteilles de vins de diverses sortes et de liqueurs spiritueuses.

Dans la matinée, j'avais lu le *Léonidas*, de Glover ; l'*Epigoniade*, de Wilkie ; le *Pèlerinage* (1), de Lamartine ; la *Colombiade*, de Barlow ; la *Sicile*, de Tuckermann, et les *Curiosités*, de Griswold ; aussi, l'avouerai-je volontiers, je me sentais légèrement stupide. Je m'efforçai de me réveiller avec force verres de laffitte, et, n'y pouvant réussir, de désespoir j'eus recours à un numéro de journal égaré près de moi. Ayant soigneusement lu la colonne des *maisons à louer*, et puis la colonne des *chiens perdus*, et puis les deux colonnes des *femmes et apprenties en fuite*, j'attaquai avec une vigoureuse résolution la partie éditoriale, et, l'ayant lue depuis le commencement jusqu'à la fin sans en comprendre une syllabe, il me vint à l'idée qu'elle pouvait bien être écrite en chinois ; et je la relus alors, depuis la fin jusqu'au commencement, mais sans obtenir un résultat plus satisfaisant. De dégoût, j'étais au moment de jeter

> Cet in-folio de quatre pages, heureux ouvrage,
> Que la critique elle-même ne critique pas,

(1) Sans doute le *Voyage en Orient*. – C. B.

quand je sentis mon attention tant soit peu éveillée par le paragraphe suivant :

« Les routes qui conduisent à la mort sont nombreuses et étranges. Un journal de Londres mentionne le décès d'un homme dû à une cause singulière. Il jouait au jeu de *puff the dart*, qui se joue avec une longue aiguille, emmaillotée de laine, qu'on souffle contre une cible à travers un tube d'étain. Il plaça l'aiguille du mauvais côté du tube, et, ramassant fortement toute sa respiration pour chasser l'aiguille avec plus de vigueur, il l'attira dans son gosier. Celle-ci pénétra dans les poumons et tua l'imprudent en peu de jours. »

En voyant cela, j'entrai dans une immense rage, sans savoir exactement pourquoi.

« Cet article, m'écriai-je, est une méprisable fausseté, un pauvre canard ; c'est la lie de l'imagination de quelque pitoyable barbouilleur à un sou la ligne, de quelque misérable fabricant d'aventures au pays de Cocagne. Ces gaillards-là, connaissant la prodigieuse jobarderie du siècle, emploient tout leur esprit à imaginer des possibilités improbables, des *accidents bizarres*, comme ils les appellent ; mais, pour un esprit réfléchi (comme le mien, ajoutai-je en manière de parenthèse, appuyant, sans m'en apercevoir, mon index sur le côté de mon nez), pour une intelligence contemplative semblable à celle que je possède, il est évident, à première vue, que la merveilleuse et récente multiplication de ces accidents bizarres est de beaucoup le plus bizarre de tous. Pour ma part, je suis décidé à ne rien croire désormais de tout ce qui aura en soi quelque chose de singulier ! »

« Mein Gott ! vaut-il hêtre pette bur tire zela ! » répondit une des plus remarquables voix que j'eusse jamais entendues.

D'abord, je la pris pour un bourdonnement dans mes oreilles, comme il en arrive quelquefois à un homme qui devient très-ivre ; mais, en y réfléchissant, je considérai le bruit comme ressemblant plutôt à celui qui sort d'un baril vide quand on le frappe avec un gros bâton ; et, en vérité, je m'en serais tenu à cette conclusion, n'eût été l'articulation des syllabes et des mots. Par tempérament, je ne suis nullement nerveux, et les quelques verres de laffitte que j'avais sirotés ne servaient pas peu à me donner du courage, de sorte que je n'éprouvai aucune trépidation ; mais je levai simplement les yeux à loisir, et je regardai soigneusement tout autour de la chambre pour découvrir l'intrus. Cependant, je ne vis absolument personne.

« Humph ! – reprit la voix comme je continuais mon examen, – il vaut gué phus zoyez zou gomme ein borgue, bur ne bas me phoir gand che zuis azis isi à godé te phus. »

A ce coup, je m'avisai de regarder directement devant mon nez ; et là effectivement, m'affrontant presque, était installé près de la table un personnage, non encore décrit, quoique non absolument indescriptible. Son corps était une pipe de vin, ou une pièce de rhum, ou quelque chose analogue, et avait une apparence véritablement falstaffienne. A son extrémité inférieure, étaient ajustées deux caques qui semblaient remplir l'office de jambes. Au lieu de bras, pendillaient de la partie supérieure de la carcasse deux bouteilles passablement longues, dont les goulots figuraient les mains.

En fait de tête, tout ce que le monstre possédait était une de ces cantines de Hesse, qui ressemblent à de vastes tabatières, avec un trou dans le milieu du couvercle. Cette cantine (surmontée d'un entonnoir à son sommet, comme d'un chapeau de cavalier rabattu sur les yeux) était posée de champ sur le tonneau, le trou étant tourné de mon côté ; et, par ce trou qui semblait grimaçant et ridé comme la bouche d'une vieille fille très-cérémonieuse, la créature émettait de certains bruits sourds et grondants qu'elle donnait évidemment pour un langage intelligible.

« Che tis, – disait-elle, – gu'y vaut gue phus zoyez zou gomme ein borgue, bur hêtre azis là, et ne bas me phoir gand che zuis azis isi, et che tis ozi qu'il vaut gue phus zoyez eine pette blis grose gu'ine hoie bur ne bas groire se gui hait imbrimé tans l'imbrimé. C'est la phéridé, la phéridé, mot bur mot.

– Qui êtes-vous, je vous prie ? – dis-je avec beaucoup de dignité, quoique un peu démonté ; – comment êtes-vous entré ici ? et qu'est-ce que vous débitez là ?

– Gomment che zuis handré, – répliqua le monstre, – za ne phus recarte bas, et gand à ze gue che tépide, che tépide ze gue che drouffe pon de tépider ; et, gand à ze gue che zuis, ché zuis chistement phenu bur gue phus le phoyiez bar phus-memme.

– Vous êtes un misérable ivrogne, – dis-je, – et je vais sonner et ordonner à mon valet de chambre de vous jeter à coups de pied dans la rue.

– Hi ! hi ! hi ! – répondit le drôle, – hu ! hu ! hu ! bur za, phus ne le buphez pas !

– Je ne puis pas ! – dis-je ; – que voulez-vous dire ? Je ne puis pas quoi ?

– Zauner la glauje », répliqua-t-il en essayant une grimace, avec sa hideuse petite bouche.

Là-dessus, je fis un effort pour me lever, dans le but de mettre ma menace à exécution ; mais le brigand se pencha à travers la table, et, m'ajustant un coup sur le front avec le goulot d'une de ses longues bouteilles, me renvoya dans le fond du fauteuil, d'où je m'étais à moitié soulevé. J'étais absolument étourdi, et, pendant un moment, je ne sus quel parti prendre. Lui, cependant, continuait son discours :

« Phus phoyez, – dit-il, – gue le mié hait de phus dénir dranguile ; et maindenant phus zaurez gui che zuis. Recartez-moâ ! che zuis l'*Anche ti Pizarre*.

– Assez bizarre, en effet, – me hasardai-je à répliquer ; – mais je m'étais toujours figuré qu'un ange devait avoir des ailes.

– Tes elles ! – s'écria-t-il grandement courroucé. – Gu'ai-che avaire t'elles ? Me brenez-phus bur ein boulet ?

– Non ! oh ! non ! – répondis-je très-alarmé, – vous n'êtes pas un poulet ; non certainement.

– A la ponne heire ! Denez-phus tonc dranguile et gombordez-phus pien, hu che phus paderai engore affec mon boing. Z'est le boulet gui ha tes elles, et l'ipou gui ha tes elles, et le témon qui a tes elles, et le cran tiaple qui ha tes elles. L'anche, il n'a bas t'elles, et che zuis l'*Anche ti Pizarre*.

– Et cette affaire pour laquelle vous venez, c'est... c'est... ?

– Zette avaire ! – s'écria l'horrible objet ; – oh ! guelle phile esbesse de vaguin mal ellefé haites-phus tongue, bur temanter à ein tchintlemane et à ein anche z'il vait tes avaires ? »

Ce langage dépassait tout ce que je pouvais supporter, même de la part d'un ange : aussi, ramassant mon courage, je saisis une salière qui se trouvait à ma portée, et je la lançai à la tête de l'intrus. Mais il évita le coup, ou je le visai mal ; car je ne réussis qu'à démolir le verre qui protégeait le cadran de la pendule placée sur la cheminée. Quant à l'Ange, il comprit mon intention, et répondit à mon attaque par deux ou trois vigoureux coups qu'il m'assena consécutivement sur le front comme il avait déjà fait. Ce traitement me réduisit tout de suite à la soumission, et je suis presque honteux d'avouer que, soit douleur, soit humiliation, il me vint quelques larmes dans les yeux.

« Mein Gott ! – dit l'Ange du Bizarre, en apparence très-radouci par le spectacle de ma détresse, – le boffre omme hait drès-iffre ou drès-avliché. Il ne vaut bas poire zeg gomme za ; il vaut meddre te l'eau tans fodre phin. Denez, puffez-moi za ; puffez za, gomme un carzon pien zache, et ne blérez blis maindenant, endentez-phus ! »

Alors l'Ange du Bizarre remplit mon verre (qui, jusqu'au tiers seulement, contenait du porto) d'un fluide incolore qu'il répandit d'un de ses bras. J'observai que les bouteilles qui lui servaient de bras avaient autour du col des étiquettes, et que ces étiquettes portaient l'inscription *Kirschenwasser*.

La bonté attentive de l'Ange m'apaisa considérablement, et, soulagé par l'*eau* avec laquelle il avait, à diverses reprises, coupé mon vin, je retrouvai enfin le calme suffisant pour écouter son très-extraordinaire discours. Je ne prétends pas relater tout ce qu'il me dit ; mais ce que j'en retins en substance, c'est qu'il était le génie qui présidait aux *contretemps* dans l'humanité, et que sa fonction était d'amener ces *accidents bizarres*, qui étonnent continuellement les sceptiques. Une ou deux fois, comme je me hasardais à exprimer ma totale incrédulité relativement à ses prétentions, il se fâcha tout rouge, si bien qu'à la fin je considérai comme la politique la plus sage de ne rien dire du tout et de le laisser aller son train.

Il parla donc tout à son aise pendant que je restais étendu dans mon fauteuil, les yeux fermés, et que je m'amusais à mâcher des raisins et à chiquenauder les queues à travers la chambre. Mais l'Ange, cependant, interpréta cette conduite de ma part comme un signe de mépris. Il se leva dans un effroyable courroux, rabattit complètement son entonnoir sur ses yeux, lâcha un vaste juron, articula une menace dont je ne saisis pas le caractère précis, et finalement me fit un profond salut d'adieu en me souhaitant, à la manière de l'archevêque de Gil Blas, *beaucoup de bonheur et un peu plus de bon sens.*

Son départ fut pour moi un bon débarras. Les *quelques* verres de laffitte que j'avais bus à petits coups avaient eu pour effet de m'assoupir, et je sentis l'envie de faire une sieste de quinze ou vingt minutes, comme c'est ma coutume après le dîner. J'avais à six heures un rendez-vous important auquel je devais être absolument exact. Ma police d'assurance pour mon habitation était expirée depuis le jour précédent, et, une difficulté s'étant élevée, il avait été convenu qu'à six heures je me présenterais devant le conseil des directeurs de la compagnie pour arrêter les termes d'un renouvellement. Jetant un coup d'œil sur la pendule de la cheminée (car je me sentais trop assoupi pour tirer ma montre), j'eus le plaisir de voir que j'avais encore vingt minutes à moi.

Il était cinq heures et demie ; je pouvais aisément me rendre au bureau d'assurances en cinq minutes, et ma sieste habituelle n'avait jamais dépassé vingt-cinq minutes. Je me sentis donc suffisamment rassuré, et je m'arrangeai tout de suite pour faire mon somme.

Quand j'eus fini, à ma grande satisfaction, et que je me réveillai, je regardai de nouveau l'horloge et je fus à moitié disposé à croire à la possibilité des accidents bizarres en voyant qu'au lieu de mes quinze ou vingt minutes habituelles, je n'en avais dormi que trois. Je repris donc ma sieste, et, enfin, m'éveillant une seconde fois, je vis avec un immense étonnement qu'il était toujours six heures moins vingt-sept minutes.

Je sautai sur mes pieds pour examiner la pendule, et je m'aperçus qu'elle s'était arrêtée. Ma montre m'informa qu'il était sept heures et demie, j'avais donc dormi deux heures, et mon rendez-vous était manqué.

« Rien n'est perdu, – me dis-je, – j'irai au bureau dans la matinée, et je m'excuserai. Cependant, que peut-il être arrivé à la pendule ? »

En l'examinant, je découvris qu'une des queues de raisin que je lançais à travers la chambre, pendant que l'Ange du Bizarre me faisait son discours, avait passé à travers le verre brisé et s'était logée, assez singulièrement, dans le trou de la clef ; se projetant en dehors par un bout, elle avait ainsi arrêté la révolution de la petite aiguille.

« Ah ! dis-je, – je vois ce que c'est ; cela saute aux yeux. Accident naturel, comme il en doit arriver de temps à autre ! »

Je ne m'occupai pas davantage de la chose ; et à mon heure accoutumée, je me mis au lit. Ayant placé une bougie sur la tablette, au chevet de mon lit, je fis un effort pour lire quelques pages de l'*Omniprésence de la Divinité*, et je m'endormis malheureusement en moins de vingt secondes, laissant le flambeau allumé à la même place.

Mes rêves furent terriblement troublés par les apparitions de l'Ange du Bizarre. Il me sembla qu'il se tenait au pied de ma couche, qu'il tirait les rideaux, et qu'avec le son caverneux, abominable, d'un tonneau de rhum, il me menaçait de la plus amère vengeance pour le mépris que j'avais fait de lui. Il finit sa longue harangue en ôtant son chapeau-entonnoir, et, me fourrant le tuyau dans le gosier, il m'inonda d'un océan de *Kirschenwasser* qu'il répandait à flots continus d'une de ces bouteilles à long col qui lui servaient de bras. A la longue, mon agonie devint intolérable, et je m'éveillai juste à temps pour m'apercevoir qu'un rat se sauvait avec la bougie allumée enlevée de sa tablette, mais pas assez tôt malheureusement pour l'empêcher de regagner son trou avec sa dangereuse proie. Bientôt je sentis mes narines assaillies par une odeur forte et suffocante ; la maison, je m'en apercevais bien, était en feu.

En quelques minutes, l'incendie éclata avec violence, et, dans un espace de temps incroyablement court, tout le bâtiment fut enveloppé de flammes. Toute issue de ma chambre, excepté la fenêtre, se trouvait coupée. La foule, cependant, se procura vivement une longue échelle, et la dressa. Grâce à ce moyen, je descendais rapidement, et je pouvais me croire sauvé, quand un énorme pourceau, dont la vaste panse et même toute la physionomie me rappelaient en quelque sorte l'Ange du Bizarre, – quand ce pourceau, dis-je, qui jusqu'alors avait paisiblement sommeillé dans la boue, se fourra dans la tête que son épaule gauche avait besoin d'être grattée et ne pouvait pas trouver de grattoir plus convenable que le pied de l'échelle. En un instant je fus précipité sur le pavé, et j'eus le malheur de me casser le bras.

Cet accident, joint à la perte de mon assurance et à la perte plus grave de mes cheveux, qui avaient été totalement flambés, disposa mon esprit aux impressions sérieuses, si bien que finalement je résolus de me marier.

Il y avait une riche veuve qui pleurait encore la perte de son septième mari, et j'offris à son âme ulcérée le baume de mes vœux. Elle accorda, non sans résistance, son consentement à mes prières. Je m'agenouillai à ses pieds, plein de gratitude et d'adoration. Elle rougit et inclina vers moi ses boucles luxuriantes jusqu'à les mettre en contact avec celles que l'art de Grandjean m'avait fournies pour suppléer temporairement ma chevelure absente. Je ne sais comment se fit l'accrochement, mais il eut lieu. Je me relevai sans perruque, avec un crâne brillant comme une boule ; elle, pleine de mépris et de rage, à moitié ensevelie dans une chevelure étrangère. Ainsi prirent fin mes espérances relativement à la veuve, par un accident que certainement je ne pouvais pas prévoir, mais qui n'était que la conséquence naturelle des événements.

Sans désespérer, toutefois, j'entrepris le siège d'un cœur moins implacable. Cette fois encore, les destins me furent pendant quelque temps propices ; cette fois encore, un accident trivial en interrompit le cours. Rencontrant ma fiancée dans une maison où se pressait l'*élite* de la cité, je me hâtais pour la saluer d'un de mes saluts les plus respectueux, quand une molécule de je ne sais quelle matière étrangère, se logeant dans le coin de mon œil, me rendit, pour le moment, complètement aveugle. Avant que j'eusse pu recouvrer la vue, la dame de mon cœur avait disparu, irréparablement offensée de ce que j'étais passé à côté d'elle sans la saluer ; ce qu'il lui plut de considérer comme une grossièreté préméditée. Pendant que je restais sur place, encore ébloui par la soudaineté de cet accident (qui aurait pu arriver à n'importe qui sous le soleil) et que ma cécité persistait, je fus accosté par l'Ange du Bizarre, qui m'offrit son secours avec une civilité à laquelle j'étais loin de m'attendre. Il examina mon œil malade avec beaucoup de douceur et d'adresse, m'informa que j'avais une goutte dans l'œil et (de quelque nature que fût cette goutte) l'enleva, me procurant ainsi un grand soulagement.

Je réfléchis alors qu'il était pour moi grandement temps de mourir, puisque la fortune avait juré de me persécuter, et je me dirigeai en conséquence vers la rivière la plus prochaine. Là, me débarrassant de mes habits (car aucune raison ne s'oppose à ce que nous mourions comme nous sommes nés), je me jetai la tête la première dans le courant. Le seul témoin de ma destinée était une corneille solitaire, qui, ayant été séduite par un grain mouillé d'eau-de-vie, s'était enivrée et avait abandonné le reste de la troupe.

A peine étais-je entré dans l'eau, que cet oiseau s'avisa de s'enfuir avec la partie la plus indispensable de mon costume. C'est pourquoi, remettant pour le moment mon projet de suicide, je glissai tant bien que mal mes membres inférieurs dans les manches de mon habit, et me mis à la poursuite de la coupable avec toute l'agilité que réclamait le cas et que me permettaient les circonstances.

Mais la mauvaise destinée m'accompagnait toujours. Comme je courais à grande vitesse, le nez en l'air et ne m'occupant que du ravisseur de ma propriété, je m'aperçus subitement que mes pieds ne touchaient plus la terre ferme ; le fait est que je m'étais jeté dans un précipice, et que j'aurais été infailliblement brisé en morceaux, si, pour mon bonheur, je n'avais saisi une corde suspendue à un ballon qui passait par là.

Aussitôt que j'eus suffisamment recouvré mes sens pour comprendre la terrible position dans laquelle j'étais situé (ou plutôt suspendu), je déployai toute la force de mes poumons pour faire connaître cette position à l'aéronaute placé au-dessus de moi. Mais pendant longtemps je m'époumonai en vain. Ou l'imbécile ne pouvait pas me voir, ou méchamment, il ne le voulait pas. Cependant, la machine s'élevait rapidement, pendant que mes forces s'épuisaient plus rapidement encore.

Je fus bientôt au moment de me résigner à mon destin et de me laisser tomber tranquillement dans la mer, quand tous mes esprits furent soudainement ravivés par le son d'une voix caverneuse qui partait d'en haut et qui semblait bourdonner nonchalamment un air d'opéra. Levant les yeux, j'aperçus l'Ange du Bizarre. Il s'appuyait, les bras croisés, sur le bord de la nacelle, avec une pipe à la bouche, dont il soufflait paisiblement les bouffées, et il semblait être dans les meilleurs termes avec lui-même et avec l'univers. J'étais trop épuisé pour parler, de sorte que je continuai à le regarder avec un air suppliant.

Pendant quelques instants, bien qu'il me regardât en plein visage, il ne dit pas un mot. Enfin, faisant passer soigneusement son écume de mer du coin droit de sa bouche vers le gauche, il consentit à parler.

« Gui haites-phus ? – demanda-t-il, – et bar le tiaple, gue vaites-phus là ? »

A ce trait suprême d'impudence, de cruauté et d'affectation, je pus à peine répondre par quelques cris :

« Au secours ! servez-moi (1) dans ma détresse.

– Phus zerphir ! – répondit le brigand ; – bas moâ ! phoisi la pudeye : zerphez-phus phus-memme, et gue le tiaple phus emborde ! »

Et avec ces paroles, il lâcha une grosse bouteille de *Kirschenwasser* qui, tombant précisément sur le sommet de ma tête, me donna à croire que ma cervelle avait sauté en éclats. Frappé de cette idée, j'étais au moment de lâcher prise et de rendre l'âme de bonne grâce, quand je fus arrêté par le cri de l'Ange, qui me commandait de tenir bon.

« Denez pon ! – disait-il, – ne phus braisez bas, endentez-phus ? Phulez-phus brantre engore l'audre pudeye, ou pien haides-phus tékrissé et reffenu à phus-memme ? »

Je me dépêchai de secouer deux fois la tête, une fois dans le sens négatif, voulant dire que je préférais pour le moment ne pas prendre l'autre bouteille, et une fois dans le sens affirmatif, signifiant que je n'étais pas ivre et que j'étais positivement revenu à moi-même. Par ce moyen, je parvins un peu à adoucir l'Ange.

« Et maindenant, – demanda-t-il, – phus groyez envin ? phus groyez à la bossipilidé ti pizarre ? »

Je fis avec ma tête un nouveau signe d'assentiment.

« Et phus groyez en moâ, l'Anche ti Pizarre ? »

Nouveau Oui ! avec ma tête.

« Et phus regonaisez que phus haites ine iphrogne apheukle et ine pette ? »

Je fis encore : Oui !

« Médez tongue fodre main troide dans la bauge coge te fodre gulode, in démoignache de fodre barvède zumizion à l'Anche ti Pizarre. »

Cette condition, pour des raisons bien évidentes, me parut impossible à remplir. D'abord mon bras gauche ayant

(1) J'ai été obligé d'allonger la phrase, pour obtenir à peu près le jeu de mots anglais, le même mot signifiant également *au secours* et *servez-moi*. – C. B.

été cassé dans ma chute du haut de l'échelle, si j'avais lâché prise de ma droite, j'aurais tout à fait dégringolé. En second lieu, je n'avais plus de culotte depuis que je courais après la corneille. Je fus donc obligé, à mon grand regret, de secouer ma tête dans le sens négatif, voulant par là faire entendre à l'Ange que je trouvais incommode, en ce moment précis, de satisfaire à sa demande, si raisonnable qu'elle fût d'ailleurs ! Cependant, à peine avais-je cessé de secouer la tête, que l'Ange du Bizarre se mit à rugir : « Hallez tongue au tiaple ! »

En prononçant ces mots, avec un couteau bien affilé, il coupa la corde à laquelle j'étais suspendu, et, comme il se trouva par hasard que nous passions juste au-dessus de ma maison (qui pendant mes pérégrinations avait été très-convenablement rebâtie), j'eus le bonheur de dégringoler la tête la première par la grande cheminée et de m'abattre dans le foyer de ma salle à manger.

En recouvrant mes sens (car la chute m'avait entièrement étourdi), je m'aperçus qu'il était environ quatre heures du matin. J'étais étendu à l'endroit même où le ballon m'avait laissé tomber. Ma tête traînait dans les cendres d'un feu mal éteint, pendant que mes pieds reposaient sur le naufrage d'une petite table renversée, parmi les débris d'un dessert varié, y compris un journal, quelques verres brisés, des bouteilles fracassées et une cruche vide de *Kirschenwasser* et de schiedam. Ainsi s'était vengé l'Ange du Bizarre.

LE CŒUR RÉVÉLATEUR

Vrai ! – je suis très-nerveux, épouvantablement nerveux, – je l'ai toujours été ; mais pourquoi prétendez-vous que je suis fou ? La maladie a aiguisé mes sens, – elle ne les a pas détruits, – elle ne les a pas émoussés. Plus que tous les autres, j'avais le sens de l'ouïe très-fin. J'ai entendu toutes choses du ciel et de la terre. J'ai entendu bien des choses de l'enfer. Comment donc suis-je fou ? Attention ! Et observez avec quelle santé, – avec quel calme je puis vous raconter toute l'histoire.

Il est impossible de dire comment l'idée entra primitivement dans ma cervelle ; mais, une fois conçue, elle me hanta nuit et jour. D'objet, il n'y en avait pas. La passion n'y était pour rien. J'aimais le vieux bonhomme. Il ne m'avait jamais fait de mal. Il ne m'avait jamais insulté. De son or je n'avais aucune envie. Je crois que c'était son œil ! Oui, c'était cela ! Un de ses yeux ressemblait à celui d'un vautour, – un œil bleu pâle, avec une taie dessus. Chaque fois que cet œil tombait sur moi, mon sang se glaçait ; et ainsi, lentement, – par degrés, – je me mis en tête d'arracher la vie du vieillard, et par ce moyen de me délivrer de l'œil à tout jamais.

Maintenant, voici le hic ! Vous me croyez fou. Les fous ne savent rien de rien. Mais si vous m'aviez vu ! Si vous aviez vu avec quelle sagesse je procédai ! – avec quelle précaution, – avec quelle prévoyance, – avec quelle dissimulation je me mis à l'œuvre ! Je ne fus jamais plus aimable pour le vieux que pendant la semaine entière qui précéda le meurtre. Et, chaque nuit, vers minuit, je tournais le loquet de sa porte, et je l'ouvrais, – oh ! si doucement ! Et alors, quand je l'avais suffisamment entrebâillée pour ma tête, j'introduisais une lanterne sourde, bien fermée, bien fermée, ne laissant filtrer aucune lumière ; puis je passais la tête. Oh ! vous auriez ri de voir avec quelle adresse je passais ma tête ! Je la mouvais lentement, – très, très-lentement, – de manière à ne pas troubler le sommeil du vieillard. Il me fallait bien une heure pour introduire toute ma tête à travers l'ouverture, assez avant pour le voir couché sur son lit. Ah ! un fou aurait-il été aussi prudent ? – Et alors, quand ma tête était bien dans la chambre, j'ouvrais la lanterne avec précaution, – oh ! avec quelle précaution, avec quelle précaution ! – car la charnière criait. – Je l'ouvrais juste pour qu'un filet imperceptible de lumière tombât sur l'œil de vautour. Et cela, je l'ai fait pendant sept longues nuits, – chaque nuit juste à minuit ; – mais je trouvai toujours l'œil fermé ; – et ainsi il me fut impossible d'accomplir l'œuvre ; car ce n'était pas le vieux homme qui me vexait, mais son mauvais œil. Et, chaque matin, quand le jour paraissait, j'entrais hardiment dans sa chambre, je lui parlais courageusement, l'appelant par son nom d'un ton cordial et m'informant comment il avait passé la nuit. Ainsi, vous voyez qu'il eût été un vieillard bien profond, en vérité, s'il avait soupçonné que, chaque nuit, juste à minuit, je l'examinais pendant son sommeil.

La huitième nuit, je mis encore plus de précaution à ouvrir la porte. La petite aiguille d'une montre se meurt plus vite que ne faisait ma main. Jamais, avant cette nuit, je n'avais senti toute l'étendue de mes facultés, – de ma sagacité. Je pouvais à peine contenir mes sensations de triomphe. Penser que j'étais là, ouvrant la porte, petit à petit, et qu'il ne rêvait même pas de mes actions ou de mes pensées secrètes ! A cette idée, je lâchai un petit rire ; et peut-être m'entendit-il, car il remua soudainement sur son lit, comme s'il se réveillait. Maintenant, vous croyez peut-être que je me retirai, – mais non. Sa chambre était aussi noire que de la poix, tant les ténèbres étaient épaisses, – car les volets étaient soigneusement fermés, de crainte des voleurs, – et, sachant qu'il ne pouvait pas voir l'entrebâillement de la porte, je continuai à la pousser davantage, toujours davantage.

J'avais passé ma tête, et j'étais au moment d'ouvrir la lanterne, quand mon pouce glissa sur la fermeture de fer-blanc, et le vieux homme se dressa sur son lit, criant :

– Qui est là ?

Je restai complètement immobile et ne dis rien. Pendant une heure entière, je ne remuai pas un muscle, et pendant tout ce temps je ne l'entendis pas se recoucher.

Il était toujours sur son séant, aux écoutes ; – juste comme j'avais fait pendant des nuits entières, écoutant les horloges-de-mort dans le mur.

Mais voilà que j'entendis un faible gémissement, et je reconnus que c'était le gémissement d'une terreur mortelle. Ce n'était pas un gémissement de douleur ou de chagrin ; – oh ! non, – c'était le bruit sourd et étouffé qui s'élève du fond d'une âme surchargée d'effroi. Je connaissais bien ce bruit. Bien des nuits, à minuit juste, pendant que le monde entier dormait, il avait jailli de mon propre sein, creusant avec son terrible écho les terreurs qui me travaillaient. Je dis que je le connaissais bien. Je savais ce qu'éprouvait le vieux homme, et j'avais pitié de lui, quoique j'eusse le rire dans le cœur. Je savais qu'il était resté éveillé, depuis le premier petit bruit, quand il s'était retourné dans son lit. Ses craintes avaient toujours été grossissant. Il avait tâché de se persuader qu'elles étaient sans cause, mais il n'avait pas pu. Il s'était dit à lui-même : – Ce n'est rien, que le vent dans la cheminée ; – ce n'est qu'une souris qui traverse le parquet ; – ou : c'est simplement un grillon qui a poussé son cri. Oui, il s'est efforcé de se fortifier avec ces hypothèses ; mais tout cela a été vain. *Tout a été vain,* parce que la Mort qui s'approchait avait passé devant lui avec sa grande ombre noire, et qu'elle avait ainsi enveloppé sa victime. Et c'était l'influence funèbre de l'ombre inaperçue qui lui faisait sentir, – quoiqu'il ne vît et n'entendît rien, – qui lui faisait *sentir* la présence de ma tête dans la chambre.

Quand j'eus attendu un long temps très-patiemment, sans l'entendre se recoucher, je me résolus à entrouvrir un peu la lanterne, mais si peu, si peu que rien. Je l'ouvris donc, – si furtivement, si furtivement que vous ne sauriez l'imaginer, – jusqu'à ce qu'enfin un seul rayon pâle, comme un fil d'araignée, s'élançât de la fente et s'abattît sur l'œil de vautour.

Il était ouvert, – tout grand ouvert, et j'entrai en fureur aussitôt que je l'eus regardé. Je le vis avec une parfaite netteté, – tout entier d'un bleu terne et recouvert d'un voile hideux qui glaçait la moelle dans mes os ; mais je ne pouvais voir que cela de la face ou de la personne du vieillard ; car j'avais dirigé le rayon, comme par instinct, précisément sur la place maudite.

Et maintenant, ne vous ai-je pas dit que ce que vous preniez pour de la folie n'est qu'une hyperacuité des sens ? – Maintenant, je vous le dis, un bruit sourd, étouffé, fréquent vint à mes oreilles, semblable à celui que fait une montre enveloppée dans du coton. *Ce son-là,* je le reconnus bien aussi. C'était le battement du cœur du vieux. Il accrut ma fureur, comme le battement du tambour exaspère le courage du soldat.

Mais je me contins encore, et je restai sans bouger. Je respirais à peine. Je tenais la lanterne immobile. Je m'appliquais à maintenir le rayon droit sur l'œil. En même temps, la charge infernale du cœur battait plus fort ; elle devenait de plus en plus précipitée, et à chaque instant de plus en plus haute. La terreur du vieillard *devait* être extrême ! Ce battement, dis-je, devenait de plus en plus fort à chaque minute ! – Me suivez-vous bien ? Je vous ai dit que j'étais nerveux ; je le suis en effet. Et maintenant, au plein cœur de la nuit, parmi le silence redoutable de cette vieille maison, un si étrange bruit jeta en moi une terreur irrésistible. Pendant quelques minutes encore je me contins et restai calme. Mais le battement devenait toujours plus fort, toujours plus fort ! Je croyais que le cœur allait crever. Et voilà qu'une nouvelle angoisse s'empara de moi : – le bruit pouvait être entendu par un voisin ! L'heure du vieillard était venue ! Avec un grand hurlement, j'ouvris brusquement la lanterne et m'élançai dans la chambre. Il ne poussa qu'un cri, – un seul. En un instant, je le précipitai sur le parquet, et je renversai sur lui tout le poids écrasant du lit. Alors je souris avec bonheur, voyant ma besogne fort avancée. Mais pendant quelques minutes, le cœur battit avec un son voilé. Cela toutefois ne me tourmenta pas ; on ne pouvait l'entendre à travers le mur. A la longue, il cessa. Le vieux était mort. Je relevai le lit, et j'examinai le corps. Oui, il était roide, roide mort. Je plaçai ma main sur le cœur, et l'y maintins plusieurs minutes. Aucune pulsation. Il était roide mort. Son œil désormais ne me tourmenterait plus.

Si vous persistez à me croire fou, cette croyance s'évanouira quand je vous décrirai les sages précautions que j'employai pour dissimuler le cadavre. La nuit avançait, et je travaillai vivement, mais en silence. Je coupai la tête, puis les bras, puis les jambes.

Puis j'arrachai trois planches du parquet de la chambre, et je déposai le tout entre les voliges. Puis je replaçai les feuilles si habilement, si adroitement, qu'aucun œil humain – pas même *le sien* ! – n'aurait pu y découvrir quelque chose de louche. Il n'y avait rien à laver, – pas une souillure, – pas une tache de sang. J'avais été trop bien avisé pour cela. Un baquet avait tout absorbé, – ha ! ha !

Quand j'eus fini tous ces travaux, il était quatre heures, – il faisait toujours aussi noir qu'à minuit. Pendant que le timbre sonnait l'heure, on frappa à la porte de la rue. Je descendis pour ouvrir, avec un cœur léger, – car qu'avais-je à craindre *maintenant* ? Trois hommes entrèrent, qui se présentèrent, avec une parfaite suavité, comme officiers de police. Un cri avait été entendu par un voisin pendant la nuit ; cela avait éveillé le soupçon de quelque mauvais coup : une dénonciation avait été transmise au bureau de police, et ces messieurs (les officiers) avaient été envoyés pour visiter les lieux.

Je souris, – car qu'avais-je à craindre ? Je souhaitai la bienvenue à ces gentlemen. – Le cri, dis-je, c'était moi qui l'avais poussé dans un rêve. Le vieux bonhomme, ajoutai-je, était en voyage dans le pays. Je promenai mes visiteurs par toute la maison. Je les invitai à chercher, à *bien* chercher. A la fin, je les conduisis dans *sa* chambre. Je leur montrai ses trésors, en parfaite sûreté, parfaitement en ordre. Dans l'enthousiasme de ma confiance, j'apportai des sièges dans la chambre, et les priai de s'y reposer de leur fatigue, tandis que moi-même, avec la folle audace d'un triomphe parfait, j'installai ma propre chaise sur l'endroit même qui recouvrait le corps de la victime.

Les officiers étaient satisfaits. Mes manières les avaient convaincus. Je me sentais singulièrement à l'aise. Ils s'assirent, et ils causèrent de choses familières auxquelles je répondis gaiement. Mais, au bout de peu de temps, je sentis que je devenais pâle, et je souhaitai leur départ. Ma tête me faisait mal, et il me semblait que les oreilles me tintaient ; mais ils restaient toujours assis, et toujours ils causaient. Le tintement devint plus distinct ; – il persista et devint encore plus distinct ; je bavardai plus abondamment pour me débarrasser de cette sensation ; mais elle tint bon et prit un caractère tout à fait décidé, – tant qu'à la fin je découvris que le bruit n'était pas dans mes oreilles.

Sans doute je devins alors très-pâle ; – mais je bavardais encore plus couramment et en haussant la voix. Le son augmentait toujours, – et que pouvais-je faire ? C'était *un bruit sourd, étouffé, fréquent, ressemblant beaucoup à celui que ferait une montre enveloppée dans du coton.* Je respirai laborieusement. – Les officiers n'entendaient pas encore. Je causai plus vite, – avec plus de véhémence ; mais le bruit croissait incessamment. – Je me levai, et je disputai sur des niaiseries, dans un diapason très-élevé et avec une violente gesticulation ; mais le bruit montait, montait toujours. – Pourquoi ne *voulaient-ils pas* s'en aller ? – J'arpentai çà et là le plancher lourdement et à grands pas, comme exaspéré par les observations de mes contradicteurs ; – mais le bruit croissait régulièrement. O Dieu ! que pouvais-je faire ? J'écumais, – je battais la campagne – je jurais ! j'agitais la chaise sur laquelle j'étais assis, et je la faisais crier sur le parquet ; mais le bruit dominait toujours, et croissait indéfiniment. Il devenait plus fort, – plus fort ! – toujours plus fort ! Et toujours les hommes causaient, plaisantaient et souriaient. Etait-il possible qu'ils n'entendissent pas ? Dieu tout-puissant ! – Non, non ! Ils entendaient ! – ils soupçonnaient ! – ils *savaient,* – ils se faisaient un amusement de mon effroi ! – je le crus, et je le crois encore. Mais n'importe quoi était plus tolérable que cette dérision ! Je ne pouvais pas supporter plus longtemps ces hypocrites sourires ! Je sentis qu'il fallait crier ou mourir ! – et maintenant encore, l'entendez-vous ? – écoutez ! plus haut ! – plus haut ! – toujours plus haut ! – *toujours plus haut !*

– Misérables ! – m'écriai-je, – ne dissimulez pas plus longtemps ! J'avoue la chose ! – arrachez ces planches ! c'est là ! c'est là ! – c'est le battement de son affreux cœur !

BÉRÉNICE

Dicebant mihi sodales, si sepulchrum amicæ visitarem, curas meas aliquantulum fore levatas.
EBN ZAIAT.

Le malheur est divers. La misère sur terre est multiforme. Dominant le vaste horizon comme l'arc-en-ciel, ses couleurs sont aussi variées, – aussi distinctes, et toutefois aussi intimement fondues. Dominant le vaste horizon comme l'arc-en-ciel ! Comment d'un exemple de beauté ai-je pu tirer un type de laideur ? du signe d'alliance et de paix une similitude de la douleur ? Mais, comme, en éthique, le mal est la conséquence du bien, de même, dans la réalité, c'est de la joie qu'est né le chagrin ; soit que le souvenir du bonheur passé fasse l'angoisse d'aujourd'hui, soit que les agonies qui *sont* tirent leur origine des extases qui *peuvent avoir été*.

J'ai à raconter une histoire dont l'essence est pleine d'horreur. Je la supprimerais volontiers, si elle n'était pas une chronique de sensations plutôt que de faits.

Mon nom de baptême est Egæus ; mon nom de famille, je le tairai. Il n'y a pas de château dans le pays plus chargé de gloire et d'années que mon mélancolique et vieux manoir héréditaire. Dès longtemps, on appelait notre famille une race de visionnaires ; et le fait est que, dans plusieurs détails frappants, – dans le caractère de notre maison seigneuriale, – dans les fresques du grand salon, – dans les tapisseries des chambres à coucher, – dans les ciselures des piliers de la salle d'armes, – mais plus spécialement dans la galerie des vieux tableaux, – dans la physionomie de la bibliothèque, – et enfin dans la nature toute particulière du contenu de cette bibliothèque, – il y a surabondamment de quoi justifier cette croyance.

Le souvenir de mes premières années est lié intimement à cette salle et à ses volumes, – dont je ne dirai plus rien. C'est là que mourut ma mère. C'est là que je suis né. Mais il serait bien oiseux de dire que je n'ai pas vécu auparavant, – que l'âme n'a pas une existence antérieure. Vous le niez ? – ne disputons pas sur cette matière. Je suis convaincu et ne cherche point à convaincre. Il y a, d'ailleurs, une ressouvenance de formes aériennes, – d'yeux intellectuels et parlants, – de sons mélodieux mais mélancoliques ; – une ressouvenance qui ne veut pas s'en aller ; – une sorte de mémoire semblable à une ombre, – vague, variable, indéfinie, vacillante ; et de cette ombre essentielle il me sera impossible de me défaire, tant que luira le soleil de ma raison.

C'est dans cette chambre que je suis né. Emergeant ainsi au milieu de la longue nuit qui semblait être, mais qui n'était pas la non-existence, pour tomber tout d'un coup dans un pays féerique, – dans un palais de fantaisie, – dans les étranges domaines de la pensée et de l'érudition monastiques, – il n'est pas singulier que j'aie contemplé autour de moi avec un œil effrayé et ardent, – que j'aie dépensé mon enfance dans les livres et prodigué ma jeunesse en rêveries ; mais ce qui est singulier, – les années ayant marché, et le midi de ma virilité m'ayant trouvé vivant encore dans le manoir de mes ancêtres, – ce qui est étrange, c'est cette stagnation qui tomba sur les sources de ma vie, – c'est cette complète interversion qui s'opéra dans le caractère de mes pensées les plus ordinaires. Les réalités du monde m'affectaient comme des visions, et seulement comme des visions, pendant que les idées folles du pays des songes devenaient en revanche, non la pâture de mon existence de tous les jours, mais positivement mon unique et entière existence elle-même.

Bérénice et moi, nous étions cousins, et nous grandîmes ensemble dans le manoir paternel. Mais nous grandîmes différemment – moi, maladif et enseveli dans ma mélancolie ; – elle, agile, gracieuse et débordante d'énergie ; à elle, le vagabondage sur la colline ; – à moi, les études du cloître ; moi, vivant dans mon propre cœur et me dévouant, corps et âme, à la plus intense et à la plus pénible méditation, – elle, errant insoucieuse à travers la vie, sans penser aux ombres de son chemin ou à la fuite silencieuse des heures au noir plumage. Bérénice ! – j'invoque son nom, – Bérénice ! – et des ruines grises de ma mémoire se dressent à ce son mille souvenirs tumultueux ! Ah ! son image est là vivante devant moi, comme dans les premiers jours de son allégresse et sa joie ! Oh ! magnifique et pourtant fantastique beauté ! Oh ! sylphe parmi les bocages d'Arnheim ! Oh ! naïade parmi ses fontaines ! Et puis, – et puis tout est mystère et terreur, une histoire qui ne veut pas être racontée. Un mal, – un mal fatal s'abattit sur sa constitution comme le simoun ; et même pendant que je la contemplais, l'esprit de métamorphose passait sur elle et l'enlevait, pénétrant son esprit, ses habitudes, son caractère, et, de la manière la plus subtile et la plus terrible, perturbant même son identité ! Hélas ! le destructeur venait et s'en allait ; – mais la victime, – la vraie Bérénice, – qu'est-elle devenue ? Je ne connaissais pas celle-ci, ou du moins je ne la reconnaissais plus comme Bérénice.

Parmi la nombreuse série de maladies amenées par cette fatale et principale attaque, qui opéra une si horrible révolution dans l'être physique et moral de ma cousine, il faut mentionner, comme la plus affligeante et la plus opiniâtre, une espèce d'épilepsie qui souvent se terminait en catalepsie, – catalepsie ressemblant parfaitement à la mort, et dont elle se réveillait, dans quelques cas, d'une manière tout à fait brusque et soudaine. En même temps, mon propre mal, – car on m'a dit que je ne pouvais pas l'appeler d'un autre nom, – mon propre mal grandissait rapidement, et, ses symptômes s'aggravant par un usage immodéré de l'opium, il prit finalement le caractère d'une monomanie d'une forme nouvelle et extraordinaire. D'heure en heure, de minute en minute, il gagnait de l'énergie, et à la longue il usurpa sur moi la plus singulière et la plus incompréhensible domination. Cette monomanie, s'il faut que je me serve de ce terme, consistait dans une irritabilité morbide des facultés de l'esprit que la langue philosophique comprend dans le mot : facultés d'attention. Il est plus que probable que je ne suis pas compris, mais je crains, en vérité, qu'il ne me soit absolument impossible de donner au commun des lecteurs une idée exacte de cette nerveuse *intensité d'intérêt* avec laquelle, dans mon cas, la faculté méditative, – pour éviter la langue technique, – s'appliquait et se plongeait dans la contemplation des objets les plus vulgaires du monde.

Réfléchir infatigablement de longues heures, l'attention rivée à quelque citation puérile sur la marge ou dans le texte d'un livre, – rester absorbé, la plus grande partie d'une journée d'été, dans une ombre bizarre s'allongeant obliquement sur la tapisserie ou sur le plancher, – m'oublier une nuit entière à surveiller la flamme droite d'une lampe ou les braises du foyer, – rêver des jours entiers sur le parfum d'une fleur, – répéter, d'une manière monotone, quelque mot vulgaire, jusqu'à ce que le son, à force d'être répété, cessât de présenter à l'esprit une idée quelconque, – perdre tout sentiment de mouvement ou d'existence physique dans un repos absolu obstinément prolongé, – telles étaient quelques-unes des plus communes et des moins pernicieuses aberrations de mes facultés mentales, aberrations qui sans doute ne sont pas absolument sans exemple, mais qui défient certainement toute explication et toute analyse.

Encore, je veux être bien compris. L'anormale, intense et morbide attention ainsi excitée par des objets frivoles en eux-mêmes est d'une nature qui ne doit pas être confondue avec ce penchant à la rêverie commun à toute l'humanité, et auquel se livrent surtout les personnes d'une imagination ardente. Non-seulement elle n'était pas, comme on pourrait le supposer d'abord, un terme excessif et une exagération de ce penchant, mais encore elle en était originairement et essentiellement distincte. Dans l'un de ces cas, le rêveur, l'homme imaginatif, étant intéressé par un objet généralement non frivole, perd peu à peu son objet de vue à travers une immensité de déductions et de suggestions qui en jaillit, si bien qu'à la fin d'une de ces songeries *souvent remplies de volupté*, il trouve l'*incitamentum* ou cause première de ses réflexions, entièrement évanoui et oublié. Dans mon cas, le point de départ était *invariablement frivole*, quoique revêtant, à travers le milieu de ma vision maladive, une importance imaginaire et de réfraction. Je faisais peu de déductions, – si toutefois j'en faisais ; et, dans ce cas, elles retournaient opiniâtrement à l'objet-principe comme à un centre. Les méditations n'étaient *jamais* agréables ; et, à la fin de la rêverie, la cause première, bien loin d'être hors de vue, avait atteint cet intérêt surnaturellement exagéré qui était le trait dominant de mon mal. En un mot, la faculté de l'esprit plus particulièrement excitée en moi était, comme je l'ai dit, la faculté de l'attention, tandis que, chez le rêveur ordinaire, c'est celle de la méditation.

Mes livres, à cette époque, s'ils ne servaient pas positivement à irriter le mal, participaient largement, on doit le comprendre, par leur nature imaginative et irrationnelle, des qualités caractéristiques du mal lui-même. Je me rappelle fort bien, entre autres, le traité du noble Italien Cœlius Secundus Curio, *De Amplitudine Beati Regni Dei* ; le grand ouvrage de saint Augustin, *la Cité de Dieu*, et le *De Carne Christi*, de Tertullien, de qui l'inintelligible pensée : – *Mortuus est Dei Filius ; credibile est quia ineptum est ; et sepultus resurrexit ; certum est quia impossibile est*, – absorba exclusivement tout mon temps, pendant plusieurs semaines d'une laborieuse et infructueuse investigation.

On jugera sans doute que, dérangée de son équilibre par des choses insignifiantes, ma raison avait quelque ressemblance avec cette roche marine dont parle Ptolémée Héphestion, qui résistait immuablement à toutes les attaques des hommes et à la fureur plus terrible des eaux et des vents, et qui tremblait seulement au toucher de la fleur nommée asphodèle. A un penseur inattentif il paraîtra tout simple et hors de doute que la terrible altération produite dans la condition *morale* de Bérénice par sa déplorable maladie dut me fournir maint sujet d'exercer cette intense et anormale méditation dont j'ai eu quelque peine à expliquer la nature. Eh bien, il n'en était absolument rien. Dans les intervalles lucides de mon infirmité, son malheur me causait, il est vrai, du chagrin ; cette ruine totale de sa belle et douce vie me touchait profondément le cœur ; je méditais fréquemment et amèrement sur les voies mystérieuses et étonnantes par lesquelles une si étrange et si soudaine révolution avait pu se produire. Mais ces réflexions ne participaient pas de l'idiosyncrasie de mon mal, et étaient telles qu'elles se seraient offertes dans des circonstances analogues à la masse ordinaire des hommes.

Quant à ma maladie, fidèle à son caractère propre, elle se faisait une pâture des changements moins importants, mais plus saisissants, qui se manifestaient dans le système *physique* de Bérénice, – dans la singulière et effrayante distorsion de son identité personnelle.

Dans les jours les plus brillants de son incomparable beauté, très-sûrement je ne l'avais jamais aimée. Dans l'étrange anomalie de mon existence, les sentiments ne me sont *jamais* venus du cœur, et mes passions sont toujours venues de l'esprit. A travers les blancheurs du crépuscule, – à midi, parmi les ombres treillissées de la forêt, – et la nuit dans le silence de ma bibliothèque, – elle avait traversé mes yeux, et je l'avais vue, – non comme la Bérénice vivante et respirante, mais comme la Bérénice d'un songe ; non comme un être de la terre, un être charnel, mais comme l'abstraction d'un tel être ; non comme une chose à admirer, mais à analyser ; non comme un objet d'amour, mais comme le thème d'une méditation aussi abstruse qu'irrégulière. Et *maintenant*, – maintenant, je frissonnais en sa présence, je pâlissais à son approche ; cependant, tout en me lamentant amèrement sur sa déplorable condition de déchéance, je me rappelai qu'elle m'avait longtemps aimé, et, dans un mauvais moment, je lui parlai de mariage.

Enfin l'époque fixée pour nos noces approchait, quand, dans une après-midi d'hiver, – dans une de ces journées intempestivement chaudes, calmes et brumeuses, qui sont les nourrices de la belle Halcyone, – je m'assis, me croyant seul, dans le cabinet de la bibliothèque. Mais en levant les yeux, je vis Bérénice debout devant moi.

Fut-ce mon imagination surexcitée, – ou l'influence brumeuse de l'atmosphère, – ou le crépuscule incertain de la chambre, – ou le vêtement obscur qui enveloppait sa taille, – qui lui prêta ce contour si tremblant et si indéfini ? Je ne pourrais le dire. Peut-être avait-elle grandi depuis sa maladie. Elle ne dit pas un mot ; et moi, pour rien au monde, je n'aurais prononcé une syllabe. Un frisson de glace parcourut mon corps ; une sensation d'insupportable angoisse m'oppressait ; une dévorante curiosité pénétrait mon âme ; et, me renversant dans le fauteuil, je restai quelque temps sans souffle et sans mouvement, les yeux cloués sur sa personne. Hélas ! son amaigrissement était excessif, et pas un vestige de l'être primitif n'avait survécu et ne s'était réfugié dans un seul contour. A la fin, mes regards tombèrent ardemment sur sa figure.

Le front était haut, très-pâle, et singulièrement placide ; et les cheveux, autrefois d'un noir de jais, le recouvraient en partie et ombrageaient les tempes creuses d'innombrables boucles, actuellement d'un blond ardent, dont le caractère fantastique jurait cruellement avec la mélancolie dominante de sa physionomie. Les yeux étaient sans vie et sans éclat, en apparence sans pupilles, et involontairement je détournai ma vue de leur fixité vitreuse pour contempler les lèvres amincies et recroquevillées. Elles s'ouvrirent et, dans un sourire singulièrement significatif, *les dents* de la nouvelle Bérénice se révélèrent lentement à ma vue. Plût à Dieu que je ne les eusse jamais regardées, ou que, les ayant regardées, je fusse mort !

Une porte en se fermant me troubla, et, levant les yeux, je vis que ma cousine avait quitté la chambre. Mais la chambre dérangée de mon cerveau, le *spectre* blanc et terrible de ses dents ne l'avait pas quittée et n'en voulait pas sortir. Pas une piqûre sur leur surface, – pas une nuance de leur émail, – pas une pointe sur leurs arêtes que ce passager sourire n'ait suffi à imprimer dans ma mémoire ! Je les vis même alors plus distinctement que je ne les avais vues *tout à l'heure*. – Les dents ! – les dents ! – Elles étaient là, – et puis là, – et partout, – visibles, palpables devant moi ; longues, étroites et excessivement blanches, avec les lèvres pâles se tordant autour, affreusement distendues comme elles étaient naguère. Alors arriva la pleine furie de ma monomanie, et je luttai en vain contre son irrésistible et étrange influence. Dans le nombre infini des objets du monde extérieur, je n'avais de pensées que pour les dents. J'éprouvais à leur endroit un désir frénétique. Tous les autres sujets, tous les intérêts divers furent absorbés dans cette unique contemplation. Elles – elles seules – étaient présentes à l'œil de mon esprit, et leur individualité exclusive devint l'essence de ma vie intellectuelle. Je les regardais dans tous les jours. Je les tournais dans tous les sens. J'étudiais leur caractère. J'observais leurs marques particulières. Je méditais sur leur conformation. Je réfléchissais à l'altération de leur nature. Je frissonnais en leur attribuant dans mon imagination une faculté de sensation et de sentiment, et même, sans le secours des lèvres, une puissance d'expression morale. On a fort bien dit de mademoiselle Sallé que *tous ses pas étaient des sentiments*, et de Bérénice je croyais plus sérieusement que *toutes les dents étaient des idées. – Des idées !* ah ! voilà la pensée absurde qui m'a perdu ! *Des idées ! –* ah ! *voilà donc pourquoi* je les convoitais si follement ! Je sentais que leur possession pouvait seule me rendre la paix et rétablir ma raison.

Et le soir descendit ainsi sur moi, – et les ténèbres vinrent, s'installèrent, et puis s'en allèrent, – et un jour nouveau parut, – et les brumes d'une seconde nuit s'amoncelèrent autour de moi, – et toujours je restais immobile dans cette chambre solitaire, – toujours assis, toujours enseveli dans ma méditation, – et toujours le *fantôme* des dents maintenait son influence terrible au point qu'avec la plus vivante et la plus hideuse netteté il flottait çà et là à travers la lumière et les ombres changeantes de la chambre. Enfin, au milieu de mes rêves, éclata un grand cri d'horreur et d'épouvante, auquel succéda, après une pause, un bruit de voix désolées, entrecoupées par de sourds gémissements de douleur ou de deuil. Je me levai, et, ouvrant une des portes de la bibliothèque, je trouvai dans l'antichambre une domestique tout en larmes, qui me dit que Bérénice n'existait plus ! Elle avait été prise d'épilepsie dans la matinée ; et maintenant, à la tombée de la nuit, la fosse attendait sa future habitante, et tous les préparatifs de l'ensevelissement étaient terminés.

Le cœur plein d'angoisse, et oppressé par la crainte, je me dirigeai avec répugnance vers la chambre à coucher de la défunte. La chambre était vaste et très-sombre et à chaque pas je me heurtais contre les préparatifs de la sépulture. Les rideaux du lit, me dit un domestique, étaient fermés sur la bière, et dans cette bière, ajouta-t-il à voix basse, gisait tout ce qui restait de Bérénice.

Qui donc me demanda si je ne voulais pas voir le corps ? – Je ne vis remuer les lèvres de personne ; cependant la question avait bien été faite, et l'écho des dernières syllabes traînait encore dans la chambre. Il était impossible de refuser, et, avec un sentiment d'oppression, je me traînai à côté du lit. Je soulevai doucement les sombres draperies des courtines ; mais, en les laissant retomber, elles descendirent sur mes épaules, et, me séparant du monde vivant, elles m'enfermèrent dans la plus étroite communion avec la défunte.

Toute l'atmosphère de la chambre sentait la mort ; mais l'air particulier de la bière me faisait mal, et je m'imaginais qu'une odeur délétère s'exhalait déjà du cadavre. J'aurais donné des mondes pour échapper, pour fuir la pernicieuse influence de la mortalité, pour respirer une fois encore l'air pur des cieux éternels. Mais je n'avais plus la puissance de bouger, mes genoux vacillaient sous moi, et j'avais pris racine dans le sol, regardant fixement le cadavre rigide étendu tout de son long dans la bière ouverte.

Dieu du ciel ! est-ce possible ? Mon cerveau s'est-il égaré ? ou le doigt de la défunte a-t-il remué dans la toile blanche qui l'enfermait ? Frissonnant d'une inexprimable crainte, je levai lentement les yeux pour voir la physionomie du cadavre. On avait mis un bandeau autour des mâchoires ; mais, je ne sais comment, il s'était dénoué. Les lèvres livides se tordaient en une espèce de sourire, et à travers leur cadre mélancolique les dents de Bérénice, blanches, luisantes, terribles, me *regardaient* encore avec une trop vivante réalité. Je m'arrachai convulsivement du lit, et, sans prononcer un mot, je m'élançai comme un maniaque hors de cette chambre de mystère, d'horreur et de mort.

Je me retrouvai dans la bibliothèque ; j'étais assis, j'étais seul. Il me semblait que je sortais d'un rêve confus et agité. Je m'aperçus qu'il était minuit, et j'avais bien pris mes précautions pour que Bérénice fût enterrée après le coucher du soleil ; mais je n'ai pas gardé une intelligence bien positive ni bien définie de ce qui s'est passé durant ce lugubre intervalle. Cependant, ma mémoire était pleine d'horreur, – horreur d'autant plus horrible qu'elle était plus vague, – d'une terreur que son ambiguïté rendait plus terrible. C'était comme une page effrayante du registre de mon existence, écrite tout entière avec des souvenirs obscurs, hideux et inintelligibles. Je m'efforçai de les déchiffrer, mais en vain. De temps à autre, cependant, semblable à l'âme d'un son envolé, un cri grêle et perçant, – une voix de femme, – semblait tinter dans mes oreilles. J'avais accompli quelque chose ; – mais qu'était-ce donc ? Je m'adressais à moi-même la question à haute voix, et les échos de la chambre me chuchotaient en manière de réponse :

– *Qu'était-ce donc ?*

Sur la table, à côté de moi, brûlait une lampe, et auprès était une petite boîte d'ébène. Ce n'était pas une boîte d'un style remarquable, et je l'avais déjà vue fréquemment, car elle appartenait au médecin de la famille ; mais comment était-elle venue *là*, sur ma table, et pourquoi frissonnai-je en la regardant ? C'étaient là des choses qui ne valaient pas la peine d'y prendre garde ; mais mes yeux tombèrent à la fin sur les pages ouvertes d'un livre, et sur une phrase soulignée. C'étaient les mots singuliers, mais fort simples, du poëte Ebn Zaiat : *Dicebant mihi sodales, si sepulchrum amicæ visitarem, curas meas aliquantulum fore levatas.* – D'où vient donc qu'en les lisant mes cheveux se dressèrent sur ma tête et que mon sang se glaça dans mes veines ?

On frappa un léger coup à la porte de la bibliothèque, et, pâle comme un habitant de la tombe, un domestique entra sur la pointe du pied. Ses regards étaient égarés par la terreur, et il me parla d'une voix très-basse, tremblante, étranglée. Que me dit-il ? – J'entendis quelques phrases par-ci, par-là. Il me raconta, ce me semble, qu'un cri effroyable avait troublé le silence de la nuit, – que tous les domestiques s'étaient réunis, – qu'on avait cherché dans la direction du son, – et enfin sa voix basse devint distincte à faire frémir quand il me parla d'une violation de sépulture, – d'un corps défiguré, dépouillé de son linceul, mais respirant encore, – palpitant encore, – *encore vivant !*

Il regarda mes vêtements ; ils étaient grumeleux de boue et de sang. Sans dire un mot, il me prit doucement par la main ; elle portait des stigmates d'ongles humains. Il dirigea mon attention vers un objet placé contre le mur. Je le regardai quelques minutes : c'était une bêche. Avec un cri je me jetai sur la table et me saisis de la boîte d'ébène. Mais je n'eus pas la force de l'ouvrir ; et, dans mon tremblement, elle m'échappa des mains, tomba lourdement et se brisa en morceaux ; et il s'en échappa, roulant avec un vacarme de ferraille, quelques instruments de chirurgie dentaire, et avec eux trente-deux petites choses blanches, semblables à de l'ivoire, qui s'éparpillèrent çà et là sur le plancher.

LA CHUTE
DE LA MAISON USHER

Son cœur est un luth suspendu ;
Sitôt qu'on le touche, il résonne.
DE BÉRANGER.

Pendant toute une journée d'automne, journée fuligineuse, sombre et muette, où les nuages pesaient lourds et bas dans le ciel, j'avais traversé seul et à cheval une étendue de pays singulièrement lugubre, et enfin, comme les ombres du soir approchaient, je me trouvai en vue de la mélancolique Maison Usher. Je ne sais comment cela se fit, – mais, au premier coup d'œil que je jetai sur le bâtiment, un sentiment d'insupportable tristesse pénétra mon âme. Je dis insupportable, car cette tristesse n'était nullement tempérée par une parcelle de ce sentiment dont l'essence poétique fait presque une volupté, et dont l'âme est généralement saisie en face des images naturelles les plus sombres de la désolation et de la terreur. Je regardais le tableau placé devant moi, et, rien qu'à voir la maison et la perspective caractéristique de ce domaine, – les murs qui avaient froid, – les fenêtres semblables à des yeux distraits, – quelques bouquets de joncs vigoureux, – quelques troncs d'arbres blancs et dépéris, – j'éprouvais cet entier affaissement d'âme qui, parmi les sensations terrestres, ne peut se mieux comparer qu'à l'arrière-rêverie du mangeur d'opium, – à son navrant retour à la vie journalière, – à l'horrible et lente retraite du voile. C'était une glace au cœur, un abattement, un malaise, – une irrémédiable tristesse de pensée qu'aucun aiguillon de l'imagination ne pouvait raviver ni pousser au grand. Qu'était donc, – je m'arrêtai pour y penser, – qu'était donc ce je ne sais quoi qui m'énervait ainsi en contemplant la Maison Usher ? C'était un mystère tout à fait insoluble, et je ne pouvais pas lutter contre les pensées ténébreuses qui s'amoncelaient sur moi pendant que j'y réfléchissais. Je fus forcé de me rejeter dans cette conclusion peu satisfaisante, qu'il existe des combinaisons d'objets naturels très-simples qui ont la puissance de nous affecter de cette sorte, et que l'analyse de cette puissance gît dans des considérations où nous perdrions pied. Il était possible, pensais-je, qu'une simple différence dans l'arrangement des matériaux de la décoration, des détails du tableau, suffît pour modifier, pour annihiler peut-être cette puissance d'impression douloureuse ; et, agissant d'après cette idée, je conduisis mon cheval vers le bord escarpé d'un noir et lugubre étang, qui, miroir immobile, s'étalait devant le bâtiment ; et je regardai – mais avec un frisson plus pénétrant encore que la première fois – les images répercutées et renversées des joncs grisâtres, des troncs d'arbres sinistres, et des fenêtres semblables à des yeux sans pensée.

C'était néanmoins dans cet habitacle de mélancolie que je me proposais de séjourner pendant quelques semaines. Son propriétaire, Roderick Usher, avait été l'un de mes bons camarades d'enfance ; mais quelques années s'étaient écoulées depuis notre dernière entrevue. Une lettre cependant m'était parvenue récemment dans une partie lointaine du pays, – une lettre de lui, – dont la tournure follement pressante n'admettait pas d'autre réponse que ma présence même. L'écriture portait la trace d'une agitation nerveuse. L'auteur de cette lettre me parlait d'une maladie physique aiguë, – d'une affection mentale qui l'oppressait, – et d'un ardent désir de me voir, comme étant son meilleur et véritablement son seul ami, – espérant trouver dans la joie de ma société quelque soulagement à son mal. C'était le ton dans lequel toutes ces choses et bien d'autres encore étaient dites, – c'était cette ouverture d'un cœur suppliant, qui ne me permettaient pas l'hésitation ; en conséquence j'obéis immédiatement à ce que je considérais toutefois comme une invitation des plus singulières.

Quoique dans notre enfance nous eussions été camarades intimes, en réalité, je ne savais pourtant que fort peu de chose de mon ami. Une réserve excessive avait toujours été dans ses habitudes. Je savais toutefois qu'il appartenait à une famille très-ancienne qui s'était distinguée depuis un temps immémorial par une sensibilité particulière de tempérament. Cette sensibilité s'était déployée, à travers les âges, dans de nombreux ouvrages d'un art supérieur et s'était manifestée, de vieille date, par les actes répétés d'une charité aussi large que discrète, ainsi que par un amour passionné pour les difficultés plutôt peut-être que pour les beautés orthodoxes, toujours si facilement reconnaissables, de la science musicale. J'avais appris aussi ce fait très-remarquable que la souche de la race d'Usher, si glorieusement ancienne qu'elle fût, n'avait jamais, à aucune époque, poussé de branche durable ; en d'autres termes, que la famille entière ne s'était perpétuée qu'en ligne directe, à quelques exceptions près, très-insignifiantes et très-passagères. C'était cette absence, – pensai-je, tout en rêvant au parfait accord entre le caractère des lieux et le caractère proverbial de la race, et en réfléchissant à l'influence que dans une longue suite de siècles l'un pouvait avoir exercée sur l'autre, – c'était peut-être cette absence de branche collatérale et la transmission constante de père en fils du patrimoine et du nom qui avaient à la longue si bien identifié les deux, que le nom primitif du domaine s'était fondu dans la bizarre et équivoque appellation de *Maison Usher*, – appellation usitée parmi les paysans, et qui semblait, dans leur esprit, enfermer la famille et l'habitation de famille.

J'ai dit que le seul effet de mon expérience quelque peu puérile, – c'est-à-dire d'avoir regardé dans l'étang, – avait été de rendre plus profonde ma première et si singulière impression. Je ne dois pas douter que la conscience de ma superstition croissante – pourquoi ne la définirais-je pas ainsi ? – n'ait principalement contribué à accélérer cet accroissement. Telle est, je le savais de vieille date, la loi paradoxale de tous les sentiments qui ont la terreur pour base. Et ce fut peut-être l'unique raison qui fit que, quand mes yeux, laissant l'image dans l'étang, se relevèrent vers la maison elle-même, une étrange idée me poussa dans l'esprit, – une idée si ridicule, en vérité, que, si j'en fais mention, c'est seulement pour montrer la force vive des sensations qui m'oppressaient. Mon imagination avait si bien travaillé, que je croyais réellement qu'autour de l'habitation et du domaine planait une atmosphère qui lui était particulière, ainsi qu'aux environs les plus proches, – une atmosphère qui n'avait pas d'affinité avec l'air du ciel, mais qui s'exhalait des arbres dépéris, des murailles grisâtres et de l'étang silencieux, – une vapeur mystérieuse et pestilentielle, à peine visible, lourde, paresseuse et d'une couleur plombée.

Je secouai de mon esprit ce qui ne pouvait être qu'un rêve, et j'examinai avec plus d'attention l'aspect réel du bâtiment. Son caractère dominant semblait être celui d'une excessive antiquité. La décoloration produite par les siècles était grande. De menues fongosités recouvraient toute la face extérieure et la tapissaient, à partir du toit, comme une fine étoffe curieusement brodée. Mais tout cela n'impliquait aucune détérioration extraordinaire. Aucune partie de la maçonnerie n'était tombée, et il semblait qu'il y eût une contradiction étrange entre la consistance générale intacte de toutes ses parties et l'état particulier des pierres émiettées, qui me rappelaient complètement la spécieuse intégrité de ces vieilles boiseries qu'on a laissées longtemps pourrir dans quelque cave oubliée, loin du souffle de l'air extérieur. A part cet indice d'un vaste délabrement, l'édifice ne donnait aucun symptôme de fragilité. Peut-être l'œil d'un observateur minutieux aurait-il découvert une fissure à peine visible, qui, partant du toit de la façade, se frayait une route en zigzag à travers le mur et allait se perdre dans les eaux funestes de l'étang.

Tout en remarquant ces détails, je suivis à cheval une courte chaussée qui me menait à la maison. Un valet de chambre prit mon cheval, et j'entrai sous la voûte gothique du vestibule. Un domestique, au pas furtif, me conduisit en silence à travers maint passage obscur et compliqué vers le cabinet de son maître. Bien des choses que je rencontrai dans cette promenade contribuèrent, je ne sais comment, à renforcer les sensations vagues dont j'ai déjà parlé. Les objets qui m'entouraient, – les sculptures des plafonds, les sombres tapisseries des murs, la noirceur d'ébène des parquets et les fantasmagoriques trophées armoriaux qui bruissaient, ébranlés par ma marche précipitée, étaient choses bien connues de moi. Mon enfance avait été accoutumée à des spectacles analogues, – et, quoique je les reconnusse sans hésitation pour des choses qui m'étaient familières, j'admirais quelles pensées insolites ces images ordinaires évoquaient en moi. Sur l'un des escaliers, je rencontrai le médecin de la famille. Sa physionomie, à ce qu'il me sembla, portait une expression mêlée de malignité basse et de perplexité. Il me croisa précipitamment et passa. Le domestique ouvrit alors une porte et m'introduisit en présence de son maître.

La chambre dans laquelle je me trouvai était très-grande et très-haute ; les fenêtres, longues, étroites, et à une telle distance du noir plancher de chêne, qu'il était absolument impossible d'y atteindre. De faibles rayons d'une lumière cramoisie se frayaient un chemin à travers les carreaux treillissés, et rendaient suffisamment distincts les principaux objets environnants ; l'œil néanmoins s'efforçait en vain d'atteindre les angles lointains de la chambre ou les enfoncements du plafond arrondi en voûte et sculpté. De sombres draperies tapissaient les murs. L'ameublement général était extravagant, incommode, antique et délabré. Une masse de livres et d'instruments de musique gisait éparpillée çà et là, mais ne suffisait pas à donner une vitalité quelconque au tableau. Je sentais que je respirais une atmosphère de chagrin. Un air de mélancolie âpre, profonde, incurable, planait sur tout et pénétrait tout.

A mon entrée, Usher se leva d'un canapé sur lequel il était couché tout de son long et m'accueillit avec une chaleureuse vivacité, qui ressemblait fort, – telle fut, du moins, ma première pensée, – à une cordialité emphatique, – à l'effort d'un homme du monde ennuyé, qui obéit à une circonstance. Néanmoins, un coup d'œil jeté sur sa physionomie me convainquit de sa parfaite sincérité. Nous nous assîmes, et, pendant quelques moments, comme il restait muet, je le contemplai avec un sentiment moitié de pitié et moitié d'effroi. A coup sûr, jamais homme n'avait aussi terriblement changé, et en aussi peu de temps, que Roderick Usher ! Ce n'était qu'avec peine que je pouvais consentir à admettre l'identité de l'homme placé en face de moi avec le compagnon de mes premières années. Le caractère de sa physionomie avait toujours été remarquable. Un teint cadavéreux, – un œil large, liquide et lumineux au-delà de toute comparaison, – des lèvres un peu minces et très-pâles, mais d'une courbe merveilleusement belle, – un nez d'un moule hébraïque, très-délicat, mais d'une ampleur de narines qui s'accorde rarement avec une pareille forme, – un menton d'un modèle charmant, mais qui, par un manque de saillie, trahissait un manque d'énergie morale, – des cheveux d'une douceur et d'une ténuité plus qu'arachnéennes, – tous ces traits, auxquels il faut ajouter un développement frontal excessif, lui faisaient une physionomie qu'il n'était pas facile d'oublier. Mais actuellement, dans la simple exagération du caractère de cette figure et de l'expression qu'elle présentait habituellement, il y avait un tel changement, que je doutais de l'homme à qui je parlais. La pâleur maintenant spectrale de la peau et l'éclat maintenant miraculeux de l'œil me saisissaient particulièrement et même m'épouvantaient. Puis il avait laissé croître indéfiniment ses cheveux sans s'en apercevoir, et, comme cet étrange tourbillon aranéeux flottait plutôt qu'il ne tombait autour de sa face, je ne pouvais, même avec de la bonne volonté, trouver dans leur étonnant style arabesque rien qui rappelât la simple humanité.

Je fus tout d'abord frappé d'une certaine incohérence, – d'une inconsistance dans les manières de mon ami, et je découvris bientôt que cela provenait d'un effort incessant, aussi faible que puéril, pour maîtriser une trépidation habituelle, – une excessive agitation nerveuse. Je m'attendais bien à quelque chose dans ce genre, et j'y avais été préparé non-seulement par sa lettre, mais aussi par le souvenir de certains traits de son enfance, et par des conclusions déduites de sa singulière conformation physique et de son tempérament. Son action était alternativement vive et indolente. Sa voix passait rapidement d'une indécision tremblante, – quand les esprits vitaux semblaient entièrement absents, – à cette espèce de brièveté énergique, – à cette énonciation abrupte, solide, pausée et sonnant le creux, – à ce parler guttural et rude, parfaitement balancé et modulé, qu'on peut observer chez le parfait ivrogne ou l'incorrigible mangeur d'opium pendant les périodes de leur plus intense excitation.

Ce fut dans ce ton qu'il parla de l'objet de ma visite, de son ardent désir de me voir, et de la consolation qu'il attendait de moi. Il s'étendit assez longuement et s'expliqua à sa manière sur le caractère de sa maladie. C'était, disait-il, un mal de famille, un mal constitutionnel, un mal pour lequel il désespérait de trouver un remède, – une simple affection nerveuse, – ajouta-t-il immédiatement, – dont, sans doute, il serait bientôt délivré. Elle se manifestait par une foule de sensations extranaturelles. Quelques-unes, pendant qu'il me les décrivait, m'intéressèrent et me confondirent ; il se peut cependant que les termes et le ton de son débit y aient été pour beaucoup. Il souffrait vivement d'une acuité morbide des sens ; les aliments les plus simples étaient pour lui les seuls tolérables ; il ne pouvait porter, en fait de vêtement, que certains tissus ; toutes les odeurs de fleurs le suffoquaient ; une lumière, même faible, lui torturait les yeux ; et il n'y avait que quelques sons particuliers, c'est-à-dire ceux des instruments à cordes, qui ne lui inspirassent pas d'horreur.

Je vis qu'il était l'esclave subjugué d'une espèce de terreur tout à fait anormale. – Je mourrai, – dit-il, il *faut* que je meure de cette déplorable folie. C'est ainsi, ainsi, et non pas autrement, que je périrai. Je redoute les événements à venir, non en eux-mêmes, mais dans leurs résultats. Je frissonne à la pensée d'un incident quelconque, du genre le plus vulgaire, qui peut opérer sur cette intolérable agitation de mon âme. Je n'ai vraiment pas horreur du danger, excepté dans son effet positif, – la terreur. Dans cet état d'énervation, – état pitoyable, – je sens que tôt ou tard le moment viendra où la vie et la raison m'abandonneront à la fois, dans quelque lutte inégale avec le sinistre fantôme, – LA PEUR !

J'appris ainsi, par intervalles, et par des confidences hachées, des demi-mots et des sous-entendus, une autre particularité de sa situation morale. Il était dominé par certaines impressions superstitieuses relatives au manoir qu'il habitait, et d'où il n'avait pas osé sortir depuis plusieurs années, – relatives à une influence dont il traduisait la force supposée en des termes trop ténébreux pour être rapportés ici, – une influence que quelques particularités dans la forme même et dans la matière du manoir héréditaire avaient, par l'usage de la souffrance, disait-il, imprimée sur son esprit, – un effet que le *physique* des murs gris, des tourelles et de l'étang noirâtre où se mirait tout le bâtiment, avait à la longue créé sur le *moral* de son existence.

Il admettait toutefois, mais non sans hésitation, qu'une

bonne part de la mélancolie singulière dont il était affligé pouvait être attribuée à une origine plus naturelle et beaucoup plus positive, – à la maladie cruelle et déjà ancienne, – enfin, à la mort évidemment prochaine d'une sœur tendrement aimée, – sa seule société depuis de longues années, – sa dernière et sa seule parente sur la terre. – Sa mort, – dit-il avec une amertume que je n'oublierai jamais, – me laissera, – moi, le frêle et le désespéré, – dernier de l'antique race des Usher. – Pendant qu'il parlait, lady Madeline, – c'est ainsi qu'elle se nommait, – passa lentement dans une partie reculée de la chambre, et disparut sans avoir pris garde à ma présence. Je la regardai avec un immense étonnement, où se mêlait quelque terreur ; mais il me sembla impossible de me rendre compte de mes sentiments. Une sensation de stupeur m'oppressait, pendant que mes yeux suivaient ses pas qui s'éloignaient. Lorsque enfin une porte se fut fermée sur elle, mon regard chercha instinctivement et curieusement la physionomie de son frère ; – mais il avait plongé sa face dans ses mains, et je pus voir seulement qu'une pâleur plus qu'ordinaire s'était répandue sur les doigts amaigris, à travers lesquels filtrait une pluie de larmes passionnées.

La maladie de lady Madeline avait longtemps bafoué la science de ses médecins. Une apathie fixe, un épuisement graduel de sa personne, et des crises fréquentes, quoique passagères, d'un caractère presque cataleptique, en étaient les diagnostics très-singuliers. Jusque-là, elle avait bravement porté le poids de la maladie et ne s'était pas encore résignée à se mettre au lit ; mais, sur la fin du soir de mon arrivée au château, elle cédait – comme son frère me le dit dans la nuit avec une inexprimable agitation – à la puissance écrasante du fléau, et j'appris que le coup d'œil que j'avais jeté sur elle serait probablement le dernier, – que je ne verrais plus la dame, vivante du moins.

Pendant les quelques jours qui suivirent, son nom ne fut prononcé ni par Usher ni par moi ; et durant cette période je m'épuisai en efforts pour alléger la mélancolie de mon ami. Nous peignîmes et nous lûmes ensemble ; ou bien j'écoutais, comme dans un rêve, ses étranges improvisations sur son éloquente guitare. Et ainsi, à mesure qu'une intimité de plus en plus étroite m'ouvrait plus familièrement les profondeurs de son âme, je reconnaissais plus amèrement la vanité de tous mes efforts pour ranimer un esprit, d'où la nuit, comme une propriété qui lui aurait été inhérente, déversait sur tous les objets de l'univers physique et moral une irradiation incessante de ténèbres.

Je garderai toujours le souvenir de maintes heures solennelles que j'ai passées seul avec le maître de la Maison Usher. Mais j'essaierais vainement de définir le caractère exact des études ou des occupations dans lesquelles il m'entraînait ou me montrait le chemin. Une idéalité ardente, excessive, morbide, projetait sur toutes choses sa lumière sulfureuse. Ses longues et funèbres improvisations résonneront éternellement dans mes oreilles. Entre autres choses, je me rappelle douloureusement une certaine paraphrase singulière, – une perversion de l'air, déjà fort étrange, de la dernière valse de von Weber. Quant aux peintures que couvait sa laborieuse fantaisie, et qui arrivaient, touche par touche, à un vague qui me donnait le frisson, un frisson d'autant plus pénétrant que je frissonnais sans savoir pourquoi, – quant à ces peintures, si vivantes pour moi, que j'ai encore leurs images dans mes yeux, – j'essaierais vainement d'en extraire un échantillon suffisant, qui pût tenir dans le compas de la parole écrite. Par l'absolue simplicité, par la nudité de ses dessins, il arrêtait, il subjuguait l'attention. Si jamais mortel peignit une idée, ce mortel fut Roderick Usher. Pour moi, du moins, – dans les circonstances qui m'entouraient, – il s'élevait, des pures abstractions que l'hypocondriaque s'ingéniait à jeter sur sa toile, une terreur intense, irrésistible, dont je n'ai jamais senti l'ombre dans la contemplation des rêveries de Fuseli lui-même, éclatantes sans doute, mais encore trop concrètes.

Il est une des conceptions fantasmagoriques de mon ami où l'esprit d'abstraction n'avait pas une part aussi exclusive, et qui peut être esquissée, quoique faiblement, par la parole. C'était un petit tableau représentant l'intérieur d'une cave ou d'un souterrain immensément long, rectangulaire, avec des murs bas, polis, blancs, sans aucun ornement, sans aucune interruption. Certains détails accessoires de la composition servaient à faire comprendre que cette galerie se trouvait à une profondeur excessive au-dessous de la surface de la terre. On n'apercevait aucune issue dans son immense parcours ; on ne distinguait aucune torche, aucune source artificielle de lumière ; et cependant une effusion de rayons intenses roulait de l'un à l'autre bout et baignait le tout d'une splendeur fantastique et incompréhensible.

J'ai dit un mot de l'état morbide du nerf acoustique qui rendait pour le malheureux toute musique intolérable, excepté certains effets des instruments à cordes. C'étaient peut-être les étroites limites dans lesquelles il avait confiné son talent sur la guitare qui avaient, en grande partie, imposé à ses compositions leur caractère fantastique. Mais, quant à la brûlante facilité de ses improvisations, on ne pouvait s'en rendre compte de la même manière. Il fallait évidemment qu'elles fussent et elles étaient, en effet, dans les notes aussi bien que dans les paroles de ses étranges fantaisies, – car il accompagnait souvent sa musique de paroles improvisées et rimées, – le résultat de cet intense recueillement et de cette concentration de forces mentales, qui ne se manifestent, comme je l'ai déjà dit, que dans les cas particuliers de la plus haute excitation artificielle. D'une de ces rapsodies je me suis rappelé facilement les paroles. Peut-être m'impressionna-t-elle plus fortement, quand il me la montra, parce que, dans le sens intérieur et mystérieux de l'œuvre, je découvris pour la première fois qu'Usher avait pleine conscience de son état, – qu'il sentait que sa sublime raison chancelait sur son trône. Ces vers, qui avaient pour titre *le Palais hanté*, étaient, à très-peu de chose près, tels que je les cite :

I

Dans la plus verte de nos vallées,
    Par les bons anges habitée,
Autrefois un beau et majestueux palais,
    – Un rayonnant palais, – dressait son front.
C'était dans le domaine du monarque Pensée,
    C'était là qu'il s'élevait :
Jamais Séraphin ne déploya son aile
    Sur un édifice à moitié aussi beau.

II

Des bannières blondes, superbes, dorées,
    A son dôme flottaient et ondulaient ;

(C'était, – tout cela, c'était dans le vieux,
Dans le très-vieux temps.)
Et, à chaque douce brise qui se jouait
Dans ces suaves journées,
Le long des remparts chevelus et pâles,
S'échappait un parfum ailé.

III

Les voyageurs, dans cette heureuse vallée,
A travers deux fenêtres lumineuses, voyaient
Des esprits qui se mouvaient harmonieusement
Au commandement d'un luth bien accordé,
Tout autour d'un trône, où, siégeant
– Un vrai Porphyrogénète, celui-là ! –
Dans un apparat digne de sa gloire,
Apparaissait le maître du royaume.

IV

Et tout étincelante de nacre et de rubis
Etait la porte du beau palais,
Par laquelle coulait à flots, à flots, à flots,
Et pétillait incessamment
Une troupe d'Echos dont l'agréable fonction
Etait simplement de chanter,
Avec des accents d'une exquise beauté,
L'esprit et la sagesse de leur roi.

V

Mais des êtres de malheur, en robes de deuil,
Ont assailli la haute autorité du monarque.
– Ah ! pleurons ! car jamais l'aube d'un lendemain
Ne brillera sur lui, le désolé ! –
Et, tout autour de sa demeure, la gloire
Qui s'empourprait et florissait
N'est plus qu'une histoire, souvenir ténébreux
Des vieux âges défunts.

VI

Et maintenant les voyageurs, dans cette vallée,
A travers les fenêtres rougeâtres, voient
De vastes formes qui se meuvent fantastiquement
Aux sons d'une musique discordante ;

Pendant que, comme une rivière rapide et lugubre,
A travers la porte pâle,
Une hideuse multitude se rue éternellement,
Qui va éclatant de rire, – ne pouvant plus sourire.

Je me rappelle fort bien que les inspirations naissant de cette ballade nous jetèrent dans un courant d'idées, au milieu duquel se manifesta une opinion d'Usher que je cite, non pas tant en raison de sa nouveauté, – car d'autres hommes (1) ont pensé de même, – qu'à cause de l'opiniâtreté avec laquelle il la soutenait. Cette opinion, dans sa forme générale, n'était autre que la croyance à la sensitivité de tous les êtres végétaux. Mais, dans son imagination déréglée, l'idée avait pris un caractère encore plus audacieux, et empiétait, dans de certaines conditions, jusque sur le règne inorganique. Les mots me manquent pour exprimer toute l'étendue, tout le sérieux, tout l'*abandon* de sa foi. Cette croyance toutefois se rattachait – comme je l'ai déjà donné à entendre – aux pierres grises du manoir de ses ancêtres. Ici, les conditions de sensitivité étaient remplies, à ce qu'il imaginait, par la méthode qui avait présidé à la construction, – par la disposition respective des pierres, aussi bien que de toutes les fongosités dont elles étaient revêtues, et des arbres ruinés qui s'élevaient à l'entour, – mais surtout par l'immutabilité de cet arrangement et par sa répercussion dans les eaux dormantes de l'étang. La preuve, – la preuve de cette sensitivité se faisait voir, – disait-il, et je l'écoutais alors avec inquiétude, – dans la condensation graduelle, mais positive, au-dessus des eaux, autour des murs, d'une atmosphère qui leur était propre. Le résultat, – ajoutait-il, – se déclarait dans cette influence muette, mais importune et terrible, qui depuis des siècles avait pour ainsi dire moulé les destinées de sa famille, et qui le faisait, *lui*, tel que je le voyais maintenant, – tel qu'il était. De pareilles opinions n'ont pas besoin de commentaires, et je n'en ferai pas.

Nos livres, – les livres qui depuis des années constituaient une grande partie de l'existence spirituelle du malade, – étaient, comme on le suppose bien, en accord parfait avec

(1) Watson, Percival, Spallanzani, et particulièrement l'évêque de Landaff ; voir les *Chemical Essays*, vol. 5. – C.B.

ce caractère de visionnaire. Nous analysions ensemble des ouvrages tels que le *Vert-Vert* et *la Chartreuse*, de Gresset ; le *Belphégor*, de Machiavel ; *les Merveilles du Ciel et de l'Enfer*, de Swedenborg ; le *Voyage souterrain de Nicholas Klimm*, par Holberg ; *la Chiromancie*, de Robert Flud, de Jean d'Indaginé et de De la Chambre ; le *Voyage dans le Bleu*, de Tieck, et *la Cité du Soleil*, de Campanella. Un de ses volumes favoris était une petite édition in-octavo du *Directorium inquisitorium*, par le dominicain Eymeric de Gironne ; et il y avait des passages dans Pomponius Méla, à propos des anciens Satyres africains et des Ægipans, sur lesquels Usher rêvassait pendant des heures. Il faisait néanmoins ses principales délices de la lecture d'un in-quarto gothique excessivement rare et curieux, – le manuel d'une église oubliée, – les *Vigilæ Mortuorum secundum Chorum Ecclesiæ Maguntinæ*.

Je songeais malgré moi à l'étrange rituel contenu dans ce livre et à son influence probable sur l'hypocondriaque, quand, un soir, m'ayant informé brusquement que lady Madeline n'existait plus, il annonça l'intention de conserver le corps pendant une quinzaine, – en attendant l'enterrement définitif, – dans un des nombreux caveaux situés sous les gros murs du château. La raison humaine qu'il donnait de cette singulière manière d'agir était une de ces raisons que je ne me sentais pas le droit de contredire. Comme frère, – me disait-il, – il avait pris cette résolution en considération du caractère insolite de la maladie de la défunte, d'une certaine curiosité importune et indiscrète de la part des hommes de science, et de la situation éloignée et fort exposée du caveau de famille. J'avouerai que, quand je me rappelai la physionomie sinistre de l'individu que j'avais rencontré sur l'escalier, le soir de mon arrivée au château, je n'eus pas envie de m'opposer à ce que je regardais comme une précaution bien innocente, sans doute, mais certainement fort naturelle.

A la prière d'Usher, je l'aidai personnellement dans les préparatifs de cette sépulture temporaire. Nous mîmes le corps dans la bière, et, à nous deux, nous le portâmes à son lieu de repos. Le caveau dans lequel nous le déposâmes, – et qui était resté fermé depuis si longtemps, que nos torches, à moitié étouffées dans cette atmosphère suffocante, ne nous permettaient guère d'examiner les lieux, – était petit, humide, et n'offrait aucune voie à la lumière du jour ; il était situé, à une grande profondeur, juste au-dessous de cette partie du bâtiment où se trouvait ma chambre à coucher. Il avait rempli probablement, dans les vieux temps féodaux, l'horrible office d'oubliettes, et, dans les temps postérieurs, de cave à serrer la poudre ou toute autre matière facilement inflammable ; car une partie du sol et toutes les parois d'un long vestibule que nous traversâmes pour y arriver étaient soigneusement revêtues de cuivre. La porte, de fer massif, avait été l'objet des mêmes précautions. Quand ce poids immense roulait sur ses gonds, il rendait un son singulièrement aigu et discordant.

Nous déposâmes donc notre fardeau funèbre sur des tréteaux dans cette région d'horreur ; nous tournâmes un peu de côté le couvercle de la bière qui n'était pas encore vissé, et nous regardâmes la face du cadavre. Une ressemblance frappante entre le frère et la sœur fixa tout d'abord mon attention ; et Usher, devinant peut-être mes pensées, murmura quelques paroles qui m'apprirent que la défunte et lui étaient jumeaux, et que des sympathies d'une nature presque inexplicable avaient toujours existé entre eux. Nos regards, néanmoins, ne restèrent pas longtemps fixés sur la morte, – car nous ne pouvions pas la contempler sans effroi. Le mal qui avait mis au tombeau lady Madeline dans la plénitude de sa jeunesse avait laissé, comme cela arrive ordinairement dans toutes les maladies d'un caractère strictement cataleptique, l'ironie d'une faible coloration sur le sein et sur la face, et sur la lèvre ce sourire équivoque et languissant qui est si terrible dans la mort. Nous replaçâmes et nous vissâmes le couvercle, et, après avoir assujetti la porte de fer, nous reprîmes avec lassitude notre chemin vers les appartements supérieurs, qui n'étaient guère moins mélancoliques.

Et alors, après un laps de quelques jours pleins du chagrin le plus amer, il s'opéra un changement visible dans les symptômes de la maladie morale de mon ami. Ses manières ordinaires avaient disparu. Ses occupations habituelles étaient négligées, oubliées. Il errait de chambre en chambre d'un pas précipité, inégal et sans but. La pâleur de sa physionomie avait revêtu une couleur peut-être encore plus spectrale ; – mais la propriété lumineuse de son œil avait entièrement disparu. Je n'entendais plus ce ton de voix âpre qu'il prenait autrefois à l'occasion ; et un tremblement qu'on eût dit causé par une extrême terreur caractérisait habituellement sa prononciation. Il m'arrivait quelquefois, en vérité, de me figurer que son esprit, incessamment agité, était travaillé par quelque suffocant secret et qu'il ne pouvait trouver le courage nécessaire pour le révéler. D'autres fois, j'étais obligé de conclure simplement aux bizarreries inexplicables de la folie ; car je le voyais regardant dans le vide pendant de longues heures, dans l'attitude de la plus profonde attention, comme s'il écoutait un bruit imaginaire. Il ne faut pas s'étonner que son état m'effrayât, – qu'il m'infectât même. Je sentais se glisser en moi, par une gradation lente mais sûre, l'étrange influence de ses superstitions fantastiques et contagieuses.

Ce fut particulièrement une nuit, – la septième ou la huitième depuis que nous avions déposé lady Madeline dans le caveau, – fort tard, avant de me mettre au lit, que j'éprouvai toute la puissance de ces sensations. Le sommeil ne voulait pas approcher de ma couche ; – les heures, une à une, tombaient, tombaient toujours. Je m'efforçai de raisonner l'agitation nerveuse qui me dominait. J'essayai de me persuader que je devais ce que j'éprouvais, en partie, sinon absolument, à l'influence prestigieuse du mélancolique ameublement de la chambre, – des sombres draperies déchirées, qui, tourmentées par le souffle d'un orage naissant, vacillaient çà et là sur les murs, comme par accès, et bruissaient douloureusement autour des ornements du lit.

Mais mes efforts furent vains. Une insurmontable terreur pénétra graduellement tout mon être ; et à la longue une angoisse sans motif, un vrai cauchemar, vint s'asseoir sur mon cœur. Je respirai violemment, je fis un effort, je parvins à le secouer ; et, me soulevant sur les oreillers et plongeant ardemment mon regard dans l'épaisse obscurité de la chambre, je prêtai l'oreille – je ne saurais dire pourquoi, si ce n'est que j'y fus poussé par une force instinctive, – à certains sons bas et vagues qui partaient je ne sais d'où, et qui m'arrivaient à de longs intervalles, à travers les accalmies de la tempête. Dominé par une sensation intense d'horreur, inexplicable et intolérable, je mis mes habits à la hâte, – car je sentais que je ne pourrais pas dormir de la nuit, – et je m'efforçai, en marchant çà et là à grands pas dans la chambre, de sortir de l'état déplorable dans lequel j'étais tombé.

J'avais à peine fait ainsi quelques tours, quand un pas léger sur un escalier voisin arrêta mon attention. Je reconnus bientôt que c'était le pas d'Usher. Une seconde après, il frappa doucement à ma porte, et entra, une lampe à la main. Sa physionomie était, comme d'habitude, d'une pâleur cadavéreuse, – mais il y avait en outre dans ses yeux je ne sais quelle hilarité insensée, – et dans toutes ses manières une espèce d'hystérie évidemment contenue. Son air m'épouvanta : – mais tout était préférable à la solitude que j'avais endurée si longtemps, et j'accueillis sa présence comme un soulagement.

– Et vous n'avez pas vu cela ? – dit-il brusquement, après quelques minutes de silence et après avoir promené autour de lui un regard fixe, – vous n'avez donc pas vu cela ? – Mais attendez ! vous le verrez ! – Tout en parlant ainsi, et ayant soigneusement abrité sa lampe, il se précipita vers une des fenêtres, et l'ouvrit toute grande à la tempête.

L'impétueuse furie de la rafale nous enleva presque du sol. C'était vraiment une nuit d'orage affreusement belle, une nuit unique et étrange dans son horreur et sa beauté. Un tourbillon s'était probablement concentré dans notre voisinage ; car il y avait des changements fréquents et violents dans la direction du vent, et l'excessive densité des nuages, maintenant descendus si bas qu'ils pesaient presque sur les tourelles du château, ne nous empêchait pas d'apprécier la vélocité vivante avec laquelle ils accouraient l'un contre l'autre de tous les points de l'horizon, au lieu de se perdre dans l'espace. Leur excessive densité ne nous empêchait pas de voir ce phénomène ; pourtant nous n'apercevions pas un brin de lune ni d'étoiles, et aucun éclair ne projetait sa lueur. Mais les surfaces inférieures de ces vastes masses de vapeurs cahotées, aussi bien que tous les objets terrestres situés dans notre étroit horizon, réfléchissaient la clarté surnaturelle d'une exhalaison gazeuse qui pesait sur la maison et l'enveloppait dans un linceul presque lumineux et distinctement visible.

– Vous ne devez pas voir cela ! – Vous ne contemplerez pas cela ! – dis-je en frissonnant à Usher ; et je le ramenai avec une douce violence de la fenêtre vers un fauteuil. – Ces spectacles qui vous mettent hors de vous sont des phénomènes purement électriques et fort ordinaires, – ou peut-être tirent-ils leur funeste origine des miasmes fétides de l'étang. Fermons cette fenêtre ; – l'air est glacé et dangereux pour votre constitution. Voici un de vos romans favoris. Je lirai, et vous écouterez ; – et nous passerons ainsi cette terrible nuit ensemble.

L'antique bouquin sur lequel j'avais mis la main était le *Mad Trist*, de sir Launcelot Canning ; mais je l'avais décoré du titre de livre favori d'Usher par plaisanterie ; – triste plaisanterie, car, en vérité, dans sa niaise et baroque prolixité, il n'y avait pas grande pâture pour la haute spiritualité de mon ami. Mais c'était le seul livre que j'eusse immédiatement sous la main ; et je me berçais du vague espoir que l'agitation qui tourmentait l'hypocondriaque trouverait du soulagement (car l'histoire des maladies mentales est pleine d'anomalies de ce genre) dans l'exagération même des folies que j'allais lui lire. A en juger par l'air d'intérêt étrangement tendu avec lequel il écoutait ou feignait d'écouter les phrases du récit, j'aurais pu me féliciter du succès de ma ruse.

J'étais arrivé à cette partie si connue de l'histoire où Ethelred, le héros du livre, ayant en vain cherché à entrer à l'amiable dans la demeure d'un ermite, se met en devoir de s'introduire par la force. Ici, on s'en souvient, le narrateur s'exprime ainsi :

« Et Ethelred, qui était par nature un cœur vaillant, et qui maintenant était aussi très-fort, en raison de l'efficacité du vin qu'il avait bu, n'attendit pas plus longtemps pour parlementer avec l'ermite, qui avait, en vérité, l'esprit tourné à l'obstination et à la malice, mais, sentant la pluie sur ses épaules et craignant l'explosion de la tempête, il leva bel et bien sa massue, et avec quelques coups fraya bien vite un chemin, à travers les planches de la porte, à sa main gantée de fer ; et, tirant avec sa main vigoureusement à lui, il fit craquer, et se fendre, et sauter le tout en morceaux, si bien que le bruit du bois sec et sonnant le creux porta l'alarme et fut répercuté d'un bout à l'autre de la forêt. »

A la fin de cette phrase, je tressaillis et je fis une pause ; car il m'avait semblé, – mais je conclus bien vite à une illusion de mon imagination, – il m'avait semblé que d'une partie très-reculée du manoir était venu confusément à mon oreille un bruit qu'on eût dit, à cause de son exacte analogie, l'écho étouffé, amorti, de ce bruit de craquement et d'arrachement si précieusement décrit par sir Launcelot. Evidemment, c'était la coïncidence seule qui avait arrêté mon attention ; car, parmi le claquement des châssis des fenêtres et tous les bruits confus de la tempête toujours croissante, le son en lui-même n'avait rien vraiment qui pût m'intriguer ou me troubler. Je continuai le récit :

« Mais Ethelred, le solide champion, passant alors la porte, fut grandement furieux et émerveillé de n'apercevoir aucune trace du malicieux ermite, mais en son lieu et place un dragon d'une apparence monstrueuse et écailleuse, avec une langue de feu, qui se tenait en sentinelle devant un palais d'or, dont le plancher était d'argent ; et sur le mur était suspendu un bouclier d'airain brillant, avec cette légende gravée dessus :

> Celui-là qui entre ici a été le vainqueur ;
> Celui-là qui tue le dragon, il aura gagné le bouclier.

» Et Ethelred leva sa massue et frappa sur la tête du dragon, qui tomba devant lui et rendit son souffle empesté avec un rugissement si épouvantable, si âpre et si perçant à la fois, qu'Ethelred fut obligé de se boucher les oreilles avec ses mains, pour se garantir de ce bruit terrible, tel qu'il n'en avait jamais entendu de semblable. »

Ici, je fis brusquement une nouvelle pause, et cette fois avec un sentiment de violent étonnement, – car il n'y avait pas lieu à douter que je n'eusse réellement entendu (dans quelle direction, il m'était impossible de le deviner) un son affaibli et comme lointain, mais âpre, prolongé, singulièrement perçant et grinçant, – l'exacte contrepartie du cri surnaturel du dragon décrit par le romancier, et tel que mon imagination se l'était déjà figuré.

Oppressé, comme je l'étais évidemment lors de cette seconde et très-extraordinaire coïncidence, par mille sensations contradictoires, parmi lesquelles dominaient un étonnement et une frayeur extrêmes, je gardai néanmoins assez de présence d'esprit pour éviter d'exciter par une observation quelconque la sensibilité nerveuse de mon camarade. Je n'étais pas du tout sûr qu'il eût remarqué les bruits en question, quoique bien certainement une étrange altération se fût depuis ces dernières minutes manifestée dans son maintien. De sa position primitive, juste vis-à-vis de moi, il avait peu à peu tourné son fauteuil de manière à se trouver assis la face tournée vers la porte de la chambre ; en sorte que je ne pouvais pas voir ses traits d'ensemble, – quoique je m'aperçusse bien que ses lèvres tremblaient comme si elles murmuraient quelque chose d'insaisissable. Sa tête était tombée sur sa poitrine ; – cependant, je savais qu'il n'était pas endormi ; – l'œil que j'entrevoyais de profil était béant et fixe. D'ailleurs, le mouvement de son corps contredisait aussi cette idée, – car il se balançait d'un côté à l'autre avec un mouvement très-doux, mais constant et uniforme. Je remarquai rapidement tout cela, et je repris le récit de sir Launcelot, qui continuait ainsi :

« Et maintenant, le brave champion, ayant échappé à la terrible furie du dragon, se souvenant du bouclier d'airain, et que l'enchantement qui était dessus était rompu, écarta le cadavre de devant son chemin et s'avança courageusement, sur le pavé d'argent du château, vers l'endroit du mur où pendait le bouclier, lequel, en vérité, n'attendit pas qu'il fût arrivé tout auprès, mais tomba à ses pieds sur le pavé d'argent avec un puissant et terrible retentissement. »

A peine ces dernières syllabes avaient-elles fui mes lèvres, que, – comme si un bouclier d'airain était pesamment tombé, en ce moment même, sur un plancher d'argent, – j'en entendis l'écho distinct, profond, métallique, retentissant, mais comme assourdi. J'étais complètement énervé ; je sautai sur mes pieds ; mais Usher n'avait pas interrompu son balancement régulier. Je me précipitai vers le fauteuil où il était toujours assis. Ses yeux étaient braqués droit devant lui, et toute sa physionomie était tendue par une rigidité de pierre. Mais, quand je posai la main sur son épaule, un violent frisson parcourut tout son être, un sourire malsain trembla sur ses lèvres, et je vis qu'il parlait bas, très-bas, – un murmure précipité et inarticulé, – comme s'il n'avait pas conscience de ma présence. Je me penchai tout à fait contre lui, et enfin je dévorai l'horrible signification de ses paroles :

– Vous n'entendez pas ? – Moi, j'entends, et *j'ai* entendu pendant longtemps, – longtemps, bien longtemps, bien des minutes, bien des heures, bien des jours, j'ai entendu, – mais je n'osais pas, – oh ! pitié pour moi misérable infortuné que je suis ! – je n'osais pas, – je *n'osais pas* parler !

Nous l'avons mise vivante dans la tombe ! Ne vous ai-je pas dit que mes sens étaient très-fins ? Je vous dis *maintenant* que j'ai entendu ses premiers faibles mouvements dans le fond de la bière. Je les ai entendus, – il y a déjà bien des jours, bien des jours, – mais je n'osais pas, – *je n'osais pas parler !* Et maintenant, – cette nuit, – Ethelred, – ha ! ha ! – la porte de l'ermite enfoncée, et le râle du dragon et le retentissement du bouclier ! – dites plutôt le bris de sa bière, et le grincement des gonds de fer de sa prison, et son affreuse lutte dans le vestibule de cuivre ! Oh ! où fuir ? Ne sera-t-elle pas ici tout à l'heure ? N'arrive-t-elle pas pour me reprocher ma précipitation ? N'ai-je pas entendu son pas sur l'escalier ? Est-ce que je ne distingue pas l'horrible et lourd battement de son cœur ! Insensé ! – Ici, il se dressa furieusement sur ses pieds, et hurla ces syllabes, comme si dans cet effort suprême il rendait son âme : – *Insensé ! je vous dis qu'elle est maintenant derrière la porte !* A l'instant même, comme si l'énergie surhumaine de sa parole eût acquis la toute-puissance d'un charme, les vastes et antiques panneaux que désignait Usher entrouvrirent lentement leurs lourdes mâchoires d'ébène. C'était l'œuvre d'un furieux coup de vent ; – mais derrière cette porte se tenait alors la haute figure de lady Madeline Usher, enveloppée de son suaire. Il y avait du sang sur ses vêtements blancs, et toute sa personne amaigrie portait les traces évidentes de quelque horrible lutte. Pendant un moment, elle resta tremblante et vacillante sur le seuil ; – puis, avec un cri plaintif et profond, elle tomba lourdement en avant sur son frère, et, dans sa violente et définitive agonie, elle l'entraîna à terre, – cadavre maintenant et victime de ses terreurs anticipées.

Je m'enfuis de cette chambre et de ce manoir, frappé d'horreur. La tempête était encore dans toute sa rage quand je franchissais la vieille avenue. Tout d'un coup, une lumière étrange se projeta sur la route, et je me retournai pour voir d'où pouvait jaillir une lueur si singulière, car je n'avais derrière moi que le vaste château avec toutes ses ombres. Le rayonnement provenait de la pleine lune qui se couchait, rouge de sang, et maintenant brillait vivement à travers cette fissure à peine visible naguère, qui, comme je l'ai dit, parcourait en zigzag le bâtiment depuis le toit jusqu'à la base. Pendant que je regardais, cette fissure s'élargit rapidement ; -- il survint une reprise de vent, un tourbillon furieux ; – le disque entier de la planète éclata tout à coup à ma vue. La tête me tourna quand je vis les puissantes murailles s'écrouler en deux. – Il se fit un bruit prolongé, un fracas tumultueux comme la voix de mille cataractes, – et l'étang profond et croupi placé à mes pieds se referma tristement et silencieusement sur les ruines de la *Maison Usher*.

MORELLA

Lui-même, par lui-même, avec lui-même, homogène éternel.

PLATON.

Ce que j'éprouvais relativement à mon amie Morella était une profonde mais très-singulière affection. Ayant fait sa connaissance par hasard, il y a nombre d'années, mon âme, dès notre première rencontre, brûla de feux qu'elle n'avait jamais connus ; – mais ces feux n'étaient point ceux d'Eros, et ce fut pour mon esprit un amer tourment que la conviction croissante que je ne pourrais jamais définir leur caractère insolite, ni régulariser leur intensité errante. Cependant nous nous convînmes, et la destinée nous fit nous unir à l'autel. Jamais je ne parlai de passion, jamais je ne songeai à l'amour. Néanmoins, elle fuyait la société, et, s'attachant à moi seul, elle me rendit heureux. Etre étonné, c'est un bonheur ; – et rêver, n'est-ce pas un bonheur aussi ?

L'érudition de Morella était profonde. Comme j'espère le montrer, ses talents n'étaient pas d'un ordre secondaire ; la puissance de son esprit était gigantesque. Je le sentis, et, dans mainte occasion, je devins son écolier. Toutefois, je m'aperçus bientôt que Morella, en raison de son éducation faite à Presbourg, étalait devant moi bon nombre de ces écrits mystiques qui sont généralement considérés comme l'écume de la première littérature allemande. Ces livres, pour des raisons que je ne pouvais concevoir, faisaient son étude constante et favorite ; – et, si avec le temps ils devinrent aussi la mienne, il ne faut attribuer cela qu'à la simple mais très-efficace influence de l'habitude et de l'exemple.

En toutes ces choses, si je ne me trompe, ma raison n'avait presque rien à faire. Mes convictions, ou je ne me connais plus moi-même, n'étaient en aucune façon basées sur l'idéal, et on n'aurait pu découvrir, à moins que je ne m'abuse grandement, aucune teinture du mysticisme de mes lectures, soit dans mes actions, soit dans mes pensées. Persuadé de cela, je m'abandonnai aveuglément à la direction de ma femme, et j'entrai avec un cœur imperturbé dans le labyrinthe de ses études. Et alors, – quand, me plongeant dans les pages maudites, je sentais un esprit maudit qui s'allumait en moi, – Morella venait, plaçant sa main froide sur la mienne et ramassant dans les cendres d'une philosophie morte quelques graves et singulières paroles qui, par leur sens bizarre, s'incrustaient dans ma mémoire. Et alors, pendant des heures, je m'étendais rêveur à son côté, et je me plongeais dans la musique de sa voix, – jusqu'à ce que cette mélodie à la longue s'infectât de terreur ; – et une ombre tombait sur mon âme, – et je devenais pâle, et je frissonnais intérieurement à ces sons trop extra-terrestres. Et ainsi, la jouissance s'évanouissait soudainement dans l'horreur, et l'idéal du beau devenait l'idéal de la hideur, comme la vallée de Hinnom est devenue la Géhenne.

Il est inutile d'établir le caractère exact des problèmes qui, jaillissant des volumes dont j'ai parlé, furent pendant longtemps presque le seul objet de conversation entre Morella et moi. Les gens instruits dans ce que l'on peut appeler la morale théologique les concevront facilement, et ceux qui sont illettrés n'y comprendraient que peu de chose en tout cas. L'étrange panthéisme de Fichte, la Palingénésie modifiée des Pythagoriciens, et, par-dessus tout, la doctrine de l'*identité* telle qu'elle est présentée par Schelling, étaient généralement les points de discussion qui offraient le plus de charmes à l'imaginative Morella. Cette identité, dite personnelle, M. Locke, je crois, la fait judicieusement consister dans la permanence de l'être rationnel. En tant que par personne nous entendons une essence pensante, douée de raison, et en tant qu'il existe une conscience qui accompagne toujours la pensée, c'est elle, – cette conscience, – qui nous fait tous être ce que nous appelons *nous-même,* – nous distinguant ainsi des autres êtres pensants, et nous donnant notre identité personnelle. Mais le *principium individuationis,* – la notion de cette identité *qui, à la mort, est, ou n'est pas perdue à jamais,* fut pour moi, en tout temps, un problème du plus intense intérêt, non-seulement à cause de la nature inquiétante et embarrassante de ses conséquences, mais aussi à cause de la façon singulière et agitée dont en parlait Morella.

Mais, en vérité, le temps était maintenant arrivé où le mystère de la nature de ma femme m'oppressait comme un charme. Je ne pouvais plus supporter l'attouchement de ses doigts pâles, ni le timbre profond de sa parole musicale, ni l'éclat de ses yeux mélancoliques. Et elle savait tout cela, mais ne m'en faisait aucun reproche ; elle semblait avoir conscience de ma faiblesse ou de ma folie, et, tout en souriant, elle appelait cela la Destinée. Elle semblait aussi avoir conscience de la cause, à moi inconnue, de l'altération graduelle de mon amitié ; mais elle ne me donnait aucune explication et ne faisait aucune allusion à la nature de cette cause. Morella toutefois n'était qu'une femme, et elle dépérissait journellement. A la longue, une tache pourpre se fixa immuablement sur sa joue, et les veines bleues de son front pâle devinrent proéminentes. Et ma nature se fondait parfois en pitié ; mais, un moment après, je rencontrais l'éclair de ses yeux chargés de pensées, et alors mon âme se trouvait mal et éprouvait le vertige de celui dont le regard a plongé dans quelque lugubre et insondable abîme.

Dirai-je que j'aspirais, avec un désir intense et dévorant, au moment de la mort de Morella ? Cela fut ainsi ; mais le fragile esprit se cramponna à son habitacle d'argile pendant bien des jours, bien des semaines et bien des mois fastidieux, si bien qu'à la fin mes nerfs torturés remportèrent la victoire sur ma raison ; et je devins furieux de tous ces retards, et avec un cœur de démon je maudis les jours, et les heures, et les minutes amères qui semblaient s'allonger et s'allonger sans cesse, à mesure que sa noble vie déclinait, comme les ombres dans l'agonie du jour.

Mais, un soir d'automne, comme l'air dormait immobile dans le ciel, Morella m'appela à son chevet. Il y avait un voile de brume sur toute la terre, et un chaud embrasement sur les eaux, et, à voir les splendeurs d'octobre dans le feuillage de la forêt, on eût dit qu'un bel arc-en-ciel s'était laissé choir du firmament.

– Voici le jour des jours, – dit-elle quand j'approchai, – le plus beau des jours pour vivre ou pour mourir. C'est un beau jour pour les fils de la terre et de la vie, – ah ! plus beau encore pour les filles du ciel et de la mort !

Je baisai son front, et elle continua :

– Je vais mourir, cependant je vivrai.

– Morella !

– Ils n'ont jamais été, ces jours où il t'aurait été permis de m'aimer ; – mais celle que, dans la vie, tu abhorras, dans la mort tu l'adoreras.

– Morella !

– Je répète que je vais mourir. Mais en moi est un gage de cette affection – ah ! quelle mince affection ! – que tu as éprouvée pour moi, Morella. Et, quand mon esprit partira, l'enfant vivra, – ton enfant, mon enfant à moi, Morella. Mais tes jours seront des jours pleins de chagrin, – de ce chagrin qui est la plus durable des impressions, comme le cyprès est le plus vivace des arbres ; car les heures de ton bonheur sont passées, et la joie ne se cueille pas deux fois dans une vie, comme les roses de Pæstum deux fois dans une année. Tu ne joueras plus avec le temps le jeu de l'homme de Téos ; le myrte et la vigne te seront choses inconnues, et partout sur la terre tu porteras avec toi ton suaire, comme le musulman de La Mecque.

– Morella ! – m'écriai-je, – Morella ! comment sais-tu cela ?

Mais elle retourna son visage sur l'oreiller ; un léger tremblement courut sur ses membres, elle mourut, et je n'entendis plus sa voix.

Cependant, comme elle l'avait prédit, son enfant, – auquel en mourant elle avait donné naissance, et qui ne respira qu'après que la mère eut cessé de respirer, – son enfant, une fille, vécut. Et elle grandit étrangement en taille et en intelligence, et devint la parfaite ressemblance de celle qui était partie, et je l'aimai d'un plus fervent amour que je ne me serais cru capable d'en éprouver pour aucune habitante de la terre.

Mais, avant qu'il fût longtemps, le ciel de cette pure affection s'assombrit, et la mélancolie, et l'horreur, et l'angoisse, y défilèrent en nuages. J'ai dit que l'enfant grandit étrangement en taille et en intelligence. Etrange, en vérité, fut le rapide accroissement de sa nature corporelle, – mais terribles, oh ! terribles furent les tumultueuses pensées qui s'amoncelèrent sur moi, pendant que je surveillais le développement de son être intellectuel. Pouvait-il en être autrement, quand je découvrais chaque jour dans les conceptions de l'enfant la puissance adulte et les facultés de la femme ? – quand les leçons de l'expérience tombaient des lèvres de l'enfance ? – quand je voyais à chaque instant la sagesse et les passions de la maturité jaillir de cet œil noir et méditatif ? Quand, dis-je, tout cela frappa mes sens épouvantés, – quand il fut impossible à mon âme de se le dissimuler plus longtemps, – à mes facultés frissonnantes de repousser cette certitude, – y a-t-il lieu de s'étonner que des soupçons d'une nature terrible et inquiétante se soient glissés dans mon esprit, ou que mes pensées se soient reportées avec horreur vers les contes étranges et les pénétrantes théories de la défunte Morella ? J'arrachai à la curiosité du monde un être que la destinée me commandait d'adorer, et, dans la rigoureuse retraite de mon intérieur, je veillai avec une anxiété mortelle sur tout ce qui concernait la créature aimée.

Et comme les années se déroulaient, et comme chaque jour je contemplais son saint, son doux, son éloquent visage, et comme j'étudiais ses formes mûrissantes, chaque jour je découvrais de nouveaux points de ressemblance entre l'enfant et sa mère, la mélancolique et la morte. Et, d'instant en instant, ces ombres de ressemblance s'épaississaient, toujours plus pleines, plus définies, plus inquiétantes et plus affreusement terribles dans leur aspect. Car, que son sourire ressemblât au sourire de sa mère, je pouvais l'admettre ; mais cette ressemblance était une *identité* qui me donnait le frisson ; – que ses yeux ressemblassent à ceux de Morella, je devais le supporter ; mais aussi ils pénétraient trop souvent dans les profondeurs de mon âme avec l'étrange et intense pensée de Morella elle-même. Et dans le contour de son front élevé, et dans les boucles de sa chevelure soyeuse, et dans ses doigts pâles qui s'y plongeaient *d'habitude*, et dans le timbre grave et musical de sa parole, et par-dessus tout, – oh ! par-dessus tout, – dans les phrases et les expressions de la morte sur les lèvres de l'aimée, de la vivante, je trouvais un aliment pour une horrible pensée dévorante, – pour un ver qui ne voulait pas mourir.

Ainsi passèrent deux lustres de sa vie, et toujours ma fille restait sans nom sur la terre. *Mon enfant* et *mon amour* étaient les appellations habituellement dictées par l'affection paternelle, et la sévère réclusion de son existence s'opposait à toute autre relation. Le nom de Morella était mort avec elle. De la mère, je n'avais jamais parlé à la fille ; – il m'était impossible d'en parler. En réalité, durant la brève période de son existence, cette dernière n'avait reçu aucune impression du monde extérieur, excepté celles qui avaient pu lui être fournies dans les étroites limites de sa retraite.

A la longue, cependant, la cérémonie du baptême s'offrit à mon esprit, dans cet état d'énervation et d'agitation, comme l'heureuse délivrance des terreurs de ma destinée. Et, aux fonts baptismaux, j'hésitai sur le choix d'un nom. Et une foule d'épithètes de sagesse et de beauté, de noms tirés des temps anciens et modernes de mon pays et des pays étrangers, vint se presser sur mes lèvres, et une multitude d'appellations charmantes de noblesse, de bonheur et de bonté.

Qui m'inspira donc alors d'agiter le souvenir de la morte enterrée ? Quel démon me poussa à soupirer un son dont le simple souvenir faisait toujours refluer mon sang par torrents des tempes au cœur ? Quel méchant esprit parla du fond des abîmes de mon âme, quand, sous ces voûtes obscures et dans le silence de la nuit, je chuchotai dans l'oreille du saint homme les syllabes « Morella » ? Quel être, plus que démon, convulsa les traits de mon enfant et les couvrit des teintes de la mort, quand, tressaillant à ce nom à peine perceptible, elle tourna ses yeux limpides du sol vers le ciel, et, tombant prosternée sur les dalles noires de notre caveau de famille, répondit : *Me voilà !*

Ces simples mots tombèrent distincts, froidement, tranquillement distincts, dans mon oreille, et, de là, comme du plomb fondu, roulèrent en sifflant dans ma cervelle. Les années, les années peuvent passer, mais le souvenir de cet instant, – jamais ! Ah ! les fleurs et la vigne n'étaient pas choses inconnues pour moi ; – mais l'aconit et le cyprès m'ombragèrent nuit et jour. Et je perdis tout sentiment du temps et des lieux, et les étoiles de ma destinée disparurent du ciel, et dès lors la terre devint ténébreuse, et toutes les figures terrestres passèrent près de moi comme des ombres voltigeantes et parmi elles je n'en voyais qu'une, – Morella ! Les vents du firmament ne soupiraient qu'un son à mes oreilles, et le clapotement de la mer murmurait incessamment : « Morella ! » Mais elle mourut, et, de mes propres mains je la portai à sa tombe, et je ris d'un amer et long rire, quand, dans le caveau où je déposai la seconde, je ne découvris aucune trace de la première – Morella.

LIGEIA

Et il y a là-dedans la volonté, qui ne meurt pas. Qui donc connaît les mystères de la volonté, ainsi que sa vigueur ? Car Dieu n'est qu'une grande volonté pénétrant toutes choses par l'intensité qui lui est propre. L'homme ne cède aux anges et ne se rend entièrement à la mort que par l'infirmité de sa pauvre volonté.

Joseph GLANVILL.

Je ne puis pas me rappeler, sur mon âme, comment, quand, ni même où je fis pour la première fois connaissance avec lady Ligeia. De longues années se sont écoulées depuis lors, et une grande souffrance a affaibli ma mémoire. Ou peut-être ne puis-je plus *maintenant* me rappeler ces points, parce qu'en vérité le caractère de ma bien-aimée, sa rare instruction, son genre de beauté, si singulier et si placide, et la pénétrante et subjuguante éloquence de sa profonde parole musicale, ont fait leur chemin dans mon cœur d'une manière si patiente, si constante, si furtive, que je n'y ai pas pris garde et n'en ai pas eu conscience.

Cependant, je crois que je la rencontrai pour la première fois, et plusieurs fois depuis lors, dans une vaste et antique ville délabrée sur les bords du Rhin. Quant à sa famille, – très-certainement elle m'en a parlé. Qu'elle fût d'une date excessivement ancienne, je n'en fais aucun doute. – Ligeia ! Ligeia ! – Plongé dans des études qui par leur nature sont plus propres que toute autre à amortir les impressions du monde extérieur, – il me suffit de ce mot si doux, – Ligeia !

– pour ramener devant les yeux de ma pensée l'image de celle qui n'est plus. Et maintenant, pendant que j'écris, il me revient, comme une lueur, que je n'ai *jamais su* le nom de famille de celle qui fut mon amie et ma fiancée, qui devint mon compagnon d'étude, et enfin l'épouse de mon cœur. Etait-ce par suite de quelque injonction folâtre de ma Ligeia, – était-ce une preuve de la force de mon affection, que je ne pris aucun renseignement sur ce point ? Ou plutôt était-ce un caprice à moi, – une offrande bizarre et romantique sur l'autel du culte le plus passionné ? Je ne me rappelle le fait que confusément ; – faut-il donc s'étonner si j'ai entièrement oublié les circonstances qui lui donnèrent naissance ou qui l'accompagnèrent ? Et, en vérité, si jamais l'esprit de roman, – si jamais la pâle *Ashtophet* de l'idolâtre Egypte, aux ailes ténébreuses, ont présidé, comme on dit, aux mariages de sinistre augure, – très-sûrement ils ont présidé au mien.

Il est néanmoins un sujet très-cher sur lequel ma mémoire n'est pas en défaut, c'est la *personne* de Ligeia. Elle était d'une grande taille, un peu mince, et même dans les derniers jours très-amaigrie. J'essayerais en vain de dépeindre la majesté, l'aisance tranquille de sa démarche et l'incompréhensible légèreté, l'élasticité de son pas ; elle venait et s'en allait comme une ombre. Je ne m'apercevais jamais de son entrée dans mon cabinet de travail que par la chère musique de sa voix douce et profonde, quand elle posait sa main de marbre sur mon épaule. Quant à la beauté de la figure, aucune femme ne l'a jamais égalée. C'était l'éclat d'un rêve d'opium, – une vision aérienne et ravissante, plus étrangement céleste que les rêveries qui voltigeaient dans les âmes assoupies des filles de Délos. Cependant, ses traits n'étaient pas jetés dans ce moule régulier qu'on nous a faussement enseigné à révérer dans les ouvrages classiques du paganisme. « Il n'y a pas de beauté exquise, – dit lord Verulam, parlant avec justesse de toutes les formes et de tous les genres de beauté, – sans une certaine *étrangeté* dans les proportions. » Toutefois, bien que je visse que les traits de Ligeia n'étaient pas d'une régularité classique, quoique je sentisse que sa beauté était véritablement *exquise* et fortement pénétrée de cette *étrangeté*, je me suis efforcé en vain de découvrir cette irrégularité et de poursuivre jusqu'en son gîte ma perception de l'étrange. J'examinais le contour du front haut et pâle, – un front irréprochable, – combien ce mot est froid appliqué à une majesté aussi divine ! – la peau rivalisant avec le plus pur ivoire, la largeur imposante, le calme, la gracieuse proéminence des régions au-dessus des tempes, et puis cette chevelure d'un noir de corbeau, lustrée, luxuriante, naturellement bouclée et démontrant toute la force de l'expression homérique : *chevelure d'hyacinthe*. Je considérais les lignes délicates du nez, – et nulle autre part que dans les gracieux médaillons hébraïques, je n'avais contemplé une semblable perfection ; c'était ce même jet, cette même surface unie et superbe, cette même tendance presque imperceptible à l'aquilin, ces mêmes narines harmonieusement arrondies et révélant un esprit libre. Je regardais la charmante bouche. C'était là qu'était le triomphe de toutes les choses célestes : le tour glorieux de la lèvre supérieure, un peu courte, l'air doucement, voluptueusement reposé de l'inférieure, – les fossettes qui se jouaient et la couleur qui parlait, – les dents, réfléchissant comme une espèce d'éclair chaque rayon de la lumière bénie qui tombait sur elles dans ses sourires sereins et placides, mais toujours radieux et triomphants. J'analysais la forme du menton, et, là aussi, je trouvais la grâce dans la largeur, la douceur et la majesté, la plénitude et la spiritualité grecques, ce contour que le dieu Apollon ne révéla qu'en rêve à Cléomènes, fils de Cléomènes d'Athènes. Et puis je regardais dans les grands yeux de Ligeia.

Pour les yeux, je ne trouve pas de modèles dans la plus lointaine antiquité. Peut-être bien était-ce dans les yeux de ma bien-aimée que se cachait le mystère dont parle lord Verulam. Ils étaient, je crois, plus grands que les yeux ordinaires de l'humanité ; mieux fendus que les plus beaux yeux de gazelle de la tribu de la vallée de Nourjahad. Mais ce n'était que par intervalles, dans des moments d'excessive animation, que cette particularité devenait singulièrement frappante. Dans ces moments-là, – sa beauté était – du moins, elle apparaissait telle à ma pensée enflammée – la beauté de la fabuleuse houri des Turcs. Les prunelles étaient du noir le plus brillant et surplombées par des cils de jais très-longs ; ses sourcils, d'un dessin légèrement irrégulier, avaient la même couleur ; toutefois l'*étrangeté* que je trouvais dans les yeux était indépendante de leur forme, de leur couleur et de leur éclat, et devait décidément être attribuée à l'*expression*. Ah ! mot qui n'a pas de sens ! un pur son ! vaste latitude où se retranche toute notre ignorance du spirituel ! L'expression des yeux de Ligeia !... Combien de longues heures ai-je médité dessus ! Combien de fois, durant toute une nuit d'été, me suis-je efforcé de les sonder ! Qu'était donc ce je ne sais quoi, ce quelque chose plus profond que le puits de Démocrite, – qui gisait au fond des pupilles de ma bien-aimée ? Qu'était cela ?... J'étais possédé de la passion de le découvrir. Ces yeux ! ces larges, ces brillantes, ces divines prunelles ! elles étaient devenues pour moi les étoiles jumelles de Léda, et moi j'étais pour elles le plus fervent des astrologues.

Il n'y a pas de cas parmi les nombreuses et incompréhensibles anomalies de la science psychologique, qui soit plus saisissant, plus excitant que celui, – négligé, je crois, dans les écoles, – où, dans nos efforts pour ramener dans notre mémoire une chose oubliée depuis longtemps, nous nous trouvons souvent *sur le bord même* du souvenir, sans pouvoir toutefois nous souvenir. Et ainsi que de fois, dans mon ardente analyse des yeux de Ligeia, ai-je senti s'approcher la complète connaissance de leur expression ! – Je l'ai sentie s'approcher, mais elle n'est pas devenue tout à fait mienne, et à la longue elle a disparu entièrement ! Et, – étrange, oh ! le plus étrange des mystères ! – j'ai trouvé dans les objets les plus communs du monde une série d'analogies pour cette expression. Je veux dire qu'après l'époque où la beauté de Ligeia passa dans mon esprit et s'y installa comme dans un reliquaire, je puisai dans plusieurs êtres du monde matériel une sensation analogue à celle qui se répandait sur moi, en moi, sous l'influence de ses larges et lumineuses prunelles. Cependant, je n'en suis pas moins incapable de définir ce sentiment, de l'analyser, ou même d'en avoir une perception nette. Je l'ai reconnu quelquefois, je le répète, à l'aspect d'une vigne rapidement grandie, – dans la contemplation d'une phalène, d'un papillon, d'une chrysalide, d'un courant d'eau précipité. – Je l'ai trouvé dans l'Océan, dans la chute d'un météore ; je l'ai senti dans les regards de quelques personnes extraordinairement âgées. Il y a dans le ciel une ou deux étoiles, – plus particulièrement une étoile de sixième grandeur, double et changeante, qu'on trouvera près de la grande étoile de la

Lyre, – qui, vues au télescope, m'ont donné un sentiment analogue. Je m'en suis senti rempli par certains sons d'instruments à cordes, et quelquefois aussi par des passages de mes lectures. Parmi d'innombrables exemples, je me rappelle fort bien quelque chose dans un volume de Joseph Glanvill, qui, peut-être simplement à cause de sa bizarrerie, – qui sait ? – m'a toujours inspiré le même sentiment : « Et il y a là-dedans la volonté qui ne meurt pas. Qui donc connaît les mystères de la volonté, ainsi que sa vigueur ? Car Dieu n'est qu'une grande volonté pénétrant toutes choses par l'intensité qui lui est propre. L'homme ne cède aux anges et ne se rend entièrement à la mort que par l'infirmité de sa pauvre volonté. »

Par la suite des temps et par des réflexions subséquentes, je suis parvenu à déterminer un certain rapport éloigné entre ce passage du philosophe anglais et une partie du caractère de Ligeia. Une *intensité* singulière dans la pensée, dans l'action, dans la parole, était peut-être en elle le résultat ou au moins l'indice de cette gigantesque puissance de volition qui, durant nos longues relations, eût pu donner d'autres et plus positives preuves de son existence. De toutes les femmes que j'ai connues, elle, la toujours placide Ligeia, à l'extérieur si calme, était la proie la plus déchirée par les tumultueux vautours de la cruelle passion. Et je ne pouvais évaluer cette passion que par la miraculeuse expansion de ces yeux qui me ravissaient et m'effrayaient en même temps, par la mélodie presque magique, la modulation, la netteté et la placidité de sa voix profonde, – et par la sauvage énergie des étranges paroles qu'elle prononçait habituellement, et dont l'effet était doublé par le contraste de son débit.

J'ai parlé de l'instruction de Ligeia ; elle était immense, telle que jamais je n'en vis de pareille dans une femme. Elle connaissait à fond les langues classiques, et, aussi loin que s'étendaient mes propres connaissances dans les langues modernes de l'Europe, je ne l'ai jamais prise en faute. Véritablement, sur n'importe quel thème de l'érudition académique si vantée, si admirée, uniquement à cause qu'elle est plus abstruse, ai-je jamais trouvé Ligeia en faute ? Combien ce trait unique de la nature de ma femme, seulement dans cette dernière période, avait frappé, subjugué mon attention ! J'ai dit que son instruction dépassait celle d'aucune femme que j'eusse connue, – mais où est l'homme qui a traversé avec succès tout le vaste champ des sciences morales, physiques et mathématiques ? Je ne vis pas alors ce que maintenant je perçois clairement, que les connaissances de Ligeia étaient gigantesques, étourdissantes ; cependant, j'avais une conscience suffisante de son infinie supériorité pour me résigner, avec la confiance d'un écolier, à me laisser guider par elle à travers le monde chaotique des investigations métaphysiques dont je m'occupais avec ardeur dans les premières années de notre mariage. Avec quel vaste triomphe, avec quelles vives délices, avec quelle espérance éthéréenne sentais-je, – ma Ligeia penchée sur moi au milieu d'études si peu frayées, si peu connues, – s'élargir par degrés cette admirable perspective, cette longue avenue, splendide et vierge, par laquelle je devais enfin arriver au terme d'une sagesse trop précieuse et trop divine pour n'être pas interdite !

Aussi, avec quelle poignante douleur ne vis-je pas, au bout de quelques années, mes espérances si bien fondées prendre leur vol et s'enfuir ! Sans Ligeia, je n'étais qu'un enfant tâtonnant dans la nuit. Sa présence, ses leçons, pouvaient seules éclairer d'une lumière vivante les mystères du transcendantalisme dans lesquels nous nous étions plongés. Privée du lustre rayonnant de ses yeux, toute cette littérature, ailée et dorée naguère, devenait maussade, saturnienne et lourde comme le plomb. Et maintenant, ces beaux yeux éclairaient de plus en plus rarement les pages que je déchiffrais. Ligeia tomba malade. Les étranges yeux flamboyèrent avec un éclat trop splendide ; les pâles doigts prirent la couleur de la mort, la couleur de la cire transparente ; les veines bleues de son grand front palpitèrent impétueusement au courant de la plus douce émotion : je vis qu'il lui fallait mourir, – et je luttai désespérément en esprit avec l'affreux Azraël.

Et les efforts de cette femme passionnée furent, à mon grand étonnement, encore plus énergiques que les miens. Il y avait certes dans sa sérieuse nature de quoi me faire croire que pour elle la mort viendrait sans son monde de terreurs. Mais il n'en fut pas ainsi ; les mots sont impuissants pour donner une idée de la férocité de résistance qu'elle déploya dans sa lutte avec l'Ombre. Je gémissais d'angoisse à ce lamentable spectacle. J'aurais voulu la calmer, j'aurais voulu la raisonner ; mais, dans l'intensité de son sauvage désir de vivre, – de vivre, – de *rien* que vivre, – toute consolation et toutes raisons eussent été le comble de la folie. Cependant, jusqu'au dernier moment, au milieu des tortures et des convulsions de son sauvage esprit, l'apparente placidité de sa conduite ne se démentit pas. Sa voix devenait plus douce, – devenait plus profonde, – mais je ne voulais pas m'appesantir sur le sens bizarre de ces mots prononcés avec tant de calme. Ma cervelle tournait quand je prêtais l'oreille en extase à cette mélodie surhumaine, à ces ambitions et à ces aspirations que l'humanité n'avait jamais connues jusqu'alors.

Qu'elle m'aimât, je n'en pouvais douter, et il m'était aisé de deviner que, dans une poitrine telle que la sienne, l'amour ne devait pas régner comme une passion ordinaire. Mais, dans la mort seulement, je compris toute la force et toute l'étendue de son affection. Pendant de longues heures, ma main dans la sienne, elle épanchait devant moi le trop-plein d'un cœur dont le dévouement plus que passionné montait jusqu'à l'idolâtrie. Comment avais-je mérité la béatitude d'entendre de pareils aveux ? Comment avais-je mérité d'être damné à ce point que ma bien-aimée me fût enlevée à l'heure où elle m'en octroyait la jouissance ? Mais il ne m'est pas permis de m'étendre sur ce sujet. Je dirai seulement que dans l'abandonnement plus que féminin de Ligeia à un amour, hélas ! non mérité, accordé tout à fait gratuitement, je reconnus enfin le principe de son ardent, de son sauvage regret de cette vie qui fuyait maintenant si rapidement. C'est cette ardeur désordonnée, cette véhémence dans son désir de la vie, – et de *rien* que la vie, – que je n'ai pas la puissance de décrire ; les mots me manqueraient pour l'exprimer.

Juste au milieu de la nuit pendant laquelle elle mourut, elle m'appela avec autorité auprès d'elle, et me fit répéter certains vers composés par elle peu de jours auparavant. Je lui obéis. Ces vers, les voici :

Voyez ! c'est nuit de gala
    Depuis ces dernières années désolées !
Une multitude d'anges, ailés, ornés
    De voiles, et noyés dans les larmes,
Est assise dans un théâtre, pour voir

Un drame d'espérance et de craintes,
Pendant que l'orchestre soupire par intervalles
La musique des sphères.

Des mimes, faits à l'image du Dieu très-haut,
Marmottent et marmonnent tout bas
Et voltigent de côté et d'autre ;
Pauvres poupées qui vont et viennent
Au commandement des vastes êtres sans forme
Qui transportent la scène çà et là,
Secouant de leurs ailes de condor
L'invisible Malheur !

Ce drame bigarré ! oh ! à coup sûr,
Il ne sera pas oublié,
Avec son Fantôme éternellement pourchassé
Par une foule qui ne peut pas le saisir,
A travers un cercle qui toujours retourne
Sur lui-même, exactement au même point !
Et beaucoup de Folie, et encore plus de Péché
Et d'Horreur font l'âme de l'intrigue !

Mais voyez, à travers la cohue des mimes,
Une forme rampante fait son entrée !
Une chose rouge de sang qui vient en se tordant
De la partie solitaire de la scène !
Elle se tord ! elle se tord ! – Avec des angoisses mortelles
Les mimes deviennent sa pâture,
Et les séraphins sanglotent en voyant les dents du ver
Mâcher des caillots de sang humain.

Toutes les lumières s'éteignent, – toutes, toutes !
Et sur chaque forme frissonnante,
Le rideau, vaste drap mortuaire,
Descend avec la violence d'une tempête,
– Et les anges, tous pâles et blêmes,
Se levant et se dévoilant, affirment
Que ce drame est une tragédie qui s'appelle l'Homme,
Et dont le héros est le ver conquérant.

– Ô Dieu ! – cria presque Ligeia, se dressant sur ses pieds et étendant ses bras vers le ciel dans un mouvement spasmodique, comme je finissais de réciter ces vers, – ô Dieu ! ô Père céleste ! – ces choses s'accompliront-elles irrémissiblement ? – Ce conquérant ne sera-t-il jamais vaincu ? – Ne sommes-nous pas une partie et une parcelle de Toi ? Qui donc connaît les mystères de la volonté ainsi que sa vigueur ? L'homme ne cède aux anges et ne se rend *entièrement à la mort* que par l'infirmité de sa pauvre volonté.

Et alors, comme épuisée par l'émotion, elle laissa retomber ses bras blancs, et retourna solennellement à son lit de mort. Et, comme elle soupirait ses derniers soupirs, il s'y mêla sur ses lèvres comme un murmure indistinct. Je tendis l'oreille, et je reconnus de nouveau la conclusion du passage de Glanvill : *« L'homme ne cède aux anges et ne se rend entièrement à la mort que par l'infirmité de sa pauvre volonté. »*

Elle mourut ; et moi, anéanti, pulvérisé par la douleur, je ne pus pas supporter plus longtemps l'affreuse désolation de ma demeure dans cette sombre cité délabrée au bord du Rhin. Je ne manquais pas de ce que le monde appelle la fortune. Ligeia m'en avait apporté plus, beaucoup plus que n'en comporte la destinée ordinaire des mortels. Aussi, après quelques mois perdus dans un vagabondage fastidieux et sans but, je me jetai dans une espèce de retraite dont je fis l'acquisition, – une abbaye dont je ne veux pas dire le nom, – dans une des parties les plus incultes et les moins fréquentées de la belle Angleterre. La sombre et triste grandeur du bâtiment, l'aspect presque sauvage du domaine, les mélancoliques et vénérables souvenirs qui s'y rattachaient, étaient à l'unisson du sentiment de complet abandon qui m'avait exilé dans cette lointaine et solitaire région. Cependant, tout en laissant à l'extérieur de l'abbaye son caractère primitif presque intact et le verdoyant délabrement qui tapissait ses murs, je me mis avec une perversité enfantine, et peut-être avec une faible espérance de distraire mes chagrins, à déployer au-dedans des magnificences plus que royales. Je m'étais, depuis l'enfance, pénétré d'un grand goût pour ces folies, et maintenant elles me revenaient comme un radotage de la douleur. Hélas ! je sens qu'on aurait pu découvrir un commencement de folie dans ces splendides et fantastiques draperies, dans ces solennelles sculptures égyptiennes, dans ces corniches et ces ameublements bizarres, dans les extravagantes arabesques de ces tapis tout fleuris d'or ! J'étais devenu un esclave de l'opium, il me tenait dans ses liens, – et tous mes travaux et mes plans avaient pris la couleur de mes rêves. Mais je ne m'arrêterai pas au détail de ces absurdités. Je parlerai seulement de cette chambre, maudite à jamais, où dans un moment d'aliénation mentale je conduisis à l'autel et pris pour épouse, – après l'inoubliable Ligeia ! – lady Rowena Trevanion de Tremaine, à la blonde chevelure et aux yeux bleus.

Il n'est pas un détail d'architecture ou de décoration de cette chambre nuptiale qui ne soit maintenant présent à mes yeux. Où donc la hautaine famille de la fiancée avait-elle l'esprit, quand, mue par la soif de l'or, elle permit à une fille si tendrement chérie de passer le seuil d'un appartement décoré de cette étrange façon ? J'ai dit que je me rappelais minutieusement les détails de cette chambre, bien que ma triste mémoire perde souvent des choses d'une rare importance ; et pourtant il n'y avait pas dans ce luxe fantastique de système ou d'harmonie qui pût s'imposer au souvenir.

La chambre faisait partie d'une haute tour de cette abbaye, fortifiée comme un château ; elle était d'une forme pentagone et d'une grande dimension. Tout le côté sud du pentagone était occupé par une fenêtre unique, faite d'une immense glace de Venise, d'un seul morceau et d'une couleur sombre, de sorte que les rayons du soleil ou de la lune qui la traversaient jetaient sur les objets intérieurs une lumière sinistre. Au-dessus de cette énorme fenêtre se prolongeait le treillis d'une vieille vigne qui grimpait sur les murs massifs de la tour. Le plafond, de chêne presque noir, était excessivement élevé, façonné en voûte et curieusement sillonné d'ornements des plus bizarres et des plus fantastiques, d'un style semi-gothique, semi-druidique. Au fond de cette voûte mélancolique, au centre même, était suspendue, par une seule chaîne d'or faite de longs anneaux, une vaste lampe de même métal en forme d'encensoir, conçue dans le goût sarrasin et brodée de perforations capricieuses, à travers lesquelles on voyait courir et se tortiller avec la vitalité d'un serpent les lueurs continues d'un feu versicolore.

Quelques rares ottomanes et des candélabres d'une forme orientale occupaient différents endroits, et le lit aussi, – le lit nuptial, – était dans le style indien, – bas, sculpté en bois d'ébène massif, et surmonté d'un baldaquin qui avait l'air d'un drap mortuaire. A chacun des angles de la chambre se dressait un gigantesque sarcophage de granit noir, tiré des tombes des rois en face de Louqsor, avec son antique couvercle chargé de sculptures immémoriales. Mais c'était dans la tenture de l'appartement, hélas ! qu'éclatait la fantaisie capitale. Les murs, prodigieusement hauts, – au-delà même de toute proportion, – étaient tendus du haut jusqu'en bas d'une tapisserie lourde et d'apparence massive qui tombait par vastes nappes, – tapisserie faite avec la même matière qui avait été employée pour le tapis du parquet, les ottomanes, le lit d'ébène, le baldaquin du lit et les somptueux rideaux qui cachaient en partie la fenêtre. Cette matière était un tissu d'or des plus riches, tacheté, par intervalles irréguliers, de figures arabesques, d'un pied de diamètre environ, qui enlevaient sur le fond leurs dessins d'un noir de jais. Mais ces figures ne participaient du caractère arabesque que quand on les examinait à un seul point de vue. Par un procédé aujourd'hui fort commun, et dont on retrouve la trace dans la plus lointaine antiquité, elles étaient faites de manière à changer d'aspect. Pour une personne qui entrait dans la chambre, elles avaient l'air de simples monstruosités ; mais, à mesure qu'on avançait, ce caractère disparaissait graduellement, et, pas à pas, le visiteur changeant de place se voyait entouré d'une procession continue de formes affreuses, comme celles qui sont nées de la superstition du Nord, ou celles qui se dressent dans les sommeils coupables des moines. L'effet fantasmagorique était grandement accru par l'introduction artificielle d'un fort courant d'air continu derrière la tenture, – qui donnait au tout une hideuse et inquiétante animation.

Telle était la demeure, telle était la chambre nuptiale où je passai avec la dame de Tremaine les heures impies du premier mois de notre mariage, – et je les passai sans trop d'inquiétude.

Que ma femme redoutât mon humeur farouche, qu'elle m'évitât, qu'elle ne m'aimât que très-médiocrement, – je ne pouvais pas me le dissimuler ; mais cela me faisait presque plaisir. Je la haïssais d'une haine qui appartient moins à l'homme qu'au démon. Ma mémoire se retournait, – oh ! avec quelle intensité de regret ! – vers Ligeia, l'aimée, l'auguste, la belle, la morte. Je faisais des orgies de souvenirs ; je me délectais dans sa pureté, dans sa sagesse, dans sa haute nature éthéréenne, dans son amour passionné, idolâtrique. Maintenant, mon esprit brûlait pleinement et largement d'une flamme plus ardente que n'avait été la sienne. Dans l'enthousiasme de mes rêves opiacés, – car j'étais habituellement sous l'empire du poison, – je criais son nom à haute voix durant le silence de la nuit, et, le jour, dans les retraites ombreuses des vallées, comme si, par l'énergie sauvage, la passion solennelle, l'ardeur dévorante de ma passion pour la défunte je pouvais la ressusciter dans les sentiers de cette vie qu'elle avait abandonnés ; – pour *toujours* ? était-ce vraiment *possible* ?

Au commencement du second mois de notre mariage, lady Rowena fut attaquée d'un mal soudain dont elle ne se releva que lentement. La fièvre qui la consumait rendait ses nuits pénibles, et, dans l'inquiétude d'un demi-sommeil, elle parlait de sons et de mouvements qui se produisaient çà et là dans la chambre de la tour, et que je ne pouvais vraiment attribuer qu'au dérangement de ses idées ou peut-être aux influences fantasmagoriques de la chambre. A la longue, elle entra en convalescence, et finalement elle se rétablit.

Toutefois, il ne s'était écoulé qu'un laps de temps fort court quand une nouvelle attaque plus violente la rejeta sur son lit de douleur, et, depuis cet accès, sa constitution, qui avait toujours été faible, ne put jamais se relever complètement. Sa maladie montra, dès cette époque, un caractère alarmant et des rechutes plus alarmantes encore, qui défiaient toute la science et tous les efforts de ses médecins. A mesure qu'augmentait ce mal chronique qui, dès lors sans doute, s'était trop bien emparé de sa constitution pour en être arraché par des mains humaines, je ne pouvais m'empêcher de remarquer une irritation nerveuse croissante dans son tempérament et une excitabilité telle, que les causes les plus vulgaires lui étaient des sujets de peur. Elle parla encore, et plus souvent alors, avec plus d'opiniâtreté, des bruits, – des légers bruits, – et des mouvements insolites dans les rideaux, dont elle avait, disait-elle, déjà souffert.

Une nuit – vers la fin de septembre, – elle attira mon attention sur ce sujet désolant avec une énergie plus vive que de coutume. Elle venait justement de se réveiller d'un sommeil agité, et j'avais épié, avec un sentiment moitié d'anxiété, moitié de vague terreur, le jeu de sa physionomie amaigrie. J'étais assis au chevet du lit d'ébène, sur un des divans indiens. Elle se dressa à moitié, et me parla à voix basse, dans un chuchotement anxieux, de sons qu'elle venait d'entendre, mais que je ne pouvais pas entendre, – de mouvements qu'elle venait d'apercevoir, mais que je ne pouvais apercevoir. Le vent courait activement derrière les tapisseries, et je m'appliquai à lui démontrer – ce que, je le confesse, je ne pouvais pas croire entièrement, – que ces soupirs à peine articulés et ces changements presque insensibles dans les figures du mur n'étaient que les effets naturels du courant d'air habituel. Mais une pâleur mortelle qui inonda sa face me prouva que mes efforts pour la rassurer seraient inutiles. Elle semblait s'évanouir, et je n'avais pas de domestiques à ma portée. Je me souvins de l'endroit où avait été déposé un flacon de vin léger ordonné par les médecins, et je traversai vivement la chambre pour me le procurer. Mais, comme je passais sous la lumière de la lampe, deux circonstances d'une nature saisissante attirèrent mon attention. J'avais senti que quelque chose de palpable, quoique invisible, avait frôlé légèrement ma personne, et je vis sur le tapis d'or, au centre même du riche rayonnement projeté par l'encensoir, une ombre, – une ombre faible, indéfinie, d'un aspect angélique, – telle qu'on peut se figurer l'ombre d'une Ombre. Mais, comme j'étais en proie à une dose exagérée d'opium, je ne fis que peu d'attention à ces choses, et je n'en parlai point à Rowena.

Je trouvai le vin, je traversai de nouveau la chambre, et je remplis un verre que je portai aux lèvres de ma femme défaillante. Cependant, elle était un peu remise, et elle prit le verre elle-même, pendant que je me laissais tomber sur l'ottomane, les yeux fixés sur sa personne.

Ce fut alors que j'entendis distinctement un léger bruit de pas sur le tapis et près du lit ; et, une seconde après, comme Rowena allait porter le vin à ses lèvres, je vis, – je puis l'avoir rêvé, – je vis tomber dans le verre, comme de quelque source invisible suspendue dans l'atmosphère de la chambre, trois ou quatre grosses gouttes d'un fluide brillant et couleur de rubis. Si je le vis, – Rowena ne le vit pas. Elle avala le vin sans hésitation, et je me gardai bien de lui parler d'une circonstance que je devais, après tout, regarder comme la suggestion d'une imagination surexcitée, et dont tout, – les terreurs de ma femme, l'opium et l'heure, – augmentait l'activité morbide.

Cependant, je ne puis pas me dissimuler qu'immédiatement après la chute des gouttes rouges, un rapide changement – en mal – s'opéra dans la maladie de ma femme ; si bien que, la troisième nuit, les mains de ses serviteurs la préparaient pour la tombe, et que j'étais assis seul, son corps enveloppé dans le suaire, dans cette chambre fantastique qui avait reçu la jeune épouse. – D'étranges visions, engendrées par l'opium, voltigeaient autour de moi comme des ombres. Je promenais un œil inquiet sur les sarcophages, dans les coins de la chambre, sur les figures mobiles de la tenture et sur les lueurs vermiculaires et changeantes de la lampe du plafond. Mes yeux tombèrent alors, – comme je cherchais à me rappeler les circonstances d'une nuit précédente, – sur le même point du cercle lumineux, là où j'avais vu les traces légères d'une ombre. Mais elle n'y était plus ; et, respirant avec plus de liberté, je tournai mes regards vers la pâle et rigide figure allongée sur le lit. Alors, je sentis fondre sur moi mille souvenirs de Ligeia, – je sentis refluer vers mon cœur, avec la tumultueuse violence d'une marée, toute cette ineffable douleur que j'avais sentie quand je l'avais vue, *elle* aussi, dans son suaire. La nuit avançait, et toujours, – le cœur plein des pensées les plus amères dont *elle* était l'objet, *elle*, mon unique, mon suprême amour, – je restais les yeux fixés sur le corps de Rowena.

Il pouvait bien être minuit, peut-être plus tôt, peut-être plus tard, car je n'avais pas pris garde au temps, quand un sanglot, très-bas, très-léger, mais très-distinct, me tira en sursaut de ma rêverie. Je *sentis* qu'il venait du lit d'ébène, – du lit de mort. Je tendis l'oreille, dans une angoisse de terreur superstitieuse, mais le bruit ne se répéta pas. Je forçai mes yeux à découvrir un mouvement quelconque dans le corps, mais je n'en aperçus pas le moindre. Cependant, il était impossible que je me fusse trompé. J'avais entendu le bruit, faible à la vérité, et mon esprit était bien éveillé en moi. Je maintins résolument et opiniâtrement mon attention clouée au cadavre. Quelques minutes s'écoulèrent sans aucun incident qui pût jeter un peu de jour sur ce mystère. A la longue, il devint évident qu'une coloration légère, très-faible, à peine sensible, était montée aux joues et avait filtré le long des petites veines déprimées des paupières. Sous la pression d'une horreur et d'une terreur inexplicables, pour lesquelles le langage de l'humanité n'a pas d'expression suffisamment énergique, je sentis les pulsations de mon cœur s'arrêter et mes membres se roidir sur place.

Cependant, le sentiment du devoir me rendit finalement mon sang-froid. Je ne pouvais pas douter plus longtemps que nous n'eussions fait prématurément nos apprêts funèbres ; – Rowena vivait encore. Il était nécessaire de pratiquer immédiatement quelques tentatives ; mais la tour était tout à fait séparée de la partie de l'abbaye habitée par les domestiques, – il n'y en avait aucun à portée de la voix, – je n'avais aucun moyen de les appeler à mon aide, à moins de quitter la chambre pendant quelques minutes, – et, quant à cela, je ne pouvais m'y hasarder. Je m'efforçai donc de rappeler à moi seul et de fixer l'âme encore voltigeante. Mais, au bout d'un laps de temps très-court, il y eut une rechute évidente ; la couleur disparut de la joue et de la paupière, laissant une pâleur plus que marmoréenne ; les lèvres se serrèrent doublement et se recroquevillèrent dans l'expression spectrale de la mort ; une froideur et une viscosité répulsives se répandirent rapidement sur toute la surface du corps, et la complète rigidité cadavérique survint immédiatement. Je retombai en frissonnant sur le lit de repos d'où j'avais été arraché si soudainement, et je m'abandonnai de nouveau à mes rêves, à mes contemplations passionnées de Ligeia.

Une heure s'écoula ainsi, quand – était-ce, grand Dieu ! possible ? – j'eus de nouveau la perception d'un bruit vague qui partait de la région du lit. J'écoutai, au comble de l'horreur. Le son se fit entendre de nouveau, c'était un soupir. Je me précipitai vers le corps, je vis, – je vis distinctement un tremblement sur les lèvres. Une minute après, elles se relâchaient, découvrant une ligne brillante de dents de nacre. La stupéfaction lutta alors dans mon esprit avec la profonde terreur qui jusque-là l'avait dominé. Je sentis que ma vue s'obscurcissait, que ma raison s'enfuyait ; et ce ne fut que par un violent effort que je trouvai à la longue le courage de me roidir à la tâche que le devoir m'imposait de nouveau. Il y avait maintenant une carnation imparfaite sur le front, la joue et la gorge ; une chaleur sensible pénétrait tout le corps ; et même une légère pulsation remuait imperceptiblement la région du cœur.

Ma femme *vivait* ; et avec un redoublement d'ardeur, je me mis en devoir de la ressusciter. Je frictionnai et je bassinai les tempes et les mains, et j'usai de tous les procédés que l'expérience et de nombreuses lectures médicales pouvaient me suggérer. Mais ce fut en vain. Soudainement, la couleur disparut, la pulsation cessa, l'expression de mort revint aux lèvres, et, un instant après, tout le corps reprenait sa froideur de glace, son ton livide, sa rigidité complète, son contour amorti, et toute la hideuse caractéristique de ce qui a habité la tombe pendant plusieurs jours.

Et puis je retombai dans mes rêves de Ligeia, – et de nouveau – s'étonnera-t-on que je frissonne en écrivant ces lignes ? – *de nouveau* un sanglot étouffé vint à mon oreille de la région du lit d'ébène. Mais à quoi bon détailler minutieusement les ineffables horreurs de cette nuit ? Raconterai-je combien de fois, coup sur coup, presque jusqu'au petit jour, se répéta ce hideux drame de ressuscitation ; que chaque effrayante rechute se changeait en une mort plus rigide et plus irrémédiable, que chaque nouvelle agonie ressemblait à une lutte contre quelque invisible adversaire, et que chaque lutte était suivie de je ne sais quelle étrange altération dans la physionomie du corps ? Je me hâte d'en finir.

La plus grande partie de la terrible nuit était passée, et celle qui était morte remua de nouveau, – et, cette fois-ci, plus énergiquement que jamais, quoique se réveillant d'une mort plus effrayante et plus irréparable. J'avais depuis longtemps cessé tout effort et tout mouvement, et je restais cloué sur l'ottomane, désespérément englouti dans un tourbillon d'émotions violentes, dont la moins terrible peut-être, la moins dévorante, était un suprême effroi. Le corps, je le répète, remuait, et maintenant plus activement qu'il n'avait fait jusque-là. Les couleurs de la vie montaient à la face avec une énergie singulière, – les membres se relâchaient, – et, sauf que les paupières restaient toujours lourdement fermées, et que les bandeaux et les draperies funèbres communiquaient encore à la figure leur caractère sépulcral, j'aurais rêvé que Rowena avait entièrement secoué les chaînes de la Mort. Mais si, dès lors, je n'acceptai pas entièrement cette idée, je ne pus pas douter plus longtemps, quand, se levant du lit, – et vacillant, – d'un pas faible, – les yeux fermés, – à la manière d'une personne égarée dans un rêve, – l'être qui était enveloppé du suaire s'avança audacieusement et palpablement dans le milieu de la chambre.

Je ne tremblai pas, – je ne bougeai pas, – car une foule de pensées inexprimables, causées par l'air, la stature, l'allure du fantôme, se ruèrent à l'improviste dans mon cerveau, et me paralysèrent, – me pétrifièrent. Je ne bougeais pas, je contemplais l'apparition. C'était dans mes pensées un désordre fou, un tumulte inapaisable. Etait-ce bien la *vivante* Rowena que j'avais en face de moi ? *cela* pouvait-il être vraiment Rowena, – lady Rowena Trevanion de Tremaine, à la chevelure blonde, aux yeux bleus ? Pourquoi, oui, *pourquoi* en doutais-je ? – Le lourd bandeau oppressait la bouche ; – pourquoi donc cela n'eût-il pas été la bouche respirante de la dame de Tremaine ? – Et les joues ? – oui, c'étaient bien là les roses du midi de sa vie ; – oui, ce pouvaient être les belles joues de la vivante lady de Tremaine. – Et le menton, avec les fossettes de la santé, ne pouvait-il pas être le sien ? Mais *avait-elle donc grandi depuis sa maladie* ? Quel inexprimable délire s'empara de moi à cette idée ! D'un bond j'étais à ses pieds ! Elle se retira à mon contact, et elle dégagea sa tête de l'horrible suaire qui l'enveloppait ; et alors déborda dans l'atmosphère fouettée de la chambre une masse énorme de longs cheveux désordonnés ; *ils étaient plus noirs que les ailes de minuit, l'heure au plumage de corbeau !* Et alors je vis la figure qui se tenait devant moi ouvrir lentement, lentement *les yeux*.

– Enfin, les voilà donc ! criai-je d'une voix retentissante ; pourrais-je jamais m'y tromper ? – Voilà bien les yeux adorablement fendus, les yeux noirs, les yeux étranges de mon amour perdu, – de lady, de LADY LIGEIA !

LE PORTRAIT OVALE

Le château dans lequel mon domestique s'était avisé de pénétrer de force, plutôt que de me permettre, déplorablement blessé comme je l'étais, de passer une nuit en plein air, était un de ces bâtiments, mélange de grandeur et de mélancolie, qui ont si longtemps dressé leurs fronts sourcilleux au milieu des Apennins, aussi bien dans la réalité que dans l'imagination de mistress Radcliffe. Selon toute apparence, il avait été temporairement et tout récemment abandonné. Nous nous installâmes dans une des chambres les plus petites et les moins somptueusement meublées. Elle était située dans une tour écartée du bâtiment. Sa décoration était riche, mais antique et délabrée. Les murs étaient tendus de tapisseries et décorés de nombreux trophées héraldiques de toute forme, ainsi que d'une quantité vraiment prodigieuse de peintures modernes, pleines de style, dans de riches cadres d'or d'un goût arabesque. Je pris un profond intérêt, – ce fut peut-être mon délire qui commençait qui en fut cause, – je pris un profond intérêt à ces peintures qui étaient suspendues non-seulement sur les faces principales des murs, mais aussi dans une foule de recoins que la bizarre architecture du château rendait inévitables ; si bien que j'ordonnai à Pedro de fermer les lourds volets de la chambre, – puisqu'il faisait déjà nuit, – d'allumer un grand candélabre à plusieurs branches placé près de mon chevet, et d'ouvrir tout grands les rideaux de velours noir garnis de crépines qui entouraient le lit. Je désirais que cela fût ainsi, pour que je pusse au moins, si je ne pouvais pas dormir, me consoler alternativement par la contemplation de ces peintures et par la lecture d'un petit volume que j'avais trouvé sur l'oreiller et qui en contenait l'appréciation et l'analyse.

Je lus longtemps, – longtemps ; – je contemplai religieusement, dévotement ; les heures s'envolèrent, rapides et glorieuses, et le profond minuit arriva. La position du candélabre me déplaisait, et, étendant la main avec difficulté pour ne pas déranger mon valet assoupi, je plaçai l'objet de manière à jeter les rayons en plein sur le livre.

Mais l'action produisit un effet absolument inattendu. Les rayons des nombreuses bougies (car il y en avait beaucoup) tombèrent alors sur une niche de la chambre que l'une des colonnes du lit avait jusque-là couverte d'une ombre profonde. J'aperçus dans une vive lumière une peinture qui m'avait d'abord échappé. C'était le portrait d'une jeune fille déjà mûrissante et presque femme. Je jetai sur la peinture un coup d'œil rapide, et je fermai les yeux. Pourquoi ? – Je ne le compris pas bien moi-même tout d'abord. Mais pendant que mes paupières restaient closes, j'analysai rapidement la raison qui me les faisait fermer ainsi. C'était un mouvement involontaire pour gagner du temps et pour penser, – pour m'assurer que ma vue ne m'avait pas trompé, – pour calmer et préparer mon esprit à une contemplation plus froide et plus sûre. Au bout de quelques instants, je regardai de nouveau la peinture fixement.

Je ne pouvais pas douter, quand même je l'aurais voulu, que je n'y visse alors très-nettement ; car le premier éclair du flambeau sur cette toile avait dissipé la stupeur rêveuse dont mes sens étaient possédés, et m'avait rappelé tout d'un coup à la vie réelle.

Le portrait, je l'ai déjà dit, était celui d'une jeune fille. C'était une simple tête, avec des épaules, le tout dans ce style qu'on appelle, en langage technique, style *de vignette*, beaucoup de la manière de Sully dans ses têtes de prédilection. Les bras, le sein, et même les bouts des cheveux rayonnants, se fondaient insaisissablement dans l'ombre vague mais profonde qui servait de fond à l'ensemble. Le cadre était ovale, magnifiquement doré et guilloché dans le goût moresque. Comme œuvre d'art, on ne pouvait rien trouver de plus admirable que la peinture elle-même. Mais il se peut bien que ce ne fût ni l'exécution de l'œuvre, ni l'immortelle beauté de la physionomie, qui m'impressionna si soudainement et si fortement. Encore moins devais-je croire que mon imagination, sortant d'un demi-sommeil, eût pris la tête pour celle d'une personne vivante. – Je vis tout d'abord que les détails du dessin, le style de vignette, et l'aspect du cadre auraient immédiatement dissipé un pareil charme, et m'auraient préservé de toute illusion même momentanée. Tout en faisant ces réflexions, et très-vivement, je restai, à demi étendu, à demi assis, une heure entière peut-être, les yeux rivés à ce portrait. A la longue, ayant découvert le vrai secret de son effet, je me laissai retomber sur le lit. J'avais deviné que le *charme* de la peinture était une expression vitale absolument adéquate à la vie elle-même, qui d'abord m'avait fait tressaillir, et finalement m'avait confondu, subjugué, épouvanté. Avec une terreur profonde et respectueuse, je replaçai le candélabre dans sa position première. Ayant ainsi dérobé à ma vue la cause de ma profonde agitation, je cherchai vivement le volume qui contenait l'analyse des tableaux et leur histoire. Allant droit au numéro qui désignait le portrait ovale, j'y lus le vague et singulier récit qui suit :

« C'était une jeune fille d'une très-rare beauté, et qui n'était pas moins aimable que pleine de gaieté. Et maudite fut l'heure où elle vit, et aima, et épousa le peintre. Lui, passionné, studieux, austère, et ayant déjà trouvé une épouse dans son Art ; elle, une jeune fille d'une très-rare beauté, et non moins aimable que pleine de gaieté : rien que lumières et sourires, et la folâtrerie d'un jeune faon ; aimant et chérissant toutes choses ; ne haïssant que l'Art qui était son rival ; ne redoutant que la palette et les brosses, et les autres instruments fâcheux qui la privaient de la figure de son adoré. Ce fut une terrible chose pour cette dame que d'entendre le peintre parler du désir de peindre même sa jeune épouse. Mais elle était humble et obéissante, et elle s'assit avec douceur pendant de longues semaines dans la sombre et haute chambre de la tour, où la lumière filtrait sur la pâle toile seulement par le plafond. Mais lui, le peintre, mettait sa gloire dans son œuvre, qui avançait d'heure en heure et de jour en jour. – Et c'était un homme passionné, et étrange, et pensif, qui se perdait en rêveries ; si bien qu'il ne *voulait* pas voir que la lumière qui tombait si lugubrement dans cette tour isolée desséchait la santé et les esprits de sa femme, qui languissait visiblement pour tout le monde, excepté pour lui. Cependant, elle souriait toujours, et toujours sans se plaindre, parce qu'elle voyait que le peintre (qui avait un grand renom) prenait un plaisir vif et brûlant dans sa tâche, et travaillait nuit et jour pour peindre celle qui l'aimait si fort, mais qui devenait de jour en jour plus languissante et plus faible. Et, en vérité, ceux qui contemplaient le portrait parlaient à voix basse de sa ressemblance, comme d'une puissante merveille et comme d'une preuve non moins grande de la puissance du peintre que de son profond amour pour celle qu'il peignait si miraculeusement bien. – Mais, à la longue, comme la besogne approchait de sa fin, personne ne fut plus admis dans la tour ; car le peintre était devenu fou par l'ardeur de son travail, et il détournait rarement ses yeux de la toile, même pour regarder la figure de sa femme. Et il ne *voulait* pas voir que les couleurs qu'il étalait sur la toile étaient *tirées* des joues de celle qui était assise près de lui. Et quand bien des semaines furent passées et qu'il ne restait plus que peu de chose à faire, rien qu'une touche sur la bouche et un glacis sur l'œil, l'esprit de la dame palpita encore comme la flamme dans le bec d'une lampe. Et alors la touche fut donnée, et alors le glacis fut placé ; et pendant un moment le peintre se tint en extase devant le travail qu'il avait travaillé ; mais une minute après, comme il contemplait encore, il trembla et il devint très-pâle, et il fut frappé d'effroi ; et criant d'une voix éclatante : "En vérité, c'est la *Vie* elle-même !" – il se retourna brusquement pour regarder sa bien-aimée : – elle était morte ! »

LES SOUVENIRS
DE M. AUGUSTE BEDLOE

Vers la fin de l'année 1827, pendant que je demeurais près de Charlottesville, dans la Virginie, je fis par hasard la connaissance de M. Auguste Bedloe. Ce jeune gentleman était remarquable à tous égards et excitait en moi une curiosité et un intérêt profonds. Je jugeai impossible de me rendre compte de son être tant physique que moral. Je ne pus obtenir sur sa famille aucun renseignement positif. D'où venait-il ? je ne le sus jamais bien. Même relativement à son âge, quoique je l'aie appelé un jeune gentleman, il y avait quelque chose qui m'intriguait au suprême degré. Certainement il semblait jeune, et même il affectait de parler de sa jeunesse ; cependant, il y avait des moments où je n'aurais guère hésité à le supposer âgé d'une centaine d'années. Mais c'était surtout son extérieur qui avait un aspect tout à fait particulier. Il était singulièrement grand et mince ; – se voûtant beaucoup ; – les membres excessivement longs et émaciés ; – le front large et bas ; – une complexion absolument exsangue ; – sa bouche, large et flexible, et ses dents, quoique saines, plus irrégulières que je n'en vis jamais dans aucune bouche humaine. L'expression de son sourire, toutefois, n'était nullement désagréable, comme on pourrait le supposer ; mais elle n'avait aucune espèce de nuance. C'était une profonde mélancolie, une tristesse sans phases et sans intermittences. Ses yeux étaient d'une largeur anormale et ronds comme ceux d'un chat. Les pupilles elles-mêmes subissaient une contraction et une dilatation proportionnelles à l'accroissement et à la diminution de la lumière, exactement comme on l'a observé dans les races félines. Dans les moments d'excitation, les prunelles devenaient brillantes à un degré presque inconcevable et semblaient émettre des rayons lumineux d'un éclat non réfléchi, mais intérieur, comme fait un flambeau ou le soleil ; toutefois, dans leur condition habituelle, elles étaient tellement ternes, inertes et nuageuses, qu'elles faisaient penser aux yeux d'un corps enterré depuis longtemps.

Ces particularités personnelles semblaient lui causer beaucoup d'ennui, et il y faisait continuellement allusion dans un style semi-explicatif, semi-justificatif, qui, la première fois que je l'entendis, m'impressionna très-péniblement. Toutefois, je m'y accoutumai bientôt, et mon déplaisir se dissipa. Il semblait avoir l'intention d'insinuer, plutôt que d'affirmer positivement, que physiquement il n'avait pas toujours été ce qu'il était ; qu'une longue série d'attaques névralgiques l'avait réduit d'une condition de beauté personnelle non commune à celle que je voyais. Depuis plusieurs années, il recevait les soins d'un médecin nommé Templeton, – un vieux gentleman âgé de soixante-dix ans, peut-être, – qu'il avait pour la première fois rencontré à Saratoga, et des soins duquel il tira dans ce temps, ou crut tirer, un grand secours. Le résultat fut que Bedloe, qui était riche, fit un arrangement avec le docteur Templeton, par lequel ce dernier, en échange d'une généreuse rémunération annuelle, consentit à consacrer exclusivement son temps et son expérience médicale à soulager le malade.

Le docteur Templeton avait voyagé dans les jours de sa jeunesse, et était devenu à Paris un des sectateurs les plus ardents des doctrines de Mesmer. C'était uniquement par le moyen des remèdes magnétiques qu'il avait réussi à soulager les douleurs aiguës de son malade ; et ce succès avait très-naturellement inspiré à ce dernier une certaine confiance dans les opinions qui servaient de base à ces remèdes. D'ailleurs, le docteur, comme tous les enthousiastes, avait travaillé de son mieux à faire de son pupille un parfait prosélyte, et finalement il réussit si bien, qu'il décida le patient à se soumettre à de nombreuses expériences. Fréquemment répétées, elles amenèrent un résultat qui, depuis longtemps, est devenu assez commun pour n'attirer que peu ou point l'attention, mais qui, à l'époque dont je parle, s'était très-rarement manifesté en Amérique. Je veux dire qu'entre le docteur Templeton et Bedloe s'était établi peu à peu un rapport magnétique très-distinct et très-fortement accentué. Je n'ai pas toutefois l'intention d'affirmer que ce rapport s'étendît au-delà des limites de la puissance somnifère ; mais cette puissance elle-même avait atteint une grande intensité. A la première tentative faite pour produire le sommeil magnétique, le disciple de Mesmer échoua complètement. A la cinquième ou sixième, il ne réussit que très-imparfaitement, et après des efforts opiniâtres. Ce fut seulement à la douzième que le triomphe fut complet. Après celle-là, la volonté du patient succomba rapidement sous celle du médecin, si bien que, lorsque je fis pour la première fois leur connaissance, le sommeil arrivait presque instantanément par un pur acte de volition de l'opérateur, même quand le malade n'avait pas conscience de sa présence. C'est seulement maintenant, en l'an 1845, quand de semblables miracles ont été journellement attestés par des milliers d'hommes, que je me hasarde à citer cette apparente impossibilité comme un fait positif.

Le tempérament de Bedloe était au plus haut degré sensitif, excitable, enthousiaste. Son imagination, singulièrement vigoureuse et créatrice, tirait sans doute une force additionnelle de l'usage habituel de l'opium, qu'il consommait en grande quantité, et sans lequel l'existence lui eût été impossible. C'était son habitude d'en prendre une bonne dose immédiatement après son déjeuner, chaque matin, – ou plutôt immédiatement après une tasse de fort café, car il ne mangeait rien dans l'avant-midi, – et alors il partait seul, ou seulement accompagné d'un chien, pour une longue promenade à travers la chaîne de sauvages et lugubres hauteurs qui courent à l'ouest et au sud de Charlottesville, et qui sont décorées ici du nom de *Ragged Mountains.*

Par un jour sombre, chaud et brumeux, vers la fin de novembre, et durant l'étrange interrègne de saisons que nous appelons en Amérique l'été indien, M. Bedloe partit, suivant son habitude, pour les montagnes. Le jour s'écoula, et il ne revint pas.

Vers huit heures du soir, étant sérieusement alarmés par cette absence prolongée, nous allions nous mettre à sa recherche, quand il reparut inopinément, ni mieux ni plus mal portant, et plus animé que de coutume. Le récit qu'il fit de son expédition et des événements qui l'avaient retenu fut en vérité des plus singuliers :

– Vous vous rappelez, – dit-il, – qu'il était environ neuf heures du matin quand je quittai Charlottesville. Je dirigeai immédiatement mes pas vers la montagne, et, vers dix heures, j'entrai dans une gorge qui était entièrement nouvelle pour moi. Je suivis toutes les sinuosités de cette passe avec beaucoup d'intérêt. – Le théâtre qui se présentait de tous côtés, quoique ne méritant peut-être pas l'appellation de sublime, portait en soi un caractère indescriptible, et pour moi délicieux, de lugubre désolation. La solitude semblait absolument vierge. Je ne pouvais m'empêcher de croire que les gazons verts et les roches grises que je foulais n'avaient jamais été foulés par un pied humain. L'entrée du ravin est si complètement cachée, et de fait inaccessible, excepté à travers une série d'accidents, qu'il n'était pas du tout impossible que je fusse en vérité le premier aventurier, – le premier et le seul qui eût jamais pénétré ces solitudes.

» L'épais et singulier brouillard ou fumée qui distingue l'été indien, et qui s'étendait alors pesamment sur tous les objets, approfondissait sans doute les impressions vagues que ces objets créaient en moi. Cette brume poétique était si dense, que je ne pouvais jamais voir au-delà d'une douzaine de yards de ma route. Ce chemin était excessivement sinueux, et, comme il était impossible de voir le soleil, j'avais perdu toute idée de la direction dans laquelle je marchais. Cependant, l'opium avait produit son effet accoutumé, qui est de revêtir tout le monde extérieur d'une intensité d'intérêt. Dans le tremblement d'une feuille, – dans la couleur d'un brin d'herbe, – dans la forme d'un trèfle, – dans le bourdonnement d'une abeille, – dans l'éclat d'une goutte de rosée, – dans le soupir du vent, – dans les vagues odeurs qui venaient de la forêt, – se produisait tout un monde d'inspirations, – une procession magnifique et bigarrée de pensées désordonnées et rapsodiques.

» Tout occupé par ces rêveries, je marchai plusieurs heures, durant lesquelles le brouillard s'épaissit autour de moi à un degré tel, que je fus réduit à chercher mon chemin à tâtons. Et alors un indéfinissable malaise s'empara de moi. Je craignais d'avancer, de peur d'être précipité dans quelque abîme. Je me souvins aussi d'étranges histoires sur ces *Ragged Mountains*, et de races d'hommes bizarres et sauvages qui habitaient leurs bois et leurs cavernes. Mille pensées vagues me pressaient et me déconcertaient, – pensées que leur vague rendait encore plus douloureuses. Tout à coup mon attention fut arrêtée par un fort battement de tambour.

» Ma stupéfaction, naturellement, fut extrême. Un tambour, dans ces montagnes, était chose inconnue. Je n'aurais pas été plus surpris par le son de la trompette de l'Archange. Mais une nouvelle et bien plus extraordinaire cause d'intérêt et de perplexité se manifesta. J'entendis s'approcher un bruissement sauvage, un cliquetis, comme un trousseau de grosses clefs, – et à l'instant même un homme à moitié nu, au visage basané, passa devant moi en poussant un cri aigu. Il passa si près de ma personne, que je sentis le chaud de son haleine sur ma figure. Il tenait dans sa main un instrument composé d'une série d'anneaux de fer et les secouait vigoureusement en courant. A peine avait-il disparu dans le brouillard que, haletante derrière lui, la gueule ouverte et les yeux étincelants, s'élança une énorme bête. Je ne pouvais pas me méprendre sur son espèce : c'était une hyène.

» La vue de ce monstre soulagea plutôt qu'elle n'augmenta mes terreurs : – car j'étais bien sûr maintenant que je rêvais, et je m'efforçai, je m'excitai moi-même à réveiller ma conscience. Je marchai délibérément et lestement en avant. Je me frottai les yeux. Je criai très-haut. Je me pinçai les membres. Une petite source s'était présentée à ma vue, je m'y arrêtai, et je m'y lavai les mains, la tête et le cou. Je crus sentir se dissiper les sensations équivoques qui m'avaient tourmenté jusque-là. Il me parut, quand je me relevai, que j'étais un nouvel homme, et je poursuivis fermement et complaisamment ma route inconnue.

» A la longue, tout à fait épuisé par l'exercice et par la lourdeur oppressive de l'atmosphère, je m'assis sous un arbre. En ce moment parut un faible rayon de soleil, et l'ombre des feuilles de l'arbre tomba sur le gazon, légèrement mais suffisamment définie. Pendant quelques minutes, je fixai cette ombre avec étonnement. Sa forme me comblait de stupeur. Je levai les yeux. L'arbre était un palmier.

» Je me levai précipitamment et dans un état d'agitation terrible, – car l'idée que je rêvais n'était plus désormais suffisante. Je vis, – je sentis que j'avais le parfait gouvernement de mes sens, – et ces sens apportaient maintenant à mon âme un monde de sensations nouvelles et singulières. La chaleur devint tout d'un coup intolérable. Une étrange odeur chargeait la brise. – Un murmure profond et continuel, comme celui qui s'élève d'une rivière abondante, mais coulant régulièrement, vint à mes oreilles, entremêlé du bourdonnement particulier d'une multitude de voix humaines.

» Pendant que j'écoutais, avec un étonnement qu'il est bien inutile de vous décrire, un fort et bref coup de vent enleva, comme une baguette de magicien, le brouillard qui chargeait la terre.

» Je me trouvai au pied d'une haute montagne dominant une vaste plaine, à travers laquelle coulait une majestueuse rivière. Au bord de cette rivière s'élevait une ville d'un aspect oriental, telle que nous en voyons dans *les Mille et Une Nuits*, mais d'un caractère encore plus singulier qu'aucune de celles qui y sont décrites. De ma position, qui était bien au-dessus du niveau de la ville, je pouvais apercevoir tous ses recoins et tous ses angles, comme s'ils eussent été dessinés sur une carte. Les rues paraissaient innombrables et se croisaient irrégulièrement dans toutes les directions, mais ressemblaient moins à des rues qu'à de longues allées contournées, et fourmillaient littéralement d'habitants. Les maisons étaient étrangement pittoresques. De chaque côté, c'était une véritable débauche de balcons, de vérandas, de minarets, de niches et de tourelles fantastiquement découpées. Les bazars abondaient : les plus riches marchandises s'y déployaient avec une variété et une profusion infinies : soies, mousselines, la plus éblouissante coutellerie, diamants et bijoux des plus magnifiques. A côté de ces choses, on voyait de tous côtés des pavillons, des palanquins, des litières où se trouvaient de magnifiques dames sévèrement voilées, des éléphants fastueusement caparaçonnés, des idoles grotesquement taillées, des tambours, des bannières et des gongs, des lances, des casse-tête dorés et argentés. Et parmi la foule, la clameur, la mêlée et la confusion générales, parmi un million d'hommes noirs et jaunes, en turban et en robe, avec la barbe flottante, circulait une multitude innombrable de bœufs saintement enrubannés, pendant que des légions de singes malpropres et sacrés grimpaient, jacassant et piaillant, après les corniches des mosquées, ou se suspendaient aux minarets et aux tourelles. Des rues fourmillantes aux quais de la rivière descendaient d'innombrables escaliers qui conduisaient à des bains, pendant que la rivière elle-même semblait avec peine se frayer un passage à travers les vastes flottes de bâtiments surchargés qui tourmentaient sa surface en tous sens. Au-delà des murs de la ville s'élevaient fréquemment, en groupes majestueux, le palmier et le cocotier, avec d'autres arbres d'un grand âge, gigantesques et solennels ; et çà et là on pouvait apercevoir un champ de riz, la hutte de chaume d'un paysan, une citerne, un temple isolé, un camp de gypsies, ou une gracieuse fille solitaire prenant sa route, avec une cruche sur sa tête, vers les bords de la magnifique rivière.

» Maintenant, sans doute, vous direz que je rêvais ; mais nullement. Ce que je voyais, – ce que j'entendais, – ce que je sentais, – ce que je pensais n'avait rien en soi de l'idiosyncrasie non méconnaissable du rêve. Tout se tenait logiquement et faisait corps. D'abord, doutant si j'étais réellement éveillé, je me soumis à une série d'épreuves qui me convainquirent bien vite que je l'étais réellement. Or, quand quelqu'un rêve, et que dans son rêve il soupçonne qu'il rêve, le soupçon ne manque jamais de se confirmer et le dormeur est presque immédiatement réveillé. Ainsi, Novalis ne se trompe pas en disant que *nous sommes près de nous réveiller quand nous rêvons que nous rêvons.* Si la vision s'était offerte à moi telle que je l'eusse soupçonnée d'être un rêve, alors elle eût pu être purement un rêve ; mais, se présentant comme je l'ai dit, et suspectée et vérifiée comme elle le fut, je suis forcé de la classer parmi d'autres phénomènes.

– En cela, je n'affirme pas que vous ayez tort, – remarqua le docteur Templeton. – Mais poursuivez. Vous vous levâtes, et vous descendîtes dans la cité.

– Je me levai, – continua Bedloe regardant le docteur avec un air de profond étonnement ; – je me levai, comme vous dites, et descendis dans la cité. Sur ma route, je tombai au milieu d'une immense populace qui encombrait chaque avenue, se dirigeant toute dans le même sens, et montrant dans son action la plus violente animation. Très-soudainement, et sous je ne sais quelle pression inconcevable, je me sentis profondément pénétré d'un intérêt personnel dans ce qui allait arriver. Je croyais sentir que j'avais un rôle important à jouer, sans comprendre exactement quel il était. Contre la foule qui m'environnait j'éprouvai toutefois un profond sentiment d'animosité. Je m'arrachai du milieu de cette cohue, et rapidement, par un chemin circulaire, j'arrivai à la ville, et j'y entrai. Elle était en proie au tumulte et à la plus violente discorde. Un petit détachement d'hommes ajustés moitié à l'indienne, moitié à l'européenne, et commandés par des gentlemen qui portaient un uniforme en partie anglais, soutenait un combat très-inégal contre la populace fourmillante des avenues. Je rejoignis cette faible troupe, je me saisis des armes d'un officier tué, et je frappai au hasard avec la férocité nerveuse du désespoir. Nous fûmes bientôt écrasés par le nombre et contraints de chercher un refuge dans une espèce de kiosque. Nous nous y barricadâmes, et nous fûmes pour le moment en sûreté. Par une meurtrière, près du sommet du kiosque, j'aperçus une vaste foule dans une agitation furieuse, entourant et assaillant un beau palais qui dominait la rivière. Alors, par une fenêtre supérieure du palais, descendit un personnage d'une apparence efféminée, au moyen d'une corde faite avec les turbans de ses domestiques. Un bateau était tout près, dans lequel il s'échappa vers le bord opposé de la rivière.

» Et alors un nouvel objet prit possession de mon âme. J'adressai à mes compagnons quelques paroles précipitées, mais énergiques, et ayant réussi à en rallier quelques-uns à mon dessein, je fis une sortie furieuse hors du kiosque. Nous nous précipitâmes sur la foule qui l'assiégeait. Ils s'enfuirent d'abord devant nous. Ils se rallièrent, combattirent comme des enragés, et firent une nouvelle retraite. Cependant, nous avions été emportés loin du kiosque, et nous étions perdus et embarrassés dans des rues étroites, étouffées par de hautes maisons, dans le fond desquelles le soleil n'avait jamais envoyé sa lumière. La populace se pressait impétueusement sur nous, nous harcelait avec ses lances, et nous accablait de ses volées de flèches. Ces dernières étaient remarquables et ressemblaient en quelque sorte au kriss tortillé des Malais ; – imitant le mouvement d'un serpent qui rampe, – longues et noires, avec une pointe empoisonnée. L'une d'elles me frappa à la tempe droite. Je pirouettai, je tombai. Un mal instantané et terrible s'empara de moi. Je m'agitai, – je m'efforçai de respirer, – je mourus.

– Vous ne vous obstinerez plus sans doute, – dis-je en souriant, – à croire que toute votre aventure n'est pas un rêve ? Etes-vous décidé à soutenir que vous êtes mort ?

Quand j'eus prononcé ces mots, je m'attendais à quelque heureuse saillie de Bedloe, en manière de réplique ; mais, à mon grand étonnement, il hésita, trembla, devint terriblement pâle, et garda le silence. Je levai les yeux sur Templeton. Il se tenait droit et roide sur sa chaise ; – ses dents claquaient, et ses yeux s'élançaient de leurs orbites.

– Continuez, dit-il enfin à Bedloe d'une voix rauque.

– Pendant quelques minutes, poursuivit ce dernier, ma seule impression, – ma seule sensation, – fut celle de la nuit et du non-être, avec la conscience de la mort. A la longue, il me sembla qu'une secousse violente et soudaine comme l'électricité traversait mon âme. Avec cette secousse vint le sens de l'élasticité et de la lumière. Quant à cette dernière, je la sentis, je ne la vis pas. En un instant, il me sembla que je m'élevais de terre ; mais je ne possédais pas ma présence corporelle, visible, audible ou palpable. La foule s'était retirée. Le tumulte avait cessé. La ville était comparativement calme. Au-dessous de moi gisait mon corps, avec la flèche dans ma tempe, toute la tête grandement enflée et défigurée. Mais toutes ces choses, je les sentis, – je ne les vis pas. Je ne pris d'intérêt à rien. Et même le cadavre me semblait un objet avec lequel je n'avais rien de commun. Je n'avais aucune volonté, mais il me sembla que j'étais mis en mouvement et que je m'envolais légèrement hors de l'enceinte de la ville par le même circuit que j'avais pris pour y entrer. Quand j'eus atteint, dans la montagne, l'endroit du ravin où j'avais rencontré l'hyène, j'éprouvai de nouveau un choc comme celui d'une pile galvanique ; le sentiment de la pesanteur, celui de substance, rentrèrent en moi. Je redevins moi-même, mon propre individu, et je dirigeai vivement mes pas vers mon logis ; – mais le passé n'avait pas perdu l'énergie vivante de la réalité, – et maintenant encore je ne puis contraindre mon intelligence, même pour une minute, à considérer tout cela comme un songe.

– Ce n'en était pas un, – dit Templeton, avec un air de profonde solennité ; – mais il serait difficile de dire quel autre terme définirait mieux le cas en question. Supposons que l'âme de l'homme moderne est sur le bord de quelques prodigieuses découvertes psychiques. Contentons-nous de cette hypothèse. Quant au reste, j'ai quelques éclaircissements à donner. Voici une peinture à l'aquarelle que je vous aurais déjà montrée si un indéfinissable sentiment d'horreur ne m'en avait pas empêché jusqu'à présent.

Nous regardâmes la peinture qu'il nous présentait. Je n'y vis aucun caractère bien extraordinaire ; mais son effet sur Bedloe fut prodigieux. A peine l'eut-il regardée, qu'il faillit s'évanouir. Et cependant, ce n'était qu'un portrait à la miniature, un portrait merveilleusement fini, à vrai dire, de sa propre physionomie si originale. Du moins, telle fut ma pensée en la regardant.

– Vous apercevez la date de la peinture, – dit Templeton ; – elle est là, à peine visible, dans ce coin, – 1780. C'est dans cette année que cette peinture fut faite. C'est le portrait d'un ami défunt, – un M. Oldeb, – à qui je m'attachai très-vivement à Calcutta, durant l'administration de Warren Hastings. Je n'avais alors que vingt ans. Quand je vous vis pour la première fois, monsieur Bedloe, à Saratoga, ce fut la miraculeuse similitude qui existait entre vous et le portrait qui me détermina à vous aborder, à rechercher votre amitié et à amener ces arrangements qui firent de moi votre compagnon perpétuel. En agissant ainsi, j'étais poussé en partie, et peut-être principalement, par les souvenirs pleins de regret du défunt, mais d'une autre part aussi par une curiosité inquiète à votre endroit, et qui n'était pas dénuée d'une certaine terreur.

» Dans votre récit de la vision qui s'est présentée à vous dans les montagnes, vous avez décrit, avec le plus minutieux détail, la ville indienne de Bénarès, sur la Rivière-Sainte. Les rassemblements, les combats, le massacre, c'étaient les épisodes réels de l'insurrection de Cheyte-Sing, qui eut lieu en 1780, alors que Hastings courut les plus grands dangers pour sa vie. L'homme qui s'est échappé par la corde faite de turbans, c'était Cheyte-Sing lui-même. La troupe du kiosque était composée de cipayes et d'officiers anglais, Hastings à leur tête. Je faisais partie de cette troupe, et je fis tous mes efforts pour empêcher cette imprudente et fatale sortie de l'officier qui tomba dans la bagarre sous la flèche empoisonnée d'un Bengali. Cet officier était mon plus cher ami. C'était Oldeb. Vous verrez par ce manuscrit,

– ici le narrateur produisit un livre de notes, dans lequel quelques pages paraissaient d'une date toute fraîche, – que, pendant que vous *pensiez* ces choses au milieu de la montagne, j'étais occupé ici, à la maison, à les *décrire* sur le papier. »

Une semaine environ après cette conversation, l'article suivant parut dans un journal de Charlottesville :

« C'est pour nous un devoir douloureux d'annoncer la mort de M. Auguste Bedlo, un gentleman que ses manières charmantes et ses nombreuses vertus avaient depuis longtemps rendu cher aux citoyens de Charlottesville.

» M. B., depuis quelques années, souffrait d'une névralgie qui avait souvent menacé d'aboutir fatalement ; mais elle ne peut être regardée que comme la cause indirecte de sa mort. La cause immédiate fut d'un caractère singulier et spécial. Dans une excursion qu'il fit dans les *Ragged Mountains*, il y a quelques jours, il contracta un léger rhume avec de la fièvre, qui fut suivi d'un grand mouvement du sang à la tête. Pour le soulager, le docteur Templeton eut recours à la saignée locale. Des sangsues furent appliquées aux tempes. Dans un délai effroyablement court, le malade mourut et l'on s'aperçut que, dans le bocal qui contenait les sangsues, avait été introduite par hasard une de ces sangsues vermiculaires venimeuses qui se rencontrent çà et là dans les étangs circonvoisins. Cette bête se fixa d'elle-même sur une petite artère de la tempe droite. Son extrême ressemblance avec la sangsue médicinale fit que la méprise fut découverte trop tard.

» *N. B.* – La sangsue venimeuse de Charlottesville peut toujours se distinguer de la sangsue médicinale par sa noirceur, et spécialement par ses tortillements, ou mouvements vermiculaires, qui ressemblent beaucoup à ceux du serpent. »

Je me trouvais avec l'éditeur du journal en question, et nous causions de ce singulier accident, quand il me vint à l'idée de lui demander pourquoi l'on avait imprimé le nom du défunt avec l'orthographe : *Bedlo*.

– Je présume, – dis-je, – que vous avez quelque autorité pour l'orthographier ainsi ; j'ai toujours cru que le nom devait s'écrire avec un *e* à la fin.

– Autorité ? – non, – répliqua-t-il. – C'est une simple erreur du typographe. Le nom est Bedloe – avec un *e* ; c'est connu de tout le monde, et je ne l'ai jamais vu écrit autrement.

– Il peut donc se faire, – murmurai-je en moi-même, comme je tournais sur mes talons, – qu'une vérité soit plus étrange que toutes les fictions ; – car qu'est-ce que Bedlo sans *e*, si ce n'est Oldeb retourné ? Et cet homme me dit que c'est une faute typographique !

LE MASQUE
DE LA MORT ROUGE

La *Mort Rouge* avait pendant longtemps dépeuplé la contrée. Jamais peste ne fut si fatale, si horrible. Son avatar, c'était le sang, – la rougeur et la hideur du sang. C'étaient des douleurs aiguës, un vertige soudain, et puis un suintement abondant par les pores, et la dissolution de l'être. Des taches pourpres sur le corps, et spécialement sur le visage de la victime, la mettaient au ban de l'humanité, et lui fermaient tout secours et toute sympathie. L'invasion, le progrès, le résultat de la maladie, tout cela était l'affaire d'une demi-heure.

Mais le prince Prospero était heureux, et intrépide, et sagace. Quand ses domaines furent à moitié dépeuplés, il convoqua un millier d'amis vigoureux et allègres de cœur, choisis parmi les chevaliers et les dames de sa cour, et se fit avec eux une retraite profonde dans une de ses abbayes fortifiées. C'était un vaste et magnifique bâtiment, une création du prince, d'un goût excentrique et cependant grandiose. Un mur épais et haut lui faisait une ceinture. Ce mur avait des portes de fer. Les courtisans, une fois entrés, se servirent de fourneaux et de solides marteaux pour souder les verrous. Ils résolurent de se barricader contre les impulsions soudaines du désespoir extérieur et de fermer toute issue aux frénésies du dedans. L'abbaye fut largement approvisionnée. Grâce à ces précautions, les courtisans pouvaient jeter le défi à la contagion. Le monde extérieur s'arrangerait comme il pourrait. En attendant, c'était folie de s'affliger ou de penser. Le prince avait pourvu à tous les moyens de plaisir. Il y avait des bouffons, il y avait des improvisateurs, des danseurs, des musiciens, il y avait le beau sous toutes ses formes, il y avait le vin. En dedans, il y avait toutes ces belles choses et la sécurité. Au-dehors, la *Mort Rouge*.

Ce fut vers la fin du cinquième ou sixième mois de sa retraite, et pendant que le fléau sévissait au-dehors avec le plus de rage, que le prince Prospero gratifia ses mille amis d'un bal masqué de la plus insolite magnificence.

Tableau voluptueux que cette mascarade ! Mais d'abord laissez-moi vous décrire les salles où elle eut lieu. Il y en avait sept, – une enfilade impériale. Dans beaucoup de palais, ces séries de salons forment de longues perspectives en ligne droite, quand les battants des portes sont rabattus sur les murs de chaque côté, de sorte que le regard s'enfonce jusqu'au bout sans obstacle. Ici, le cas était fort différent, comme on pouvait s'y attendre de la part du prince et de son goût très-vif pour le bizarre. Les salles étaient si irrégulièrement disposées, que l'œil n'en pouvait guère embrasser plus d'une à la fois. Au bout d'un espace de vingt à trente yards, il y avait un brusque détour, et à chaque coude un nouvel aspect. A droite et à gauche, au milieu de chaque mur, une haute et étroite fenêtre gothique donnait sur un corridor fermé qui suivait les sinuosités de l'appartement. Chaque fenêtre était faite de verres coloriés en harmonie avec le ton dominant dans les décorations de la salle sur laquelle elle s'ouvrait. Celle qui occupait l'extrémité orientale, par exemple, était tendue de bleu, – et les fenêtres étaient d'un bleu profond. La seconde pièce était ornée et tendue de pourpre, et les carreaux étaient pourpres. La troisième, entièrement verte, et vertes les fenêtres. La quatrième, décorée d'orange, était éclairée par une fenêtre orangée, – la cinquième, blanche, – la sixième, violette.

La septième salle était rigoureusement ensevelie de tentures de velours noir qui revêtaient tout le plafond et les murs, et retombaient en lourdes nappes sur un tapis de même étoffe et de même couleur. Mais, dans cette chambre seulement, la couleur des fenêtres ne correspondait pas à la décoration. Les carreaux étaient écarlates, – d'une couleur intense de sang.

Or, dans aucune des sept salles, à travers les ornements d'or éparpillés à profusion çà et là ou suspendus aux lambris, on ne voyait de lampe ni de candélabre. Ni lampes, ni bougies ; aucune lumière de cette sorte dans cette longue suite de pièces. Mais, dans les corridors qui leur servaient de ceinture, juste en face de chaque fenêtre, se dressait un énorme trépied, avec un brasier éclatant, qui projetait ses rayons à travers les carreaux de couleur et illuminait la salle d'une manière éblouissante. Ainsi se produisaient une multitude d'aspects chatoyants et fantastiques. Mais, dans la chambre de l'ouest, la chambre noire, la lumière du brasier qui ruisselait sur les tentures noires à travers les carreaux sanglants était épouvantablement sinistre, et donnait aux physionomies des imprudents qui y entraient un aspect tellement étrange, que bien peu de danseurs se sentaient le courage de mettre les pieds dans son enceinte magique.

C'était aussi dans cette salle que s'élevait, contre le mur de l'ouest, une gigantesque horloge d'ébène. Son pendule se balançait avec un tic-tac sourd, lourd, monotone ; et quand l'aiguille des minutes avait fait le circuit du cadran et que l'heure allait sonner, il s'élevait des poumons d'airain de la machine un son clair, éclatant, profond et excessivement musical, mais d'une note si particulière, et d'une énergie telle, que d'heure en heure, les musiciens de l'orchestre étaient contraints d'interrompre un instant leurs accords pour écouter la musique de l'heure ; les valseurs alors cessaient forcément leurs évolutions ; un trouble momentané courait dans toute la joyeuse compagnie ; et, tant que vibrait le carillon, on remarquait que les plus fous devenaient pâles, et que les plus âgés et les plus rassis passaient leurs mains sur leurs fronts, comme dans une méditation ou une rêverie délirante. Mais, quand l'écho s'était tout à fait évanoui, une légère hilarité circulait par toute l'assemblée ; les musiciens s'entre-regardaient et souriaient de leurs nerfs et de leur folie, et se juraient tout bas, les uns aux autres, que la prochaine sonnerie ne produirait pas en eux la même émotion ; et puis, après la fuite des soixante minutes qui comprennent les trois mille six cents secondes de l'heure disparue, arrivait une nouvelle sonnerie de la fatale horloge, et c'était le même trouble, le même frisson, les mêmes rêveries.

Mais, en dépit de tout cela, c'était une joyeuse et magnifique orgie. Le goût du prince était tout particulier.

Il avait un œil sûr à l'endroit des couleurs et des effets. Il méprisait le *décorum* de la mode. Ses plans étaient téméraires et sauvages, et ses conceptions brillaient d'une splendeur barbare. Il y a des gens qui l'auraient jugé fou. Ses courtisans sentaient bien qu'il ne l'était pas. Mais il fallait l'entendre, le voir, le toucher, pour être sûr qu'il ne l'était pas.

Il avait, à l'occasion de cette grande fête, présidé en grande partie à la décoration mobilière des sept salons, et c'était son goût personnel qui avait commandé le style des travestissements. A coup sûr, c'étaient des conceptions grotesques. C'était éblouissant, étincelant ; il y avait du piquant et du fantastique, – beaucoup de ce qu'on a vu dans *Hernani*. Il y avait des figures vraiment arabesques, absurdement équipées, incongrûment bâties ; des fantaisies monstrueuses comme la folie ; il y avait du beau, du licencieux, du bizarre en quantité, tant soit peu de terrible, et du dégoûtant à foison. Bref, c'était comme une multitude de rêves qui se pavanaient çà et là dans les sept salons. Et ces rêves se contorsionnaient en tous sens, prenant la couleur des chambres ; et l'on eût dit qu'ils exécutaient la musique avec leurs pieds, et que les airs étranges de l'orchestre étaient l'écho de leurs pas.

Et, de temps en temps, on entend sonner l'horloge d'ébène de la salle de velours. Et alors, pour un moment, tout s'arrête, tout se tait, excepté la voix de l'horloge. Les rêves sont glacés, paralysés dans leurs postures. Mais les échos de la sonnerie s'évanouissent, – ils n'ont duré qu'un instant, – et à peine ont-ils fui, qu'une hilarité légère et mal contenue circule partout. Et la musique s'enfle de nouveau, et les rêves revivent, et ils se tordent çà et là plus joyeusement que jamais, reflétant la couleur des fenêtres à travers lesquelles ruisselle le rayonnement des trépieds. Mais, dans la chambre qui est là-bas tout à l'ouest, aucun masque n'ose maintenant s'aventurer ; car la nuit avance, et une lumière plus rouge afflue à travers les carreaux couleur de sang, et la noirceur des draperies funèbres est effrayante ; et à l'étourdi qui met le pied sur le tapis funèbre l'horloge d'ébène envoie un carillon plus lourd, plus solennellement énergique que celui qui frappe les oreilles des masques tourbillonnant dans l'insouciance lointaine des autres salles.

Quant à ces pièces-là, elles fourmillaient de monde, et le cœur de la vie y battait fiévreusement. Et la fête tourbillonnait toujours lorsque s'éleva enfin le son de minuit de l'horloge. Alors, comme je l'ai dit, la musique s'arrêta ; le tournoiement des valseurs fut suspendu ; il se fit partout, comme naguère, une anxieuse immobilité. Mais le timbre de l'horloge avait cette fois douze coups à sonner ; aussi, il se peut bien que plus de pensée se soit glissé dans les méditations de ceux qui pensaient parmi cette foule festoyante. Et ce fut peut-être aussi pour cela que plusieurs personnes parmi cette foule, avant que les derniers échos du dernier coup fussent noyés dans le silence, avaient eu le temps de s'apercevoir de la présence d'un masque qui jusque-là n'avait aucunement attiré l'attention. Et, la nouvelle de cette intrusion s'étant répandue en un chuchotement à la ronde, il s'éleva de toute l'assemblée un bourdonnement, un murmure significatif d'étonnement et de désapprobation, – puis, finalement, de terreur, d'horreur et de dégoût.

Dans une réunion de fantômes telle que je l'ai décrite, il fallait sans doute une apparition bien extraordinaire pour causer une telle sensation. La licence carnavalesque de cette nuit était, il est vrai, à peu près illimitée ; mais le personnage en question avait dépassé l'extravagance d'un Hérode, et franchi les bornes – cependant complaisantes – du décorum imposé par le prince. Il y a dans les cœurs des plus insouciants des cordes qui ne se laissent pas toucher sans émotion. Même chez les dépravés, chez ceux pour qui la vie et la mort sont également un jeu, il y a des choses avec lesquelles on ne peut pas jouer. Toute l'assemblée parut alors sentir profondément le mauvais goût et l'inconvenance de la conduite et du costume de l'étranger. Le personnage était grand et décharné, et enveloppé d'un suaire de la tête aux pieds. Le masque qui cachait le visage représentait si bien la physionomie d'un cadavre raidi, que l'analyse la plus minutieuse aurait difficilement découvert l'artifice. Et cependant, tous ces fous joyeux auraient peut-être supporté, sinon approuvé, cette laide plaisanterie. Mais le masque avait été jusqu'à adopter le type de la *Mort Rouge*. Son vêtement était barbouillé de sang, – et son large front, ainsi que tous les traits de sa face, étaient aspergés de l'épouvantable écarlate.

Quand les yeux du prince Prospero tombèrent sur cette figure de spectre, – qui, d'un mouvement lent, solennel, emphatique, comme pour mieux soutenir son rôle, se promenait çà et là à travers les danseurs, – on le vit d'abord convulsé par un violent frisson de terreur ou de dégoût ; mais, une seconde après, son front s'empourpra de rage.

– Qui ose, – demanda-t-il, d'une voix enrouée, aux courtisans debout près de lui, – qui ose nous insulter par cette ironie blasphématoire ? Emparez-vous de lui, et démasquez-le – que nous sachions qui nous aurons à pendre aux créneaux, au lever du soleil !

C'était dans la chambre de l'est ou chambre bleue que se trouvait le prince Prospero, quand il prononça ces paroles. Elles retentirent fortement et clairement à travers les sept salons, – car le prince était un homme impérieux et robuste, et la musique s'était tue à un signe de sa main.

C'était dans la chambre bleue que se tenait le prince, avec un groupe de pâles courtisans à ses côtés. D'abord, pendant qu'il parlait, il y eut parmi le groupe un léger mouvement en avant dans la direction de l'intrus, qui fut un instant presque à leur portée, et qui maintenant, d'un pas délibéré et majestueux, se rapprochait de plus en plus du prince. Mais, par suite d'une certaine terreur indéfinissable que l'audace insensée du masque avait inspirée à toute la société, il ne se trouva personne pour lui mettre la main dessus ; si bien que, ne trouvant aucun obstacle, il passa à deux pas de la personne du prince ; et pendant que l'immense assemblée, comme obéissant à un seul mouvement, reculait du centre de la salle vers les murs, il continua sa route sans interruption, de ce même pas solennel et mesuré qui l'avait tout d'abord caractérisé, de la chambre bleue à la chambre pourpre, – de la chambre pourpre à la chambre verte, – de la verte à l'orange, – de celle-ci à la blanche, – et de celle-là à la violette, avant qu'on eût fait un mouvement décisif pour l'arrêter.

Ce fut alors, toutefois, que le prince Prospero, exaspéré par la rage et la honte de sa lâcheté d'une minute, s'élança précipitamment à travers les six chambres, où nul ne le suivit ; car une terreur mortelle s'était emparée de tout le monde. Il brandissait un poignard nu, et s'était approché impétueusement à une distance de trois ou quatre pieds du fantôme qui battait en retraite, quand ce dernier, arrivé à l'extrémité de la salle de velours, se retourna brusquement et fit face à celui qui le poursuivait. Un cri aigu partit, – et le poignard glissa avec un éclair sur le tapis funèbre où le prince Prospero tombait mort une seconde après.

Alors, invoquant le courage violent du désespoir, une foule de masques se précipita à la fois dans la chambre noire ; et, saisissant l'inconnu, qui se tenait, comme une grande statue, droit et immobile dans l'ombre de l'horloge d'ébène, ils se sentirent suffoqués par une terreur sans nom, en voyant que sous le linceul et le masque cadavéreux, qu'ils avaient empoignés avec une si violente énergie, ne logeait aucune forme palpable.

On reconnut alors la présence de la *Mort Rouge*. Elle était venue comme un voleur de nuit. Et tous les convives tombèrent un à un dans les salles de l'orgie inondées d'une rosée sanglante, et chacun mourut dans la posture désespérée de sa chute.

Et la vie de l'horloge d'ébène disparut avec celle du dernier de ces êtres joyeux. Et les flammes des trépieds expirèrent. Et les Ténèbres, et la Ruine, et la *Mort Rouge*, établirent sur toutes choses leur empire illimité.

SILENCE

La crête des montagnes sommeille ; la vallée, le rocher et la caverne sont muets.

ALCMAN.

Ecoute-moi, – dit le Démon, en plaçant sa main sur ma tête. – La contrée dont je parle est une contrée lugubre en Libye, sur les bords de la rivière Zaïre. Et là, il n'y a ni repos ni silence.

Les eaux de la rivière sont d'une couleur safranée et malsaine ; et elles ne coulent pas vers la mer, mais palpitent éternellement, sous l'œil rouge du soleil, avec un mouvement tumultueux et convulsif. De chaque côté de cette rivière au lit vaseux s'étend, à une distance de plusieurs milles, un pâle désert de gigantesques nénuphars. Ils soupirent l'un vers l'autre dans cette solitude, et tendent vers le ciel leurs longs cous de spectres, et hochent de côté et d'autre leurs têtes sempiternelles. Et il sort d'eux un murmure confus qui ressemble à celui d'un torrent souterrain. Et ils soupirent l'un vers l'autre.

Mais il y a une frontière à leur empire, et cette frontière est une haute forêt, sombre, horrible. Là, comme les vagues autour des Hébrides, les petits arbres sont dans une perpétuelle agitation. Et cependant il n'y a pas de vent dans le ciel. Et les vastes arbres primitifs vacillent éternellement de côté et d'autre avec un fracas puissant. Et de leurs hauts sommets filtre, goutte à goutte, une éternelle rosée. Et à leur pied d'étranges fleurs vénéneuses se tordent dans un sommeil agité. Et sur leurs têtes, avec un frou-frou retentissant, les nuages gris se précipitent, toujours vers l'ouest, jusqu'à ce qu'ils roulent en cataracte derrière la muraille enflammée de l'horizon. Cependant il n'y a pas de vent dans le ciel. Et sur les bords de la rivière Zaïre, il n'y a ni calme ni silence.

C'était la nuit, et la pluie tombait ; et quand elle tombait, c'était de la pluie, mais quand elle était tombée, c'était du sang. Et je me tenais dans le marécage parmi les grands nénuphars, et la pluie tombait sur ma tête, – et les nénuphars soupiraient l'un vers l'autre dans la solennité de leur désolation.

Et tout d'un coup, la lune se leva à travers la trame légère du brouillard funèbre, et elle était d'une couleur cramoisie. Et mes yeux tombèrent sur un énorme rocher grisâtre qui se dressait au bord de la rivière, et qu'éclairait la lueur de la lune. Et le rocher était grisâtre, et sinistre, et très-haut, – et le rocher était grisâtre. Sur son front de pierre étaient gravés des caractères ; et je m'avançai à travers le marécage de nénuphars, jusqu'à ce que je fusse tout près du rivage, afin de lire les caractères gravés dans la pierre. Mais je ne pus pas les déchiffrer. Et j'allais retourner vers le marécage, quand la lune brilla d'un rouge plus vif ; et je me retournai, et je regardai de nouveau vers le rocher et les caractères ; – et ces caractères étaient : DÉSOLATION.

Et je regardai en haut, et sur le faîte du rocher se tenait un homme ; et je me cachai parmi les nénuphars afin d'épier les actions de l'homme. Et l'homme était d'une forme grande et majestueuse, et, des épaules jusqu'aux pieds, enveloppé dans la toge de l'ancienne Rome. Et le contour de sa personne était indistinct, – mais ses traits étaient les traits d'une divinité ; car, malgré le manteau de la nuit, et du brouillard, et de la lune, et de la rosée, rayonnaient les traits de sa face. Et son front était haut et pensif, et son œil était effaré par le souci ; et dans les sillons de sa joue je lus les légendes du chagrin, de la fatigue, du dégoût de l'humanité, et une grande aspiration vers la solitude.

Et l'homme s'assit sur le rocher, et appuya sa tête sur sa main, et promena son regard sur la désolation. Il regarda les arbrisseaux toujours inquiets et les grands arbres primitifs ; il regarda, plus haut, le ciel plein de frôlements, et la lune cramoisie. Et j'étais blotti à l'abri des nénuphars, et j'observais les actions de l'homme. Et l'homme tremblait dans la solitude ; – cependant, la nuit avançait, et il restait assis sur le rocher.

Et l'homme détourna son regard du ciel, et le dirigea sur la lugubre rivière Zaïre, et sur les eaux jaunes et lugubres, et sur les pâles légions de nénuphars. Et l'homme écoutait les soupirs des nénuphars et le murmure qui sortait d'eux. Et j'étais blotti dans ma cachette, et j'épiais les actions de l'homme. Et l'homme tremblait dans la solitude ; – cependant, la nuit avançait, et il restait assis sur le rocher.

Alors je m'enfonçai dans les profondeurs lointaines du marécage, et je marchai sur la forêt pliante de nénuphars, et j'appelai les hippopotames qui habitaient les profondeurs du marécage. Et les hippopotames entendirent mon appel et vinrent avec les béhémoths jusqu'au pied du rocher, et rugirent hautement et effroyablement sous la lune. J'étais toujours blotti dans ma cachette, et je surveillais les actions de l'homme. Et l'homme tremblait dans la solitude : – cependant, la nuit avançait, et il restait assis sur le rocher.

Alors je maudis les éléments de la malédiction du tumulte ; et une effrayante tempête s'amassa dans le ciel, où naguère il n'y avait pas un souffle. Et le ciel devint livide de la violence de la tempête, – et la pluie battait la tête de l'homme, – et les flots de la rivière débordaient, – et la rivière torturée jaillissait en écume, – et les nénuphars criaient dans leurs lits, – et la forêt s'émiettait au vent, – et le tonnerre roulait, – et l'éclair tombait, – et le roc vacillait sur ses fondements. Et j'étais toujours blotti dans ma cachette pour épier les actions de l'homme. Et l'homme tremblait dans la solitude ; – cependant, la nuit avançait, et il restait assis sur le rocher.

Alors je fus irrité, et je maudis de la malédiction du *silence* la rivière et les nénuphars, et le vent, et la forêt, et le ciel, et le tonnerre, et les soupirs des nénuphars. Et ils furent frappés de la malédiction, et ils devinrent muets. Et la lune cessa de faire péniblement sa route dans le ciel, – et le tonnerre expira, – et l'éclair ne jaillit plus, – et les nuages pendirent immobiles, – et les eaux redescendirent dans leur lit et y restèrent, – et les arbres cessèrent de se balancer, – et les nénuphars ne soupirèrent plus, – et il ne s'éleva plus de leur foule le moindre murmure, ni l'ombre d'un son dans tout le vaste désert sans limites. Et je regardai les caractères du rocher et ils étaient changés ; – et maintenant ils formaient le mot : SILENCE.

Et mes yeux tombèrent sur la figure de l'homme, et sa figure était pâle de terreur. Et précipitamment il leva sa tête de sa main, il se dressa sur le rocher, et tendit l'oreille. Mais il n'y avait pas de voix dans tout le vaste désert sans limites, et les caractères gravés sur le rocher étaient : SILENCE. Et l'homme frissonna, et il fit volte-face, et il s'enfuit loin, loin, précipitamment, si bien que je ne le vis plus.

– Or, il y a de bien beaux contes dans les livres des Mages, – dans les mélancoliques livres des Mages, qui sont reliés en fer. Il y a là, dis-je, de splendides histoires du Ciel, et de la Terre, et de la puissante Mer, – et des Génies qui ont régné sur la mer, sur la terre et sur le ciel sublime. Il y avait aussi beaucoup de science dans les paroles qui ont été dites par les Sibylles ; et de saintes, saintes choses ont été entendues jadis par les sombres feuilles qui tremblaient autour de Dodone ; mais, comme il est vrai qu'Allah est vivant, je tiens cette fable que m'a contée le Démon, quand il s'assit à côté de moi dans l'ombre de la tombe, pour la plus étonnante de toutes ! Et quand le Démon eut fini son histoire, il se renversa dans la profondeur de la tombe, et se mit à rire. Et je ne pus pas rire avec le Démon, et il me maudit parce que je ne pouvais pas rire. Et le lynx, qui demeure dans la tombe pour l'éternité, en sortit, et il se coucha aux pieds du Démon, et il le regarda fixement dans les yeux.

LA BARRIQUE D'AMONTILLADO

J'avais supporté du mieux que j'avais pu les mille injustices de Fortunato ; mais, quand il en vint à l'insulte, je jurai de me venger. Vous cependant, qui connaissez bien la nature de mon âme, vous ne supposerez pas que j'aie articulé une seule menace. A la longue, je devais être vengé ; c'était un point définitivement arrêté ; – mais la perfection même de ma résolution excluait toute idée de péril. Je devais non-seulement punir, mais punir impunément. Une injure n'est pas redressée quand le châtiment atteint le redresseur ; elle n'est pas non plus redressée quand le vengeur n'a pas soin de se faire connaître à celui qui a commis l'injure.

Il faut qu'on sache que je n'avais donné à Fortunato aucune raison de douter de ma bienveillance, ni par mes paroles, ni par mes actions. Je continuai, selon mon habitude, à lui sourire en face, et il ne devinait pas que mon sourire désormais ne traduisait que la pensée de son immolation.

Il avait un côté faible – ce Fortunato, – bien qu'il fût à tous autres égards un homme à respecter, et même à craindre. Il se faisait gloire d'être connaisseur en vins. Peu d'Italiens ont le véritable esprit de connaisseur ; leur enthousiasme est la plupart du temps emprunté, accommodé au temps et à l'occasion ; c'est un charlatanisme pour agir sur les millionnaires anglais et autrichiens. En fait de peintures et de pierres précieuses, Fortunato, comme ses compatriotes, était un charlatan ; mais, en matière de vieux vins, il était sincère. A cet égard, je ne différais pas essentiellement de lui ; j'étais moi-même très-entendu dans les crus italiens, et j'en achetais considérablement toutes les fois que je le pouvais.

Un soir, à la brune, au fort de la folie du carnaval, je rencontrai mon ami. Il m'accosta avec une très-chaude cordialité, car il avait beaucoup bu. Mon homme était déguisé. Il portait un vêtement collant et mi-parti, et sa tête était surmontée d'un bonnet conique avec des sonnettes. J'étais si heureux de le voir, que je crus que je ne finirais jamais de lui pétrir la main. Je lui dis :

– Mon cher Fortunato, je vous rencontre à propos. Quelle excellente mine vous avez aujourd'hui ! – Mais j'ai reçu une pipe d'amontillado, ou du moins d'un vin qu'on me donne pour tel, et j'ai des doutes.

– Comment, – dit-il, – de l'amontillado ? Une pipe ? Pas possible ! – Et au milieu du carnaval !

– J'ai des doutes, – répliquai-je, – et j'ai été assez bête pour payer le prix total de l'amontillado sans vous consulter. On n'a pas pu vous trouver, et je tremblais de manquer une occasion.

– De l'amontillado !

– J'ai des doutes.

– De l'amontillado !

– Et je veux les tirer au clair.

– De l'amontillado !

– Puisque vous êtes invité quelque part, je vais chercher Luchesi. Si quelqu'un a le sens critique, c'est lui. Il me dira...

– Luchesi est incapable de distinguer l'amontillado du xérès.

– Et cependant, il y a des imbéciles qui tiennent que son goût est égal au vôtre.

– Venez, allons !

– Où ?

– A vos caves.

– Mon ami, non ; je ne veux pas abuser de votre bonté. Je vois que vous êtes invité. Luchesi...

– Je ne suis pas invité ; – partons !

– Mon ami, non. Ce n'est pas la question de l'invitation, mais c'est le cruel froid dont je m'aperçois que vous souffrez. Les caves sont insupportablement humides ; elles sont tapissées de nitre.

– N'importe, allons ! Le froid n'est absolument rien.

De l'amontillado ! On vous en a imposé. – Et, quant à Luchesi, il est incapable de distinguer le xérès de l'amontillado.

En parlant ainsi, Fortunato s'empara de mon bras. Je mis un masque de soie noire, et, m'enveloppant soigneusement d'un manteau, je me laissai traîner par lui jusqu'à mon palais.

Il n'y avait pas de domestiques à la maison ; ils s'étaient cachés pour faire ripaille en l'honneur de la saison. Je leur avais dit que je ne rentrerais pas avant le matin, et je leur avais donné l'ordre formel de ne pas bouger de la maison. Cet ordre suffisait, je le savais bien, pour qu'ils décampassent en toute hâte, tous, jusqu'au dernier, aussitôt que j'aurais tourné le dos.

Je pris deux flambeaux à la glace, j'en donnai un à Fortunato, et je le dirigeai complaisamment, à travers une enfilade de pièces, jusqu'au vestibule qui conduisait aux caves. Je descendis devant lui un long et tortueux escalier, me retournant et lui recommandant de prendre bien garde. Nous atteignîmes enfin les derniers degrés, et nous nous trouvâmes ensemble sur le sol humide des catacombes des Montrésors.

La démarche de mon ami était chancelante, et les clochettes de son bonnet cliquetaient à chacune de ses enjambées.

– La pipe d'amontillado ? – dit-il.

– C'est plus loin, – dis-je ; – mais observez cette broderie blanche qui étincelle sur les murs de ce caveau.

Il se retourna vers moi et me regarda dans les yeux avec deux globes vitreux qui distillaient les larmes de l'ivresse.

– Le nitre ? – demanda-t-il à la fin.

– Le nitre, – répliquai-je. – Depuis combien de temps avez-vous attrapé cette toux ?

– Euh ! euh ! euh ! – euh ! euh ! euh ! – euh ! euh ! euh ! – euh ! ! !

Il fut impossible à mon pauvre ami de répondre avant quelques minutes.

– Ce n'est rien, – dit-il enfin.

– Venez, – dis-je avec fermeté, – allons-nous-en ; votre santé est précieuse. Vous êtes riche, respecté, admiré, aimé ; vous êtes heureux, comme je le fus autrefois ; vous êtes un homme qui laisserait un vide. Pour moi, ce n'est pas la même chose. Allons-nous-en ; vous vous rendrez malade. D'ailleurs, il y a Luchesi...

– Assez, – dit-il ; – la toux, ce n'est rien. Cela ne me tuera pas. Je ne mourrai pas d'un rhume.

– C'est vrai, – c'est vrai, – répliquai-je, – et, en vérité, je n'avais pas l'intention de vous alarmer inutilement ; – mais vous devriez prendre des précautions. Un coup de ce médoc vous défendra contre l'humidité.

Ici, j'enlevai une bouteille à une longue rangée de ses compagnes qui étaient couchées par terre, et je fis sauter le goulot.

– Buvez, – dis-je, en lui présentant le vin.

Il porta la bouteille à ses lèvres, en me regardant du coin de l'œil. Il fit une pause, me salua familièrement (les grelots sonnèrent), et dit :

– Je bois aux défunts qui reposent autour de nous !

– Et moi, à votre longue vie !

Il reprit mon bras, et nous nous remîmes en route.

– Ces caveaux, – dit-il, – sont très-vastes.

– Les Montrésors, – répliquai-je, – étaient une grande et nombreuse famille.

– J'ai oublié vos armes.

– Un grand pied d'or sur champ d'azur ; le pied écrase un serpent rampant dont les dents s'enfoncent dans le talon.

– Et la devise ?

– *Nemo me impune lacessit.*

– Fort beau ! – dit-il.

Le vin étincelait dans ses yeux, et les sonnettes tintaient. Le médoc m'avait aussi échauffé les idées. Nous étions arrivés, à travers des murailles d'ossements empilés, entremêlés de barriques et de pièces de vin, aux dernières profondeurs des catacombes. Je m'arrêtai de nouveau, et, cette fois, je pris la liberté de saisir Fortunato par un bras, au-dessus du coude.

– Le nitre ! – dis-je ; – voyez, cela augmente. Il pend comme de la mousse le long des voûtes. Nous sommes sous le lit de la rivière. Les gouttes d'humidité filtrent à travers les ossements. Venez, partons, avant qu'il soit trop tard. Votre toux...

– Ce n'est rien, – dit-il, – continuons. Mais, d'abord, encore un coup de ce médoc.

Je cassai un flacon de vin de Grave, et je le lui tendis. Il le vida d'un trait. Ses yeux brillèrent d'un feu ardent. Il se mit à rire, et jeta la bouteille en l'air avec un geste que je ne pus pas comprendre.

Je le regardai avec surprise. Il répéta le mouvement, un mouvement grotesque.

– Vous ne comprenez pas ? – dit-il.

– Non, – répliquai-je.

– Alors, – vous n'êtes pas de la loge ?

– Comment ?

– Vous n'êtes pas maçon ?

– Si ! si ! – dis-je, – si ! si !

– Vous ? impossible ! vous maçon ?

– Oui, maçon, – répondis-je.

– Un signe ! – dit-il.

– Voici, – répliquai-je en tirant une truelle de dessous les plis de mon manteau.

– Vous voulez rire, – s'écria-t-il, – en reculant de quelques pas. Mais allons à l'amontillado.

– Soit, – dis-je en replaçant l'outil sous ma roquelaure et lui offrant de nouveau mon bras.

Il s'appuya lourdement dessus. Nous continuâmes notre route à la recherche de l'amontillado. Nous passâmes sous une rangée d'arceaux fort bas ; nous descendîmes : nous fîmes quelques pas, et, descendant encore, nous arrivâmes à une crypte profonde, où l'impureté de l'air faisait rougir plutôt que briller nos flambeaux.

Tout au fond de cette crypte, on en découvrait une autre moins spacieuse. Ses murs avaient été revêtus avec les débris humains empilés dans les caves au-dessus de nous, à la manière des grandes catacombes de Paris. Trois côtés de cette seconde crypte étaient encore décorés de cette façon. Du quatrième, les os avaient été arrachés et gisaient confusément sur le sol, formant en un point un rempart d'une certaine hauteur. Dans le mur, ainsi mis à nu par le déplacement des os, nous apercevions encore une autre niche, profonde de quatre pieds environ, large de trois, haute de six ou sept. Elle ne semblait pas avoir été construite pour un usage spécial, mais formait simplement l'intervalle entre deux des piliers énormes qui supportaient la voûte des catacombes, et s'appuyait à l'un des murs de granit massif qui délimitaient l'ensemble.

Ce fut en vain que Fortunato, élevant sa torche malade, s'efforça de scruter la profondeur de la niche. La lumière affaiblie ne nous permettait pas d'en apercevoir l'extrémité.

– Avancez, – dis-je, – c'est là qu'est l'amontillado. Quant à Luchesi...

– C'est un être ignare ! – interrompit mon ami, prenant les devants et marchant tout de travers, pendant que je suivais sur ses talons.

En un instant, il avait atteint l'extrémité de la niche, et, trouvant sa marche arrêtée par le roc, il s'arrêta stupidement ébahi. Un moment après, je l'avais enchaîné au granit. Sur la paroi il y avait deux crampons de fer, à la distance d'environ deux pieds l'un de l'autre dans le sens horizontal. A l'un des deux était suspendue une courte chaîne, à l'autre un cadenas. Ayant jeté la chaîne autour de sa taille, l'assujettir fut une besogne de quelques secondes. Il était trop étonné pour résister. Je retirai la clef, et reculai de quelques pas hors de la niche.

– Passez votre main sur le mur, – dis-je ; – vous ne pouvez pas ne pas sentir le nitre. Vraiment, il est très-humide. Laissez-moi vous *supplier* une fois encore de vous en aller. – Non ? – Alors, il faut positivement que je vous quitte. Mais je vous rendrai d'abord tous les petits soins qui sont en mon pouvoir.

– L'amontillado ! – s'écria mon ami, qui n'était pas encore revenu de son étonnement.

– C'est vrai, – répliquai-je, – l'amontillado.

Tout en prononçant ces mots, j'attaquais la pile d'ossements dont j'ai déjà parlé. Je les jetai de côté, et je découvris bientôt une bonne quantité de moellons et de mortier. Avec ces matériaux, et à l'aide de ma truelle, je commençai activement à murer l'entrée de la niche.

J'avais à peine établi la première assise de ma maçonnerie, que je découvris que l'ivresse de Fortunato était en grande partie dissipée. Le premier indice que j'en eus fut un cri sourd, un gémissement, qui sortit du fond de la niche. *Ce n'était pas le cri d'un homme ivre !* Puis il y eut un long et obstiné silence. Je posai la seconde rangée, puis la troisième, puis la quatrième ; et alors j'entendis les furieuses vibrations de la chaîne. Le bruit dura quelques minutes, pendant lesquelles, pour m'en délecter plus à l'aise, j'interrompis ma besogne et m'accroupis sur les ossements. A la fin, quand le tapage s'apaisa, je repris ma truelle et j'achevai sans interruption la cinquième, la sixième et la septième rangée. Le mur était alors presque à la hauteur de ma poitrine. Je fis une nouvelle pause, et, élevant les flambeaux au-dessus de la maçonnerie, je jetai quelques faibles rayons sur le personnage inclus.

Une suite de grands cris, de cris aigus, fit soudainement explosion du gosier de la figure enchaînée, et me rejeta pour ainsi dire violemment en arrière. Pendant un instant, j'hésitai, – je tremblai. Je tirai mon épée, et je commençai à fourrager à travers la niche ; mais un instant de réflexion suffit à me tranquilliser. Je posai la main sur la maçonnerie massive du caveau, et je fus tout à fait rassuré. Je me rapprochai du mur. Je répondis aux hurlements de mon homme. Je leur fis écho et accompagnement, – je les surpassai en volume et en force. Voilà comme je fis, et le braillard se tint tranquille.

Il était alors minuit, et ma tâche tirait à sa fin. J'avais complété ma huitième, ma neuvième et ma dixième rangée. J'avais achevé une partie de la onzième et dernière ; il ne restait plus qu'une seule pierre à ajuster et à plâtrer. Je la remuai avec effort ; je la plaçai à peu près dans la position voulue. Mais alors s'échappa de la niche un rire étouffé qui me fit dresser les cheveux sur la tête. A ce rire succéda une voix triste que je reconnus difficilement pour celle du noble Fortunato. La voix disait :

– Ha ! ha ! ha ! – Hé ! hé ! – Une très-bonne plaisanterie, en vérité ! – une excellente farce ! Nous en rirons de bon cœur au palais, – hé ! hé ! – de notre bon vin ! – hé ! hé ! hé !

– De l'amontillado ? – dis-je.

– Hé ! hé ! – hé ! hé ! – oui, de l'amontillado. Mais ne se fait-il pas tard ? Ne nous attendront-ils pas au palais, la signora Fortunato et les autres ? Allons-nous-en.

– Oui, – dis-je, – allons-nous-en.

– *Pour l'amour de Dieu, Montrésor !*

– Oui, – dis-je, – pour l'amour de Dieu !

Mais à ces mots point de réponse ; je tendis l'oreille en vain. Je m'impatientai. J'appelai de très-haut :

– Fortunato !

Pas de réponse. J'appelai de nouveau :

– Fortunato !

Rien. – J'introduisis une torche à travers l'ouverture qui

restait et la laissai tomber en dedans. Je ne reçus en manière de réplique qu'un cliquetis de sonnettes. Je me sentis mal au cœur, – sans doute par suite de l'humidité des catacombes. Je me hâtai de mettre fin à ma besogne. Je fis un effort, et j'ajustai la dernière pierre ; je la recouvris de mortier. Contre la nouvelle maçonnerie je rétablis l'ancien rempart d'ossements. Depuis un demi-siècle aucun mortel ne les a dérangés. *In pace requiescat !*

MANUSCRIT TROUVÉ DANS UNE BOUTEILLE

Qui n'a plus qu'un moment à vivre
N'a plus rien à dissimuler.
QUINAULT, *Athys.*

De mon pays et de ma famille je n'ai pas grand'chose à dire. De mauvais procédés et l'accumulation des années m'ont rendu étranger à l'un et à l'autre. Mon patrimoine me fit bénéficier d'une éducation peu commune, et un tour contemplatif d'esprit me rendit apte à classer méthodiquement tout ce matériel d'instruction diligemment amassé par une étude précoce. Par-dessus tout, les ouvrages des philosophes allemands me procuraient de grandes délices ; cela ne venait pas d'une admiration mal avisée pour leur éloquente folie, mais du plaisir que, grâce à mes habitudes d'analyse rigoureuse, j'avais à surprendre leurs erreurs. On m'a souvent reproché l'aridité de mon génie ; un manque d'imagination m'a été imputé comme un crime, et le pyrrhonisme de mes opinions a fait de moi, en tout temps, un homme fameux. En réalité, une forte appétence pour la philosophie physique a, je le crains, imprégné mon esprit d'un des défauts les plus communs de ce siècle, – je veux dire de l'habitude de rapporter aux principes de cette science les circonstances même les moins susceptibles d'un pareil rapport. Par-dessus tout, personne n'est moins exposé que moi à se laisser entraîner hors de la sévère juridiction de la vérité par les feux follets de la superstition. J'ai jugé à propos de donner ce préambule, dans la crainte que l'incroyable récit que j'ai à faire ne soit considéré plutôt comme la frénésie d'une imagination indigeste que comme l'expérience positive d'un esprit pour lequel les rêveries de l'imagination ont été lettre morte et nullité.

Après plusieurs années dépensées dans un lointain voyage, je m'embarquai, en 18..., à Batavia, dans la riche et populeuse île de Java, pour une promenade dans l'archipel des îles de la Sonde. Je me mis en route comme passager, – n'ayant pas d'autre mobile qu'une nerveuse instabilité qui me *hantait* comme un mauvais esprit.

Notre bâtiment était un bateau d'environ quatre cents tonneaux, doublé en cuivre et construit à Bombay, en teck de Malabar. Il était chargé de coton, de laine et d'huile des Laquedives. Nous avions aussi à bord du filin de cocotier, du sucre de palmier, de l'huile de beurre bouilli, des noix de coco, et quelques caisses d'opium. L'arrimage avait été mal fait, et le navire conséquemment donnait de la bande.

Nous mîmes sous voiles avec un souffle de vent, et, pendant plusieurs jours, nous restâmes le long de la côte orientale de Java, sans autre incident pour tromper la monotonie de notre route que la rencontre de quelques-uns des petits grabs de l'archipel où nous étions confinés.

Un soir, comme j'étais appuyé sur le bastingage de la dunette, j'observai un très-singulier nuage, isolé, vers le nord-ouest. Il était remarquable autant par sa couleur que parce qu'il était le premier que nous eussions vu depuis notre départ de Batavia. Je le surveillai attentivement jusqu'au coucher du soleil ; alors, il se répandit tout d'un coup de l'est à l'ouest, cernant l'horizon d'une ceinture précise de vapeur, et apparaissant comme une longue ligne de côte très-basse. Mon attention fut bientôt après attirée par l'aspect rouge-brun de la lune et le caractère particulier de la mer. Cette dernière subissait un changement rapide, et l'eau semblait plus transparente que d'habitude. Je pouvais distinctement voir le fond, et cependant, en jetant la sonde, je trouvai que nous étions sur quinze brasses. L'air était devenu intolérablement chaud et se chargeait d'exhalaisons spirales semblables à celles qui s'élèvent du fer chauffé. Avec la nuit, toute brise tomba, et nous fûmes pris par un calme plus complet qu'il n'est possible de le concevoir. La flamme d'une bougie brûlait à l'arrière sans le mouvement le moins sensible, et un long cheveu tenu entre l'index et le pouce tombait droit et sans la moindre oscillation. Néanmoins, comme le capitaine disait qu'il n'apercevait aucun symptôme de danger, et comme nous dérivions vers la terre par le travers, il commanda de carguer les voiles et de filer l'ancre. On ne mit point de vigie de quart, et l'équipage, qui se composait principalement de Malais, se coucha délibérément sur le pont. Je descendis dans la chambre, – non sans le parfait pressentiment d'un malheur. En réalité, tous ces symptômes me donnaient à craindre un simoun. Je parlai de mes craintes au capitaine ; mais il ne fit pas attention à ce que je lui disais, et me quitta sans daigner me faire une réponse. Mon malaise, toutefois, m'empêcha de dormir, et, vers minuit, je montai sur le pont. Comme je mettais le pied sur la dernière marche du capot de l'échelle, je fus effrayé par un profond bourdonnement semblable à celui que produit l'évolution rapide d'une roue de moulin, et, avant que j'eusse pu en vérifier la cause, je sentis que le navire tremblait dans son centre. Presque aussitôt, un coup de mer nous jeta sur le côté, et, courant par-dessus nous, balaya tout le pont de l'avant à l'arrière.

L'extrême furie du coup de vent fit, en grande partie, le salut du navire. Quoiqu'il fût absolument engagé dans l'eau, comme ses mâts s'en étaient allés par-dessus bord, il se releva lentement une minute après, et, vacillant quelques instants sous l'immense pression de la tempête, finalement il se redressa.

Par quel miracle échappai-je à la mort, il m'est impossible de le dire. Etourdi par le choc de l'eau, je me trouvai pris, quand je revins à moi, entre l'étambot et le gouvernail. Ce fut à grand'peine que je me remis sur mes pieds, et, regardant vertigineusement autour de moi, je fus d'abord frappé de l'idée que nous étions sur des brisants, tant était effrayant, au-delà de toute imagination, le tourbillon de cette mer énorme et écumante dans laquelle nous étions engouffrés. Au bout de quelques instants, j'entendis la voix d'un vieux Suédois qui s'était embarqué avec nous au moment où nous quittions le port. Je le hélai de toute ma force, et il vint en chancelant me rejoindre à l'arrière. Nous reconnûmes bientôt que nous étions les seuls survivants du sinistre. Tout ce qui était sur le pont, nous exceptés, avait été balayé par-dessus bord ; le capitaine et les matelots avaient péri pendant leur sommeil, car les cabines avaient été inondées par la mer. Sans auxiliaires, nous ne pouvions pas espérer de faire grand'chose pour la sécurité du navire, et nos tentatives furent d'abord paralysées par la croyance où nous étions que nous allions sombrer d'un moment à l'autre. Notre câble avait cassé comme un fil d'emballage au premier souffle de l'ouragan ; sans cela, nous eussions été engloutis instantanément. Nous fuyions devant la mer avec une vélocité effrayante et l'eau nous faisait des brèches visibles. La charpente de notre arrière était excessivement endommagée, et, presque sous tous les rapports, nous avions essuyé de cruelles avaries ; mais, à notre grande joie, nous trouvâmes que les pompes n'étaient pas engorgées, et que notre chargement n'avait pas été très-dérangé.

La plus grande furie de la tempête était passée, et nous n'avions plus à craindre la violence du vent ; mais nous pensions avec terreur au cas de sa totale cessation, bien persuadés que, dans notre état d'avarie, nous ne pourrions pas résister à l'épouvantable houle qui s'ensuivrait ; mais cette très-juste appréhension ne semblait pas si près de se vérifier. Pendant cinq nuits et cinq jours entiers, durant lesquels nous vécûmes de quelques morceaux de sucre de palmier tirés à grand'peine du gaillard d'avant, notre coque fila avec une vitesse incalculable devant des reprises de vent qui se succédaient rapidement, et qui, sans égaler la première violence du simoun, étaient cependant plus terribles qu'aucune tempête que j'eusse essuyée jusqu'alors. Pendant les quatre premiers jours, notre route, sauf de très-légères variations, fut au sud-est quart de sud, et ainsi nous serions allés nous jeter sur la côte de la Nouvelle-Hollande.

Le cinquième jour, le froid devint extrême, quoique le vent eût tourné d'un point vers le nord. Le soleil se leva avec un éclat jaune et maladif, et se hissa à quelques degrés à peine au-dessus de l'horizon, sans projeter une lumière franche. Il n'y avait aucun nuage apparent, et cependant le vent fraîchissait, fraîchissait, et soufflait avec des accès de furie. Vers midi, ou à peu près, autant que nous en pûmes juger, notre attention fut attirée de nouveau par la physionomie du soleil. Il n'émettait pas de lumière, à proprement parler, mais une espèce de feu sombre et triste, sans réflexion, comme si tous les rayons étaient polarisés. Juste avant de se plonger dans la mer grossissante, son feu central disparut soudainement, comme s'il était brusquement éteint par une puissance inexplicable. Ce n'était plus qu'une roue pâle et couleur d'argent, quand il se précipita dans l'insondable Océan.

Nous attendîmes en vain l'arrivée du sixième jour ; – ce jour n'est pas encore arrivé pour moi, – pour le Suédois il n'est jamais arrivé. Nous fûmes dès lors ensevelis dans des ténèbres de poix, si bien que nous n'aurions pas vu un objet à vingt pas du navire. Nous fûmes enveloppés d'une nuit éternelle que ne tempérait même pas l'éclat phosphorique de la mer auquel nous étions accoutumés sous les tropiques. Nous observâmes aussi que, quoique la tempête continuât à faire rage sans accalmie, nous ne découvrions plus aucune apparence de ce ressac et de ces moutons qui nous avaient accompagnés jusque-là. Autour de nous, tout n'était qu'horreur, épaisse obscurité, un noir désert d'ébène liquide. Une terreur superstitieuse s'infiltrait par degrés dans l'esprit du vieux Suédois, et mon âme, quant à moi, était plongée dans une muette stupéfaction. Nous avions abandonné tout soin du navire, comme chose plus qu'inutile, et, nous attachant de notre mieux au tronçon du mât de misaine, nous promenions nos regards avec amertume sur l'immensité de l'Océan. Nous n'avions aucun moyen de calculer le temps, et nous ne pouvions former aucune conjecture sur notre situation. Nous étions néanmoins bien sûrs d'avoir été plus loin dans le sud qu'aucun des navigateurs précédents, et nous éprouvions un grand étonnement de ne pas rencontrer les obstacles ordinaires de glaces. Cependant, chaque minute menaçait d'être la dernière, – chaque vague se précipitait pour nous écraser. La houle surpassait tout ce que j'avais imaginé comme possible, et c'était un miracle de chaque instant que nous ne fussions pas engloutis. Mon camarade parlait de la légèreté de notre chargement, et me rappelait les excellentes qualités de notre bateau ; mais je ne pouvais m'empêcher d'éprouver l'absolu renoncement du désespoir, et je me préparais mélancoliquement à cette mort que rien, selon moi, ne pouvait différer au-delà d'une heure, puisque, à chaque nœud que filait le navire, la houle de cette mer noire et prodigieuse devenait plus lugubrement effrayante. Parfois, à une hauteur plus grande que celle de l'albatros, la respiration nous manquait, et d'autres fois nous étions pris de vertige en descendant avec une horrible vélocité dans un enfer liquide où l'air devenait stagnant, et où aucun son ne pouvait troubler les sommeils du kraken.

Nous étions au fond d'un de ces abîmes, quand un cri soudain de mon compagnon éclata sinistrement dans la nuit :

– Voyez ! voyez ! me criait-il dans les oreilles ; Dieu tout-puissant ! Voyez ! voyez !

Comme il parlait, j'aperçus une lumière rouge, d'un éclat sombre et triste, qui flottait sur le versant du gouffre immense où nous étions ensevelis, et jetait à notre bord un reflet vacillant. En levant les yeux, je vis un spectacle qui glaça mon sang. A une hauteur terrifiante, juste au-dessus de nous et sur la crête même du précipice, planait un navire gigantesque, de quatre mille tonneaux peut-être. Quoique juché au sommet d'une vague qui avait bien cent fois sa hauteur, il paraissait d'une dimension beaucoup plus grande que celle d'aucun vaisseau de ligne ou de la Compagnie des Indes. Son énorme coque était d'un noir profond que ne tempérait aucun des ornements ordinaires d'un navire. Une simple rangée de canons s'allongeait de ses sabords ouverts et renvoyait, réfléchis par leurs surfaces polies, les feux d'innombrables fanaux de combat qui se balançaient dans le gréement. Mais ce qui nous inspira le plus d'horreur et d'étonnement, c'est qu'il marchait toutes voiles dehors, en dépit de cette mer surnaturelle et de cette tempête effrénée. D'abord, quand nous l'aperçûmes, nous ne pouvions voir que son avant, parce qu'il ne s'élevait que lentement du noir et horrible gouffre qu'il laissait derrière lui. Pendant un moment, – un moment d'intense terreur, – il fit une pause sur ce sommet vertigineux, comme dans l'enivrement de sa propre élévation, – puis trembla, – s'inclina, – et enfin – glissa sur la pente.

En ce moment, je ne sais quel sang-froid soudain maîtrisa mon esprit. Me rejetant autant que possible vers l'arrière, j'attendis sans trembler la catastrophe qui devait nous écraser. Notre propre navire, à la longue, ne luttait plus contre la mer et plongeait de l'avant. Le choc de la masse précipitée le frappa conséquemment dans cette partie de la charpente qui était déjà sous l'eau, et eut pour résultat inévitable de me lancer dans le gréement de l'étranger.

Comme je tombais, ce navire se souleva dans un temps d'arrêt, puis vira de bord ; et c'est, je présume, à la confusion qui s'ensuivit que je dus d'échapper à l'attention de l'équipage. Je n'eus pas grand'peine à me frayer un chemin, sans être vu, jusqu'à la principale écoutille, qui était en partie ouverte, et je trouvai bientôt une occasion propice pour me cacher dans la cale. Pourquoi fis-je ainsi ? je ne saurais trop le dire. Ce qui m'induisit à me cacher fut peut-être un sentiment vague de terreur qui s'était emparé tout d'abord de mon esprit à l'aspect des nouveaux navigateurs. Je ne me souciais pas de me confier à une race de gens qui, d'après le coup d'œil sommaire que j'avais jeté sur eux, m'avaient offert le caractère d'une indéfinissable étrangeté, et tant de motifs de doute et d'appréhension. C'est pourquoi je jugeai à propos de m'arranger une cachette dans la cale. J'enlevai une partie du faux bordage, de manière à me ménager une retraite commode entre les énormes membrures du navire.

J'avais à peine achevé ma besogne qu'un bruit de pas dans la cale me contraignit d'en faire usage. Un homme passa à côté de ma cachette d'un pas faible et mal assuré. Je ne pus pas voir son visage, mais j'eus le loisir d'observer son aspect général. Il y avait en lui tout le caractère de la faiblesse et de la caducité. Ses genoux vacillaient sous la charge des années, et tout son être en tremblait. Il se parlait à lui-même, marmottait d'une voix basse et cassée quelques mots d'une langue que je ne pus pas comprendre, et farfouillait dans un coin où l'on avait empilé des instruments d'un aspect étrange et des cartes marines délabrées. Ses manières étaient un singulier mélange de la maussaderie d'une seconde enfance et de la dignité solennelle d'un dieu. A la longue, il remonta sur le pont, et je ne le vis plus.

Un sentiment pour lequel je ne trouve pas de mot a pris possession de mon âme, – une sensation qui n'admet pas d'analyse, qui n'a pas sa traduction dans les lexiques du passé, et pour laquelle je crains que l'avenir lui-même ne trouve pas de clef. – Pour un esprit constitué comme le mien, cette dernière considération est un vrai supplice. Jamais je ne pourrai, – je sens que je ne pourrai jamais être édifié relativement à la nature de mes idées. Toutefois, il n'est pas étonnant que ces idées soient indéfinissables, puisqu'elles sont puisées à des sources si entièrement neuves. Un nouveau sentiment – une nouvelle entité – est ajouté à mon âme.

Il y a bien longtemps que j'ai touché pour la première fois le pont de ce terrible navire, et les rayons de ma destinée vont, je crois, se concentrant et s'engloutissant dans un foyer. Incompréhensibles gens ! Enveloppés dans des méditations dont je ne puis deviner la nature, ils passent à côté de moi sans me remarquer. Me cacher est pure folie de ma part, car ce monde-là *ne veut pas voir*. Il n'y a qu'un instant, je passais juste sous les yeux du second ; peu de temps auparavant, je m'étais aventuré jusque dans la cabine du capitaine lui-même, et c'est là que je me suis procuré les moyens d'écrire ceci et tout ce qui précède. Je continuerai ce journal de temps en temps. Il est vrai que je ne puis trouver aucune occasion de le transmettre au monde ; pourtant, j'en veux faire l'essai. Au dernier moment, j'enfermerai le manuscrit dans une bouteille, et je jetterai le tout à la mer.

Un incident est survenu qui m'a de nouveau donné lieu à réfléchir. De pareilles choses sont-elles l'opération d'un hasard indiscipliné ? Je m'étais faufilé sur le pont et m'étais étendu, sans attirer l'attention de personne, sur un amas d'enfléchures et de vieilles voiles, dans le fond de la yole. Tout en rêvant à la singularité de ma destinée, je barbouillais, sans y penser, avec une brosse à goudron, les bords d'une bonnette soigneusement pliée et posée à côté de moi sur un baril. La bonnette est maintenant tendue sur ses bouts-dehors, et les touches irréfléchies de la brosse figurent le mot DÉCOUVERTE.

J'ai fait récemment plusieurs observations sur la structure du vaisseau. Quoique bien armé, ce n'est pas, je crois, un vaisseau de guerre. Son gréement, sa structure, tout son équipement, repoussent une supposition de cette nature. Ce qu'il n'est pas, je le perçois facilement ; mais ce qu'il est, je crains qu'il ne me soit impossible de le dire. Je ne sais comment cela se fait, mais, en examinant son étrange modèle et la singulière forme de ses espars, ses proportions colossales, cette prodigieuse collection de voiles, son avant sévèrement simple et son arrière d'un style suranné, il me semble parfois que la sensation d'objets qui ne me sont pas inconnus traverse mon esprit comme un éclair, et toujours à ces ombres flottantes de la mémoire est mêlé un inexplicable souvenir de vieilles légendes étrangères et de siècles très-anciens.

J'ai bien regardé la charpente du navire. Elle est faite de matériaux qui me sont inconnus. Il y a dans le bois un caractère qui me frappe, comme le rendant, ce me semble, impropre à l'usage auquel il a été destiné. Je veux parler de son extrême porosité, considérée indépendamment des dégâts faits par les vers, qui sont une conséquence de la navigation dans ces mers, et de la pourriture résultant de la vieillesse. Peut-être trouvera-t-on mon observation quelque peu subtile, mais il me semble que ce bois aurait tout le caractère du chêne espagnol, si le chêne espagnol pouvait être dilaté par des moyens artificiels.

En relisant la phrase précédente, il me revient à l'esprit un curieux apophtegme d'un vieux loup de mer hollandais.

– Cela est positif, disait-il toujours quand on exprimait quelque doute sur sa véracité, comme il est positif qu'il y a une mer où le navire lui-même grossit comme le corps vivant d'un marin.

Il y a environ une heure, je me suis senti la hardiesse de me glisser dans un groupe d'hommes de l'équipage. Ils n'ont pas eu l'air de faire attention à moi, et quoique je me tinsse juste au milieu d'eux, ils paraissaient n'avoir aucune conscience de ma présence. Comme celui que j'avais vu le premier dans la cale, ils portaient tous les signes d'une vieillesse chenue. Leurs genoux tremblaient de faiblesse ; leurs épaules étaient arquées par la décrépitude ; leur peau ratatinée frissonnait au vent ; leur voix était basse, chevrotante et cassée ; leurs yeux distillaient les larmes brillantes de la vieillesse, et leurs cheveux gris fuyaient terriblement dans la tempête. Autour d'eux, de chaque côté du pont, gisaient éparpillés des instruments mathématiques d'une structure très-ancienne et tout à fait tombée en désuétude.

J'ai parlé un peu plus haut d'une bonnette qu'on avait

installée. Depuis ce moment, le navire, chassé par le vent, n'a pas discontinué sa terrible course droit au sud, chargé de toute sa toile disponible, depuis ses pommes de mâts jusqu'à ses bouts-dehors inférieurs, et plongeant ses bouts de vergues de perroquet dans le plus effrayant enfer liquide que jamais cervelle humaine ait pu concevoir. Je viens de quitter le pont, ne trouvant plus la place tenable ; cependant, l'équipage ne semble pas souffrir beaucoup. C'est pour moi le miracle des miracles qu'une si énorme masse ne soit pas engloutie tout de suite et pour toujours. Nous sommes condamnés, sans doute, à côtoyer éternellement le bord de l'éternité, sans jamais faire notre plongeon définitif dans le gouffre. Nous glissons avec la prestesse de l'hirondelle de mer sur des vagues mille fois plus effrayantes qu'aucune de celles que j'ai jamais vues ; et des ondes colossales élèvent leurs têtes au-dessus de nous comme des démons de l'abîme, mais comme des démons restreints aux simples menaces et auxquels il est défendu de détruire. Je suis porté à attribuer cette bonne chance perpétuelle à la seule cause naturelle qui puisse légitimer un pareil effet. Je suppose que le navire est soutenu par quelque fort courant ou remous sous-marin.

J'ai vu le capitaine face à face, et dans sa propre cabine ; mais, comme je m'y attendais, il n'a fait aucune attention à moi. Bien qu'il n'y ait rien dans sa physionomie générale qui révèle, pour l'œil du premier venu, quelque chose de supérieur ou d'inférieur à l'homme, toutefois l'étonnement que j'éprouvai à son aspect se mêlait d'un sentiment de respect et de terreur irrésistible. Il est à peu près de ma taille, c'est-à-dire de cinq pieds huit pouces environ. Il est bien proportionné, bien pris dans son ensemble ; mais cette constitution n'annonce ni vigueur particulière, ni quoi que ce soit de remarquable. Mais c'est la singularité de l'expression qui règne sur sa face, – c'est l'intense, terrible, saisissante évidence de la vieillesse, si entière, si absolue, qui crée dans mon esprit un sentiment, – une sensation ineffable. Son front, quoique peu ridé, semble porter le sceau d'une myriade d'années. Ses cheveux gris sont des archives du passé, et ses yeux, plus gris encore, sont des sibylles de l'avenir. Le plancher de sa cabine était encombré d'étranges in-folio à fermoirs de fer, d'instruments de science usés et d'anciennes cartes d'un style complètement oublié. Sa tête était appuyée sur ses mains, et d'un œil ardent et inquiet, il dévorait un papier que je pris pour une commission, et qui, en tout cas, portait une signature royale. Il se parlait à lui-même, – comme le premier matelot que j'avais aperçu dans la cale, – et marmottait d'une voix basse et chagrine quelques syllabes d'une langue étrangère ; et, bien que je fusse tout à côté de lui, il me semblait que sa voix arrivait à mon oreille de la distance d'un mille.

Le navire avec tout ce qu'il contient est imprégné de l'esprit des anciens âges. Les hommes de l'équipage glissent çà et là comme les ombres des siècles enterrés ; dans leurs yeux vit une pensée ardente et inquiète ; et, quand, sur mon chemin, leurs mains tombent dans la lumière effarée des fanaux, j'éprouve quelque chose que je n'ai jamais éprouvé jusqu'à présent, quoique toute ma vie j'aie eu la folie des antiquités, et que je me sois baigné dans l'ombre des colonnes ruinées de Balbek, de Tadmor et de Persépolis, tant qu'à la fin mon âme elle-même est devenue une ruine.

Quand je regarde autour de moi, je suis honteux de mes premières terreurs. Si la tempête qui nous a poursuivis jusqu'à présent me fait trembler, ne devrais-je pas être frappé d'horreur devant cette bataille du vent et de l'Océan, dont les mots vulgaires : tourbillon et simoun, ne peuvent pas donner la moindre idée ? Le navire est littéralement enfermé dans les ténèbres d'une éternelle nuit et dans un chaos d'eau qui n'écume plus ; mais à une distance d'une lieue environ de chaque côté, nous pouvons apercevoir, indistinctement et par intervalles, de prodigieux remparts de glace qui montent vers le ciel désolé et ressemblent aux murailles de l'univers !

Comme je l'avais pensé, le navire est évidemment dans un courant, – si l'on peut proprement appeler ainsi une marée qui va mugissant et hurlant à travers les blancheurs de la glace, et fait entendre du côté du sud un tonnerre plus précipité que celui d'une cataracte tombant à pic.

Concevoir l'horreur de mes sensations est, je crois, chose absolument impossible ; cependant, la curiosité de pénétrer les mystères de ces effroyables régions surplombe encore mon désespoir et suffit à me réconcilier avec le plus hideux aspect de la mort. Il est évident que nous nous précipitons vers quelque entraînante découverte, – quelque incommunicable secret dont la connaissance implique la mort. Peut-être ce courant nous conduit-il au pôle Sud lui-même. Il faut avouer que cette supposition, si étrange en apparence, a toute probabilité pour elle.

L'équipage se promène sur le pont d'un pas tremblant et inquiet ; mais il y a dans toutes les physionomies une expression qui ressemble plutôt à l'ardeur de l'espérance qu'à l'apathie du désespoir.

Cependant nous avons toujours le vent arrière, et, comme nous portons une masse de toile, le navire s'enlève quelquefois en grand hors de la mer. Oh ! horreur sur horreur ! – la glace s'ouvre soudainement à droite et à gauche, et nous tournons vertigineusement dans d'immenses cercles concentriques, tout autour des bords d'un gigantesque amphithéâtre, dont les murs perdent leur sommet dans les ténèbres et l'espace. Mais il ne me reste que peu de temps pour rêver à ma destinée ! Les cercles se rétrécissent rapidement, – nous plongeons follement dans l'étreinte du tourbillon, – et, à travers le mugissement, le beuglement et le détonnement de l'Océan et de la tempête, le navire tremble, – ô Dieu ! – il se dérobe, – il sombre !

LA VÉRITÉ SUR LE CAS DE M. VALDEMAR

Que le cas extraordinaire de M. Valdemar ait excité une discussion, il n'y a certes pas lieu de s'en étonner. C'eût été un miracle qu'il n'en fût pas ainsi, – particulièrement dans de telles circonstances. Le désir de toutes les parties intéressées à tenir l'affaire secrète, au moins pour le présent ou en attendant l'opportunité d'une nouvelle investigation, et nos efforts pour y réussir ont laissé place à un récit tronqué ou exagéré qui s'est propagé dans le public, et qui, présentant l'affaire sous les couleurs les plus désagréablement fausses, est naturellement devenu la source d'un grand discrédit.

Il est maintenant devenu nécessaire que je donne *les faits*, autant du moins que je les comprends moi-même.

Succinctement les voici :

Mon attention, dans ces trois dernières années, avait été à plusieurs reprises attirée vers le magnétisme ; et, il y a environ neuf mois, cette pensée frappa presque soudainement mon esprit, que, dans la série des expériences faites jusqu'à présent, il y avait une très-remarquable et très-inexplicable lacune : – personne n'avait encore été magnétisé *in articulo mortis*. Restait à savoir, d'abord, si dans un pareil état existait chez le patient une réceptibilité quelconque de l'influx magnétique ; en second lieu, si, dans le cas d'affirmative, elle était atténuée ou augmentée par la circonstance ; troisièmement, jusqu'à quel point et pour combien de temps les empiétements de la mort pouvaient être arrêtés par l'opération. Il y avait d'autres points à vérifier, mais ceux-ci excitaient le plus ma curiosité, – particulièrement le dernier, à cause du caractère immensément grave de ses conséquences.

En cherchant autour de moi un sujet au moyen duquel je pusse éclairer ces points, je fus amené à jeter les yeux sur mon ami, M. Ernest Valdemar, le compilateur bien connu de la *Bibliotheca forensica*, et auteur (sous le pseudonyme d'Issachar Marx) des traductions polonaises de *Wallenstein* et de *Gargantua*. M. Valdemar, qui résidait généralement à Harlem (New York) depuis l'année 1839, est ou était particulièrement remarquable par l'excessive maigreur de sa personne, – ses membres inférieurs ressemblant beaucoup à ceux de John Randolph, – et aussi par la blancheur de ses favoris qui faisaient contraste avec sa chevelure noire, que chacun prenait conséquemment pour une perruque. Son tempérament était singulièrement nerveux et en faisait un excellent sujet pour les expériences magnétiques. Dans deux ou trois occasions, je l'avais amené à dormir sans grande difficulté ; mais je fus désappointé quant aux autres résultats que sa constitution particulière m'avait naturellement fait espérer. Sa volonté n'était jamais positivement ni entièrement soumise à mon influence, et relativement à la *clairvoyance* je ne réussis à faire avec lui rien sur quoi l'on pût faire fond. J'avais toujours attribué mon insuccès sur ces points au dérangement de sa santé. Quelques mois avant l'époque où je fis sa connaissance, les médecins l'avaient déclaré atteint d'une phtisie bien caractérisée. C'était à vrai dire sa coutume de parler de sa fin prochaine avec beaucoup de sang-froid, comme d'une chose qui ne pouvait être ni évitée ni regrettée.

Quand ces idées, que j'exprimais tout à l'heure, me vinrent pour la première fois, il était très-naturel que je pensasse à M. Valdemar. Je connaissais trop bien la solide philosophie de l'homme pour redouter quelques scrupules de sa part, et il n'avait point de parents en Amérique qui pussent plausiblement intervenir. Je lui parlai franchement de la chose ; et, à ma grande surprise, il parut y prendre un intérêt très-vif. Je dis à ma grande surprise, car, quoiqu'il eût toujours gracieusement livré sa personne à mes expériences, il n'avait jamais témoigné de sympathie pour mes études. Sa maladie était de celles qui admettent un calcul exact relativement à l'époque de leur *dénoûment* ; et il fut finalement convenu entre nous qu'il m'enverrait chercher vingt-quatre heures avant le terme marqué par les médecins pour sa mort.

Il y a maintenant sept mois passés que je reçus de M. Valdemar le billet suivant :

« Mon cher P...,

« Vous pouvez aussi bien venir *maintenant*. D... et F... s'accordent à dire que je n'irai pas, demain, au-delà de minuit ; et je crois qu'ils ont calculé juste, ou bien peu s'en faut.

« VALDEMAR. »

Je recevais ce billet une demi-heure après qu'il m'était écrit, et, en quinze minutes au plus, j'étais dans la chambre du mourant. Je ne l'avais pas vu depuis dix jours, et je fus effrayé de la terrible altération que ce court intervalle avait produite en lui. Sa face était d'une couleur de plomb ; les yeux étaient entièrement éteints, et l'amaigrissement était si remarquable, que les pommettes avaient crevé la peau. L'expectoration était excessive ; le pouls à peine sensible. Il conservait néanmoins d'une manière fort singulière toutes ses facultés spirituelles et une certaine quantité de force physique. Il parlait distinctement, – prenait sans aide quelques drogues palliatives, – et, quand j'entrai dans la chambre, il était occupé à écrire quelques notes sur un agenda. Il était soutenu dans son lit par des oreillers. Les docteurs D... et F... lui donnaient leurs soins.

Après avoir serré la main de Valdemar, je pris ces messieurs à part et j'obtins un compte rendu minutieux de l'état du malade. Le poumon gauche était depuis dix-huit mois dans un état semi-osseux ou cartilagineux, et conséquemment tout à fait impropre à toute fonction vitale. Le droit, dans sa région supérieure, s'était aussi ossifié, sinon en totalité, du moins partiellement, pendant que la partie inférieure n'était plus qu'une masse de tubercules purulents, se pénétrant les uns les autres. Il existait plusieurs perforations profondes, et en un certain point il y avait adhérence permanente des côtes. Ces phénomènes du lobe droit étaient de date comparativement récente. L'ossification avait marché avec une rapidité très-insolite, – un mois auparavant on n'en découvrait encore aucun symptôme, – et l'adhérence n'avait été remarquée que dans ces trois derniers jours. Indépendamment de la phtisie, on soupçonnait un anévrisme de l'aorte, mais sur ce point les symptômes d'ossification rendaient impossible tout diagnostic exact. L'opinion des deux médecins était que M. Valdemar mourrait le lendemain dimanche vers minuit. Nous étions au samedi, et il était sept heures du soir.

En quittant le chevet du moribond pour causer avec moi, les docteurs D... et F... lui avaient dit un suprême adieu. Ils n'avaient pas l'intention de revenir ; mais, à ma requête, ils consentirent à venir voir le patient vers dix heures de la nuit.

Quand ils furent partis, je causai librement avec M. Valdemar de sa mort prochaine, et plus particulièrement de l'expérience que nous nous étions proposée. Il se montra toujours plein de bon vouloir ; il témoigna même un vif désir de cette expérience et me pressa de commencer tout de suite. Deux domestiques, un homme et une femme, étaient là pour donner leurs soins ; mais je ne me sentis pas tout à fait libre de m'engager dans une tâche d'une telle gravité sans autres témoignages plus rassurants que ceux que pourraient produire ces gens-là en cas d'accident soudain. Je renvoyais donc l'opération à huit heures, quand l'arrivée d'un étudiant en médecine, avec lequel j'étais un peu lié, M. Théodore L..., me tira définitivement d'embarras. Primitivement j'avais résolu d'attendre les médecins ; mais je fus induit à commencer tout de suite, d'abord par les sollicitations de M. Valdemar, en second lieu par la conviction que je n'avais pas un instant à perdre, car il s'en allait évidemment.

M. L... fut assez bon pour accéder au désir que j'exprimai qu'il prît des notes de tout ce qui surviendrait ; et c'est d'après son procès-verbal que je décalque pour ainsi dire mon récit. Quand je n'ai pas condensé, j'ai copié mot pour mot.

Il était environ huit heures moins cinq, quand, prenant la main du patient, je le priai de confirmer à M. L..., aussi distinctement qu'il le pourrait, que c'était son formel désir, à lui Valdemar, que je fisse une expérience magnétique sur lui, dans de telles conditions.

Il répliqua faiblement, mais très-distinctement : « Oui, je désire être magnétisé » ; ajoutant immédiatement après : « Je crains bien que vous n'ayez différé trop longtemps. »

Pendant qu'il parlait, j'avais commencé les passes que j'avais déjà reconnues les plus efficaces pour l'endormir. Il fut évidemment influencé par le premier mouvement de ma main qui traversa son front ; mais, quoique je déployasse toute ma puissance, aucun autre effet sensible ne se manifesta jusqu'à dix heures dix minutes, quand les médecins D... et F... arrivèrent au rendez-vous. Je leur expliquai en peu de mots mon dessein ; et, comme ils n'y faisaient aucune objection, disant que le patient était déjà dans sa période d'agonie, je continuai sans hésitation, changeant toutefois les passes latérales en passes longitudinales, et concentrant tout mon regard juste dans l'œil du moribond.

Pendant ce temps, son pouls devint imperceptible, et sa respiration obstruée et marquant un intervalle d'une demi-minute.

Cet état dura un quart d'heure, presque sans changement. A l'expiration de cette période, néanmoins, un soupir naturel, quoique horriblement profond, s'échappa du sein du moribond, et la respiration ronflante cessa, c'est-à-dire que son ronflement ne fut plus sensible ; les intervalles n'étaient pas diminués. Les extrémités du patient étaient d'un froid de glace.

A onze heures moins cinq minutes, j'aperçus des symptômes non équivoques de l'influence magnétique. Le vacillement vitreux de l'œil s'était changé en cette expression pénible de regard *en dedans* qui ne se voit jamais que dans les cas de somnambulisme, et à laquelle il est impossible de se méprendre ; avec quelques passes latérales rapides, je fis palpiter les paupières, comme quand le sommeil nous prend, et, en insistant un peu, je les fermai tout à fait. Ce n'était pas assez pour moi, et je continuai mes exercices vigoureusement et avec la plus intense projection de volonté, jusqu'à ce que j'eusse complètement paralysé les membres du dormeur, après les avoir placés dans une position en apparence commode. Les jambes étaient tout à fait allongées ; les bras à peu près étendus, et reposant sur le lit à une distance médiocre des reins. La tête était très-légèrement élevée.

Quand j'eus fait tout cela, il était minuit sonné, et je priai ces messieurs d'examiner la situation de M. Valdemar. Après quelques expériences, ils reconnurent qu'il était dans un état de catalepsie magnétique extraordinairement parfaite. La curiosité des deux médecins était grandement excitée. Le docteur D... résolut tout à coup de passer toute la nuit auprès du patient, pendant que le docteur F... prit congé de nous en promettant de revenir au petit jour ; M. L... et les gardes-malades restèrent.

Nous laissâmes M. Valdemar absolument tranquille jusqu'à trois heures du matin ; alors, je m'approchai de lui et le trouvai exactement dans le même état que quand le docteur F... était parti, – c'est-à-dire qu'il était étendu dans la même position ; que le pouls était imperceptible, la respiration douce, à peine sensible – excepté par l'application d'un miroir aux lèvres, les yeux fermés naturellement, et les membres aussi rigides et aussi froids que du marbre. Toutefois, l'apparence générale n'était certainement pas celle de la mort.

En approchant de M. Valdemar, je fis une espèce de demi-effort pour déterminer son bras droit à suivre le mien dans les mouvements que je décrivais doucement çà et là au-dessus de sa personne. Autrefois, quand j'avais tenté ces expériences avec le patient, elles n'avaient jamais pleinement réussi, et assurément je n'espérais guère mieux réussir cette fois ; mais, à mon grand étonnement, son bras suivit très-doucement, quoique les indiquant faiblement, toutes les directions que le mien lui assigna. Je me déterminai à essayer quelques mots de conversation :

– Monsieur Valdemar, dis-je, dormez-vous ?

Il ne répondit pas, mais j'aperçus un tremblement sur ses lèvres, et je fus obligé de répéter ma question une seconde et une troisième fois. A la troisième, tout son être fut agité d'un léger frémissement ; les paupières se soulevèrent d'elles-mêmes comme pour dévoiler une ligne blanche du globe ; les lèvres remuèrent paresseusement et laissèrent échapper ces mots dans un murmure à peine intelligible :

– Oui ; je dors maintenant. Ne m'éveillez pas ! – Laissez-moi mourir ainsi !

Je tâtai les membres et les trouvai toujours aussi rigides. Le bras droit, comme tout à l'heure, obéissait à la direction de ma main. Je questionnai de nouveau le somnambule :

– Vous sentez-vous toujours mal à la poitrine, monsieur Valdemar ?

La réponse ne fut pas immédiate ; elle fut encore moins accentuée que la première :

– Mal ? – non, – je meurs.

Je ne jugeai pas convenable de le tourmenter davantage

pour le moment, et il ne se dit, il ne se fit rien de nouveau jusqu'à l'arrivée du docteur F..., qui précéda un peu le lever du soleil, et éprouva un étonnement sans bornes en trouvant le patient encore vivant. Après avoir tâté le pouls du somnambule et lui avoir appliqué un miroir sur les lèvres, il me pria de lui parler encore.

– Monsieur Valdemar, dormez-vous toujours ?

Comme précédemment, quelques minutes s'écoulèrent avant la réponse ; et, durant l'intervalle, le moribond sembla rallier toute son énergie pour parler. A ma question répétée pour la quatrième fois, il répondit très-faiblement, presque inintelligiblement :

– Oui, toujours ; – je dors, – je meurs.

C'était alors l'opinion, ou plutôt le désir des médecins, qu'on permît à M. Valdemar de rester sans être troublé dans cet état actuel de calme apparent, jusqu'à ce que la mort survînt ; et cela devait avoir lieu, – on fut unanime là-dessus, – dans un délai de cinq minutes. Je résolus cependant de lui parler encore une fois, et je répétai simplement ma question précédente.

Pendant que je parlais, il se fit un changement marqué dans la physionomie du somnambule. Les yeux roulèrent dans leurs orbites, lentement découverts par les paupières qui remontaient ; la peau prit un ton général cadavéreux, ressemblant moins à du parchemin qu'à du papier blanc ; et les deux taches hectiques circulaires, qui jusque-là étaient vigoureusement fixées dans le centre de chaque joue, *s'éteignirent* tout d'un coup. Je me sers de cette expression, parce que la soudaineté de leur disparition me fait penser à une bougie soufflée plutôt qu'à toute autre chose. La lèvre supérieure, en même temps, se tordit en remontant au-dessus des dents que tout à l'heure elle couvrait entièrement, pendant que la mâchoire inférieure tombait avec une saccade qui put être entendue, laissant la bouche toute grande ouverte, et découvrant en plein la langue noire et boursouflée. Je présume que tous les témoins étaient familiarisés avec les horreurs d'un lit de mort ; mais l'aspect de M. Valdemar en ce moment était tellement hideux, hideux au-delà de toute conception, que ce fut une reculade générale loin de la région du lit.

Je sens maintenant que je suis arrivé à un point de mon récit où le lecteur révolté me refusera toute croyance. Cependant, mon devoir est de continuer.

Il n'y avait plus dans M. Valdemar le plus faible symptôme de vitalité ; et, concluant qu'il était mort, nous le laissions aux soins des gardes-malades, quand un fort mouvement de vibration se manifesta dans la langue. Cela dura pendant une minute peut-être. A l'expiration de cette période, des mâchoires distendues et immobiles jaillit une voix, – une voix telle que ce serait folie d'essayer de la décrire. Il y a cependant deux ou trois épithètes qui pourraient lui être appliquées comme des à-peu-près : ainsi je puis dire que le son était âpre, déchiré, caverneux ; mais le hideux total n'est pas définissable, pour la raison que de pareils sons n'ont jamais hurlé dans l'oreille de l'humanité. Il y avait cependant deux particularités qui – je le pensai alors, et je le pense encore, – peuvent être justement prises comme caractéristiques de l'intonation, et qui sont propres à donner quelque idée de son étrangeté extra-terrestre. En premier lieu, la voix semblait parvenir à nos oreilles, – aux miennes du moins, – comme d'une très-lointaine distance ou de quelque abîme souterrain. En second lieu, elle m'impressionna (je crains, en vérité, qu'il ne me soit impossible de me faire comprendre) de la même manière que les matières glutineuses et gélatineuses affectent le sens du toucher.

J'ai parlé à la fois de son et de voix. Je veux dire que le son était d'une syllabisation distincte, et même terriblement, effroyablement distincte. M. Valdemar *parlait*, évidemment pour répondre à la question que je lui avais adressée quelques minutes auparavant. Je lui avais demandé, on s'en souvient, s'il dormait toujours. Il disait maintenant :

– Oui, – non, – *j'ai dormi*, – et maintenant, – maintenant, *je suis mort*.

Aucune des personnes présentes n'essaya de nier ni même de réprimer l'indescriptible, la frissonnante horreur que ces quelques mots ainsi prononcés étaient si bien faits pour créer. M. L..., l'étudiant, s'évanouit. Les gardes-malades s'enfuirent immédiatement de la chambre, et il fut impossible de les y ramener. Quant à mes propres impressions, je ne prétends pas les rendre intelligibles pour le lecteur. Pendant près d'une heure, nous nous occupâmes en silence (pas un mot ne fut prononcé) à rappeler M. L... à la vie. Quand il fut revenu à lui, nous reprîmes nos investigations sur l'état de M. Valdemar.

Il était resté à tous égards tel que je l'ai décrit en dernier lieu, à l'exception que le miroir ne donnait plus aucun vestige de respiration. Une tentative de saignée au bras resta sans succès. Je dois mentionner aussi que ce membre n'était plus soumis à ma volonté. Je m'efforçai en vain de lui faire suivre la direction de ma main. La seule indication réelle de l'influence magnétique se manifestait maintenant dans le mouvement vibratoire de la langue. Chaque fois que j'adressais une question à M. Valdemar, il semblait qu'il fît un effort pour répondre, mais que sa volition ne fût pas suffisamment durable. Aux questions faites par une autre personne que moi il paraissait absolument insensible, – quoique j'eusse tenté de mettre chaque membre de la société en rapport magnétique avec lui. Je crois que j'ai maintenant relaté tout ce qui est nécessaire pour faire comprendre l'état du somnambule dans cette période. Nous nous procurâmes d'autres infirmiers, et, à dix heures, je sortis de la maison, en compagnie des deux médecins et de M. L...

Dans l'après-midi, nous revînmes tous voir le patient. Son état était absolument le même. Nous eûmes alors une discussion sur l'opportunité et la possibilité de l'éveiller ; mais nous fûmes bientôt d'accord en ceci qu'il n'en pouvait résulter aucune utilité. Il était évident que jusque-là, la mort, ou ce qu'on définit habituellement par le mot *mort*, avait été arrêtée par l'opération magnétique. Il nous semblait clair à tous qu'éveiller M. Valdemar, c'eût été simplement assurer sa minute suprême, ou au moins accélérer sa désorganisation.

Depuis lors jusqu'à la fin de la semaine dernière, – *un intervalle de sept mois à peu près,* – nous nous réunîmes journellement dans la maison de M. Valdemar, accompagnés de médecins et d'autres amis. Pendant tout ce temps le somnambule resta *exactement* tel que je l'ai décrit. La surveillance des infirmiers était continuelle.

Ce fut vendredi dernier que nous résolûmes finalement de faire l'expérience du réveil, ou du moins d'essayer de l'éveiller ; et c'est le résultat, déplorable peut-être, de cette dernière tentative, qui a donné naissance à tant de discussions dans les cercles privés, à tant de bruits dans lesquels je ne puis m'empêcher de voir le résultat d'une crédulité populaire injustifiable.

Pour arracher M. Valdemar à la catalepsie magnétique, je fis usage des passes accoutumées. Pendant quelque temps, elles furent sans résultat. Le premier symptôme de retour à la vie fut un abaissement partiel de l'iris. Nous observâmes comme un fait très-remarquable que cette descente de l'iris était accompagnée du flux très-abondant d'une liqueur jaunâtre (de dessous les paupières) d'une odeur âcre et fortement désagréable.

On me suggéra alors d'essayer d'influencer le bras du patient, comme par le passé. J'essayai, je ne pus. Le docteur F... exprima le désir que je lui adressasse une question. Je le fis de la manière suivante :

– Monsieur Valdemar, pouvez-vous nous expliquer quels sont maintenant vos sensations ou vos désirs ?

Il y eut un retour immédiat des cercles hectiques sur les joues ; la langue trembla ou plutôt roula violemment dans la bouche (quoique les mâchoires et les lèvres demeurassent toujours immobiles), et à la longue la même horrible voix que j'ai décrite fit éruption :

– Pour l'amour de Dieu ! – vite ! – vite ! – faites-moi dormir, – ou bien, vite ! éveillez-moi ! – vite ! – *Je vous dis que je suis mort !*

J'étais totalement énervé, et pendant une minute je restai indécis sur ce que j'avais à faire. Je fis d'abord un effort pour calmer le patient ; mais, cette totale vacance de ma volonté ne me permettant pas d'y réussir, je fis l'inverse et m'efforçai aussi vivement que possible de le réveiller. Je vis bientôt que cette tentative aurait un plein succès, – ou du moins je me figurai que bientôt mon succès serait complet, – et je suis sûr que chacun dans la chambre s'attendait au réveil du somnambule.

Quant à ce qui arriva en réalité, aucun être humain n'aurait jamais pu s'y attendre ; c'est au-delà de toute possibilité.

Comme je faisais rapidement les passes magnétiques à travers les cris de « Mort ! mort ! » qui faisaient littéralement explosion sur la langue et non sur les lèvres du sujet, – tout son corps, – d'un seul coup, – dans l'espace d'une minute, et même moins, – se déroba, – s'émietta, – se *pourrit* absolument sous mes mains. Sur le lit, devant tous les témoins, gisait une masse dégoûtante et quasi liquide, – une abominable putréfaction.

RÉVÉLATION MAGNÉTIQUE

Bien que les ténèbres du doute enveloppent encore toute la théorie positive du magnétisme, ses foudroyants effets sont maintenant presque universellement admis. Ceux qui doutent de ces effets sont de purs douteurs de profession, une impuissante et peu honorable caste. Ce serait absolument perdre son temps aujourd'hui, que de s'amuser à prouver que l'homme, par un pur exercice de sa volonté, peut impressionner suffisamment son semblable pour le jeter dans une condition anormale, dont les phénomènes ressemblent littéralement à ceux de la mort, ou du moins leur ressemblent plus qu'aucun des phénomènes produits dans une condition normale connue ; que, tout le temps que dure cet état, la personne ainsi influencée n'emploie qu'avec effort, et conséquemment avec peu d'aptitude, les organes extérieurs des sens, et que néanmoins elle perçoit, avec une perspicacité singulièrement subtile et par un canal mystérieux, des objets situés au-delà de la portée des organes physiques ; que, de plus, ses facultés intellectuelles s'exaltent et se fortifient d'une manière prodigieuse ; que ses sympathies avec la personne qui agit sur elle sont profondes ; et que finalement sa *susceptibilité* des impressions magnétiques croît en proportion de leur fréquence, en même temps que les phénomènes particuliers obtenus s'étendent et se prononcent davantage et dans la même proportion. Je dis qu'il serait superflu de démontrer ces faits divers, où est contenue la loi générale du magnétisme, et qui en sont les traits principaux.

Je n'infligerai donc pas aujourd'hui à mes lecteurs une

démonstration aussi parfaitement oiseuse. Mon dessein, quant à présent, est en vérité d'une tout autre nature. Je sens le besoin, en dépit de tout un monde de préjugés, de raconter, sans commentaires, mais dans tous ses détails, un très-remarquable dialogue qui eut lieu entre un somnambule et moi.

J'avais depuis longtemps l'habitude de magnétiser la personne en question, M. Vankirk, et la *susceptibilité* vive, l'exaltation du sens magnétique, s'étaient déjà manifestées. Pendant plusieurs mois, M. Vankirk avait beaucoup souffert d'une phtisie avancée, dont les effets les plus cruels avaient été diminués par mes passes, et, dans la nuit du mercredi, 15 courant, je fus appelé à son chevet.

Le malade souffrait de douleurs vives dans la région du cœur et respirait avec une grande difficulté, ayant tous les symptômes ordinaires d'un asthme. Dans des spasmes semblables, il avait généralement trouvé du soulagement dans des applications de moutarde aux centres nerveux ; mais, ce soir-là, il y avait eu recours en vain.

Quand j'entrai dans sa chambre, il me salua d'un gracieux sourire, et, quoiqu'il fût en proie à des douleurs physiques aiguës, il me parut absolument calme quant au moral.

– Je vous ai envoyé chercher cette nuit, – dit-il, – non pas tant pour m'administrer un soulagement physique que pour me satisfaire relativement à de certaines impressions psychiques qui m'ont récemment causé beaucoup d'anxiété et de surprise. Je n'ai pas besoin de vous dire combien j'ai été sceptique jusqu'à présent sur le sujet de l'immortalité de l'âme. Je ne puis pas vous nier que, dans cette âme que j'allais niant, a toujours existé comme un demi-sentiment assez vague de sa propre existence. Mais ce demi-sentiment ne s'est jamais élevé à l'état de conviction. De tout cela ma raison n'avait rien à faire. Tous mes efforts pour établir là-dessus une enquête logique n'ont abouti qu'à me laisser plus sceptique qu'auparavant. Je me suis avisé d'étudier Cousin ; je l'ai étudié dans ses propres ouvrages aussi bien que dans ses échos européens et américains. J'ai eu entre les mains, par exemple, le *Charles Elwood* de M. Brownson. Je l'ai lu avec une profonde attention. Je l'ai trouvé logique d'un bout à l'autre ; mais les portions qui ne sont pas de la pure logique sont malheureusement les arguments primordiaux du héros incrédule du livre. Dans son résumé, il me parut évident que le raisonneur n'avait pas même réussi à se convaincre lui-même. La fin du livre a visiblement oublié le commencement, comme Trinculo son gouvernement. Bref je ne fus pas longtemps à m'apercevoir que, si l'homme doit être intellectuellement convaincu de sa propre immortalité, il ne le sera jamais par les pures abstractions qui ont été si longtemps la manie des moralistes anglais, français et allemands. Les abstractions peuvent être un amusement et une gymnastique, mais elles ne prennent pas possession de l'esprit. Tant que nous serons sur cette terre, la philosophie, j'en suis persuadé, nous sommera toujours en vain de considérer les qualités comme des êtres. La volonté peut consentir, – mais l'âme, – mais l'intellect, jamais.

» Je répète donc que j'ai seulement senti à moitié, et que je n'ai jamais cru intellectuellement. Mais, dernièrement, il y eut en moi un certain renforcement de sentiment, qui prit une intensité assez grande pour ressembler à un acquiescement de la raison, au point que je trouve fort difficile de distinguer entre les deux. Je crois avoir le droit d'attribuer simplement cet effet à l'influence magnétique. Je ne saurais expliquer ma pensée que par une hypothèse, à savoir que l'exaltation magnétique me rend apte à concevoir un système de raisonnement qui dans mon existence anormale me convainc, mais qui, par une complète analogie avec le phénomène magnétique, ne s'étend pas, excepté par son *effet*, jusqu'à mon existence normale. Dans l'état somnambulique, il y a simultanéité et contemporanéité entre le raisonnement et la conclusion, entre la cause et son effet. Dans mon état naturel, la cause s'évanouissant, l'effet seul subsiste, et encore peut-être fort affaibli.

» Ces considérations m'ont induit à penser que l'on pourrait tirer quelques bons résultats d'une série de questions bien dirigées, proposées à mon intelligence dans l'état magnétique. Vous avez souvent observé la profonde connaissance de soi-même manifestée par le somnambule et la vaste science qu'il déploie sur tous les points relatifs à l'état magnétique. De cette connaissance de soi-même on pourrait tirer des instructions suffisantes pour la rédaction rationnelle d'un catéchisme. »

Naturellement, je consentis à faire cette expérience.

Quelques passes plongèrent M. Vankirk dans le sommeil magnétique. Sa respiration devint immédiatement plus aisée, et il ne parut plus souffrir d'aucun malaise physique. La conversation suivante s'engagea. – *V* dans le dialogue représentera le somnambule, et *P*, ce sera moi.

P. Etes-vous endormi ?

V. Oui, – non. Je voudrais bien dormir plus profondément.

P. (après quelques nouvelles passes). Dormez-vous bien, maintenant ?

V. Oui.

P. Comment supposez-vous que finira votre maladie actuelle ?

V. (après une longue hésitation et parlant comme avec effort). J'en mourrai.

P. Cette idée de mort vous afflige-t-elle ?

V. (avec vivacité). Non, non !

P. Cette perspective vous réjouit-elle ?

V. Si j'étais éveillé, j'aimerais mourir. Mais maintenant il n'y a pas lieu de le désirer. L'état magnétique est assez près de la mort pour me contenter.

P. Je voudrais bien une explication un peu plus nette, monsieur Vankirk.

V. Je le voudrais bien aussi ; mais cela demande plus d'effort que je ne me sens capable d'en faire. Vous ne me questionnez pas convenablement.

P. Alors, que faut-il vous demander ?

V. Il faut que vous commenciez par le commencement.

P. Le commencement ! Mais où est-il, le commencement ?

V. Vous savez bien que le commencement est DIEU. *(Ceci fut dit sur un ton bas, ondoyant, et avec tous les signes de la plus profonde vénération.)*

P. Qu'est-ce que Dieu ?

V. (hésitant quelques minutes). Je ne puis pas le dire.

P. Dieu n'est-il pas un esprit ?

V. Quand j'étais éveillé, je savais ce que vous entendiez par esprit. Mais maintenant, cela ne me semble plus qu'un mot, – tel, par exemple, que vérité, beauté, – une qualité, enfin.

P. Dieu n'est-il pas immatériel ?

V. Il n'y a pas d'immatérialité ; – c'est un simple mot. Ce qui n'est pas matière n'est pas, – à moins que les qualités ne soient des êtres.

P. Dieu est-il donc matériel ?

V. Non. *(Cette réponse m'abasourdit.)*

P. Alors, qu'est-il ?

V. (après une longue pause, et en marmottant). Je le vois, – je le vois, – mais c'est une chose très-difficile à dire. *(Autre pause également longue.)* Il n'est pas esprit, car il existe. Il n'est pas non plus matière, *comme vous l'entendez.* Mais il y a des *gradations* de matière dont l'homme n'a aucune connaissance, la plus dense entraînant la plus subtile, la plus subtile pénétrant la plus dense. L'atmosphère, par exemple, met en mouvement le principe électrique, pendant que le principe électrique pénètre l'atmosphère. Ces *gradations* de matière augmentent en raréfaction et en subtilité jusqu'à ce que nous arrivions à une matière *imparticulée,* – sans molécules, – indivisible, – *une* ; et ici la loi d'impulsion et de pénétration est modifiée. La matière suprême ou *imparticulée* non-seulement pénètre les êtres, mais met tous les êtres en mouvement, – et ainsi elle *est* tous les êtres en un, qui est elle-même. Cette matière est Dieu. Ce que les hommes cherchent à personnifier dans le mot *pensée,* c'est la matière en mouvement.

P. Les métaphysiciens maintiennent que toute action se réduit à mouvement et pensée, et que celle-ci est l'origine de celui-là.

V. Oui ; je vois maintenant la confusion d'idées. Le mouvement est l'action de l'esprit, non de la pensée. La matière imparticulée, ou Dieu, à l'état de repos, est, autant que nous pouvons le concevoir, ce que les hommes appellent esprit. Et cette faculté d'automouvement – équivalente en effet à la volonté humaine – est dans la matière imparticulée le résultat de son unité et de son omnipotence ; comment, je ne le sais pas, et maintenant je vois clairement que je ne le saurai jamais ; mais la matière imparticulée, mise en mouvement par une loi ou une qualité contenue en elle, est pensante.

P. Ne pouvez-vous pas me donner une idée plus précise de ce que vous entendez par matière imparticulée ?

V. Les matières dont l'homme a connaissance échappent aux sens, à mesure que l'on monte l'échelle. Nous avons, par exemple, un métal, un morceau de bois, une goutte d'eau, l'atmosphère, un gaz, le calorique, l'électricité, l'éther lumineux. Maintenant, nous appelons toutes ces choses matière, et nous embrassons toute matière dans une définition générale ; mais, en dépit de tout ceci, il n'y a pas deux idées plus essentiellement distinctes que celle que nous attachons au métal, et celle que nous attachons à l'éther lumineux. Si nous prenons ce dernier, nous sentons une presque irrésistible tentation de le classer avec l'esprit ou avec le néant. La seule considération qui nous retient est notre conception de sa constitution atomique. Et encore, ici même, avons-nous besoin d'appeler à notre aide et de nous remémorer notre notion primitive de l'atome, c'est-à-dire de quelque chose possédant dans une infinie exiguïté la solidité, la tangibilité, la pesanteur. Supprimons l'idée de la constitution atomique, et il nous sera impossible de considérer l'éther comme une entité, ou au moins comme une matière. Faute d'un meilleur mot, nous pourrions l'appeler esprit. Maintenant, montons d'un degré au-delà de l'éther lumineux, concevons une matière qui soit à l'éther, quant à la raréfaction, ce que l'éther est au métal, et nous arrivons enfin, en dépit de tous les dogmes de l'école, à une masse unique, – à une matière imparticulée. Car, bien que nous puissions admettre une infinie petitesse dans les atomes eux-mêmes, supposer une infinie petitesse dans les espaces qui les séparent est une absurdité. Il y aura un point, – il y aura un degré de raréfaction, où, si les atomes sont en nombre suffisant, les espaces s'évanouiront, et où la masse sera absolument une. Mais la considération de la constitution atomique étant maintenant mise de côté, la nature de cette masse glisse inévitablement dans notre conception de l'esprit. Il est clair, toutefois, qu'elle est tout aussi *matière* qu'auparavant. Le vrai est qu'il est aussi impossible de concevoir l'esprit que d'imaginer ce qui n'est pas. Quand nous nous flattons d'avoir enfin trouvé cette conception, nous avons simplement donné le change à notre intelligence par la considération de la matière infiniment raréfiée.

P. Il me semble qu'il y a une insurmontable objection à cette idée de cohésion absolue, – et c'est la très-faible résistance subie par les corps célestes dans leurs révolutions à travers l'espace, – résistance qui existe à un degré quelconque, cela est aujourd'hui démontré, – mais à un degré si faible, qu'elle a échappé à la sagacité de Newton lui-même. Nous savons que la résistance des corps est surtout en raison de leur densité. L'absolue cohésion est l'absolue densité ; là où il n'y a pas d'intervalles, il ne peut pas y avoir de passage. Un éther absolument dense constituerait un obstacle plus efficace à la marche d'une planète qu'un éther de diamant ou de fer.

V. Vous m'avez fait cette objection avec une aisance qui est à peu près en raison de son apparente irréfutabilité. – Une étoile marche ; qu'importe que l'étoile passe à travers l'éther ou l'éther à travers elle ? Il n'y a pas d'erreur astronomique plus inexplicable que celle qui concilie le retard connu des comètes avec l'idée de leur passage à travers l'éther ; car, quelque raréfié qu'on suppose l'éther, il fera toujours obstacle à toute révolution sidérale, dans une période singulièrement plus courte que ne l'ont admis tous ces astronomes qui se sont appliqués à glisser sournoisement sur un point qu'ils jugeaient insoluble. Le retard réel est d'ailleurs à peu près égal à celui qui peut résulter du frottement de l'éther dans son passage incessant à travers l'astre. La force de retard est donc double, d'abord momentanée et complète en elle-même, et en second lieu infiniment croissante.

P. Mais dans tout cela, – dans cette identification de la pure matière avec Dieu, n'y a-t-il rien d'irrespectueux ? *(Je fus forcé de répéter cette question pour que le somnambule pût complètement saisir ma pensée.)*

V. Pouvez-vous dire pourquoi la matière est moins respectée que l'esprit ? Mais vous oubliez que la matière dont je parle est, à tous égards et surtout relativement à ses hautes propriétés, la véritable *intelligence* ou *esprit* des écoles et en même temps la *matière* de ces mêmes écoles. Dieu, avec tous les pouvoirs attribués à l'esprit, n'est que la perfection de la matière.

P. Vous affirmez donc que la matière imparticulée en mouvement est pensée ?

V. En général, ce mouvement est la pensée universelle de l'esprit universel ; cette pensée crée ; toutes les choses créées ne sont que les pensées de Dieu.

P. Vous dites : en général.

V. Oui, l'esprit universel est Dieu ; pour les nouvelles individualités, la *matière* est nécessaire.

P. Mais vous parlez maintenant d'esprit et de matière comme les métaphysiciens.

V. Oui, pour éviter la confusion. Quand je dis esprit, j'entends la matière imparticulée ou suprême ; sous le nom de matière, je comprends toutes les autres espèces.

P. Vous disiez : pour les nouvelles individualités la matière est nécessaire.

V. Oui, car l'esprit existant incorporellement, c'est Dieu. Pour créer des êtres individuels pensants, il était nécessaire d'incarner les portions de l'esprit divin. C'est ainsi que l'homme est individualisé ; dépouillé du vêtement corporel, il serait Dieu. Maintenant, le mouvement spécial des portions incarnées de la matière imparticulée, c'est la pensée de l'homme, comme le mouvement de l'ensemble est celle de Dieu.

P. Vous dites que, dépouillé de son corps, l'homme sera Dieu ?

V. (après quelque hésitation). Je n'ai pas pu dire cela, c'est une absurdité.

P. (consultant ses notes). Vous avez affirmé que, dépouillé du vêtement corporel, l'homme serait Dieu.

V. Et cela est vrai. L'homme ainsi dégagé serait Dieu, il serait désindividualisé ; mais il ne peut être ainsi dépouillé, – du moins il ne le sera jamais ; – autrement, il nous faudrait concevoir une action de Dieu revenant sur elle-même, une action futile et sans but. L'homme est une créature ; les créatures sont les pensées de Dieu, et c'est la nature d'une pensée d'être irrévocable.

P. Je ne comprends pas. Vous dites que l'homme ne pourra jamais rejeter son corps.

V. Je dis qu'il ne sera jamais sans corps.

P. Expliquez-vous.

V. Il y a deux corps : le rudimentaire et le complet, correspondant aux deux conditions de la chenille et du papillon. Ce que nous appelons mort n'est que la métamorphose douloureuse ; notre incarnation actuelle est progressive, préparatoire, temporaire ; notre incarnation future est parfaite, finale, immortelle. La vie finale est le but suprême.

P. Mais nous avons une notion palpable de la métamorphose de la chenille.

V. Nous, certainement, mais non la chenille. La matière dont notre corps rudimentaire est composé est à la portée des organes de ce même corps, ou, plus distinctement, nos organes rudimentaires sont appropriés à la matière dont est fait le corps rudimentaire, mais non à celle dont le corps suprême est composé. Le corps ultérieur ou suprême échappe donc à nos sens rudimentaires, et nous percevons seulement la coquille qui tombe en dépérissant et se détache de la forme intérieure, et non la forme intime elle-même ; mais cette forme intérieure, aussi bien que la coquille, est appréciable pour ceux qui ont déjà opéré la conquête de la vie ultérieure.

P. Vous avez dit souvent que l'état magnétique ressemblait singulièrement à la mort. Comment cela ?

V. Quand je dis qu'il ressemble à la mort, j'entends qu'il ressemble à la vie ultérieure, car, lorsque je suis magnétisé, les sens de ma vie rudimentaire sont en vacance, et je perçois les choses extérieures directement, sans organes, par un agent qui sera à mon service dans la vie ultérieure ou inorganique.

P. Inorganique ?

V. Oui. Les organes sont des mécanismes par lesquels l'individu est mis en rapport sensible avec certaines catégories et formes de la matière, à l'exclusion des autres catégories et des autres formes. Les organes de l'homme sont appropriés à sa condition rudimentaire, et à elle seule. Sa condition ultérieure, étant inorganique, est propre à une compréhension infinie de toutes choses, une seule exceptée, – qui est la nature de la volonté de Dieu, c'est-à-dire le mouvement de la matière imparticulée. Vous aurez une idée distincte du corps définitif en le concevant tout cervelle ; il n'est pas cela, mais une conception de cette nature vous rapprochera de l'idée de sa constitution réelle. Un corps lumineux communique une vibration à l'éther chargé de transmettre la lumière ; cette vibration en engendre de semblables dans la rétine, lesquelles en communiquent de semblables au nerf optique ; le nerf les traduit au cerveau, et le cerveau à la matière imparticulée qui le pénètre ; le mouvement de cette dernière est la pensée, et sa première vibration, c'était la perception. Tel est le mode par lequel l'esprit de la vie rudimentaire communique avec le monde extérieur, et ce monde extérieur est, dans la vie rudimentaire, limité par l'idiosyncrasie des organes. Mais, dans la vie ultérieure, inorganique, le monde extérieur communique avec le corps entier, – qui est d'une substance ayant quelque affinité avec le cerveau, comme je vous l'ai dit, – sans autre intervention que celle d'un éther infiniment plus subtil que l'éther lumineux ; et le corps tout entier vibre à l'unisson avec cet éther et met en mouvement la matière imparticulée dont il est pénétré. C'est donc à l'absence d'organes idiosyncrasiques qu'il faut attribuer la perception quasi illimitée de la vie ultérieure. Les organes sont des cages nécessaires où sont enfermés les êtres rudimentaires jusqu'à ce qu'ils soient garnis de toutes leurs plumes.

P. Vous parlez d'êtres rudimentaires, y a-t-il d'autres êtres rudimentaires pensants que l'homme ?

V. L'incalculable agglomération de matière subtile dans les nébuleuses, les planètes, les soleils et autres corps qui ne sont ni nébuleuses, ni soleils, ni planètes, a pour unique destination de servir d'aliment aux organes idiosyncrasiques d'une infinité d'êtres rudimentaires ; mais, sans cette nécessité de la vie rudimentaire, acheminement à la vie définitive, de pareils mondes n'auraient pas existé ; chacun de ces mondes est occupé par une variété distincte de créatures organiques, rudimentaires, pensantes ; dans toutes, les organes varient avec les caractères généraux de l'habitacle. A la mort ou métamorphose, ces créatures, jouissant de la vie ultérieure, de l'immortalité, et connaissant tous les secrets, excepté *l'unique*, opèrent tous leurs actes et se meuvent dans tous les sens par un pur effet de leur volonté ; elles habitent, non plus les étoiles qui nous paraissent les seuls mondes palpables et pour la commodité desquelles nous croyons stupidement que l'espace a été créé, mais l'espace lui-même, cet infini dont l'immensité véritablement substantielle absorbe les étoiles comme des ombres et pour l'œil des anges les efface comme des non-entités.

P. Vous dites que, sans la *nécessité* de la vie rudimentaire, les astres n'auraient pas été créés. Mais pourquoi cette nécessité ?

V. Dans la vie inorganique, aussi bien que généralement dans la matière inorganique, il n'y a rien qui puisse contredire l'action d'une loi simple, unique, qui est la Volition divine. La vie et la matière organiques, – complexes, substantielles et gouvernées par une loi multiple,

– ont été constituées dans le but de créer un empêchement.

P. Mais encore, – où était la nécessité de créer cet empêchement ?

V. Le résultat de la loi inviolée est perfection, justice, bonheur négatif. Le résultat de la loi violée est imperfection, injustice, douleur positive. Grâce aux empêchements apportés par le nombre, la complexité ou la substantialité des lois de la vie et de la matière organiques, la violation de la loi devient jusqu'à un certain point praticable. Ainsi la douleur, qui est impossible dans la vie inorganique, est possible dans l'organique.

P. Mais en vue de quel résultat satisfaisant la possibilité de la douleur a-t-elle été créée ?

V. Toutes choses sont bonnes ou mauvaises par comparaison. Une suffisante analyse démontrera que le plaisir, dans tous les cas, n'est que le contraste de la peine. Le plaisir positif est une pure idée. Pour être heureux jusqu'à un certain point, il faut que nous ayons souffert jusqu'au même point. Ne jamais souffrir serait équivalent à n'avoir jamais été heureux. Mais il est démontré que dans la vie inorganique la peine ne peut pas exister ; de là la nécessité de la peine dans la vie organique. La douleur de la vie primitive sur la terre est la seule base, la seule garantie du bonheur dans la vie ultérieure, dans le ciel.

P. Mais encore, il y a une de vos expressions que je ne puis absolument pas comprendre : l'immensité véritablement *substantielle* de l'infini.

V. C'est probablement parce que vous n'avez pas une notion suffisamment générique de l'expression *substance* elle-même. Nous ne devons pas la considérer comme une qualité, mais comme un sentiment ; c'est la perception, dans les êtres pensants, de l'appropriation de la matière à leur organisation. Il y a bien des choses sur la terre qui seraient néant pour les habitants de Vénus, bien des choses visibles et tangibles dans Vénus, dont nous sommes incompétents à apprécier l'existence. Mais, pour les êtres inorganiques, – pour les anges, – la totalité de la matière imparticulée est substance, c'est-à-dire que, pour eux, la totalité de ce que nous appelons espace est la plus véritable substantialité. Cependant, les astres, pris au point de vue matériel, échappent au sens angélique dans la même proportion que la matière imparticulée, prise au point de vue immatériel, échappe aux sens organiques.

Comme le somnambule, d'une voix faible, prononçait ces derniers mots, j'observai dans sa physionomie une singulière expression qui m'alarma un peu et me décida à le réveiller immédiatement. Je ne l'eus pas plus tôt fait, qu'il tomba en arrière sur son oreiller et expira, avec un brillant sourire qui illuminait tous ses traits. Je remarquai que moins d'une minute après son corps avait l'immuable rigidité de la pierre. Son front était d'un froid de glace. Tel sans doute je l'eusse trouvé après une longue pression de la main d'Azraël. Le somnambule, pendant la dernière partie de son discours, m'avait-il donc parlé du fond de la région des ombres ?

LE SYSTÈME DU DOCTEUR GOUDRON ET DU PROFESSEUR PLUME

Pendant l'automne de 18..., comme je visitais les provinces de l'extrême sud de la France, ma route me conduisit à quelques milles d'une certaine maison de santé, ou hospice particulier de fous, dont j'avais beaucoup entendu parler à Paris par des médecins, mes amis. Comme je n'avais jamais visité un lieu de cette espèce, je jugeai l'occasion trop bonne pour la négliger, et je proposai à mon compagnon de voyage (un gentleman dont j'avais fait, par hasard, la connaissance quelques jours auparavant) de nous détourner de notre route, pendant une heure à peu près, et d'examiner l'établissement. Mais il s'y refusa, se disant d'abord très-pressé et objectant ensuite l'horreur qu'inspire généralement la vue d'un aliéné. Il me pria cependant de ne pas sacrifier à un désir de courtoisie envers lui les satisfactions de ma curiosité, et me dit qu'il continuerait à chevaucher en avant, tout doucement, de sorte que je pusse le rattraper dans la journée, ou, à tout hasard, le jour suivant. Comme il me disait adieu, il me vint à l'esprit que j'éprouverais peut-être quelque difficulté à pénétrer dans le lieu en question, et je lui fis part de mes craintes à ce sujet. Il me répondit qu'en effet, à moins que je ne connusse personnellement M. Maillard, le directeur, ou que je ne possédasse quelque lettre d'introduction, il pourrait bien s'élever quelque difficulté, parce que les règlements de ces maisons particulières de fous étaient beaucoup plus sévères que ceux des hospices publics. Quant à lui, ajouta-t-il, il avait fait, quelques années auparavant, la connaissance de Maillard, et il pouvait me rendre du moins le service de m'accompagner jusqu'à la porte et de me présenter ; mais sa répugnance, relativement à la folie, ne lui permettait pas d'entrer dans la maison.

Je le remerciai, et, nous détournant de la grand'route, nous entrâmes dans un chemin de traverse gazonné, qui, au bout d'une demi-heure, se perdait presque dans un bois épais, recouvrant la base d'une montagne. Nous avions fait environ deux milles à travers ce bois humide et sombre quand enfin la maison de santé nous apparut. C'était un fantastique château, très-abîmé, et qui, à en juger par son air de vétusté et de délabrement, devait être à peine habitable. Son aspect me pénétra d'une véritable terreur, et, arrêtant mon cheval, je sentis presque l'envie de tourner bride. Cependant, j'eus bientôt honte de ma faiblesse, et je continuai.

Comme nous nous dirigions vers la grande porte, je m'aperçus qu'elle était entrebâillée, et je vis une figure d'homme qui regardait à travers. Un instant après, cet homme s'avançait, accostait mon compagnon et l'appelant par son nom, lui serrait cordialement la main et le priait de mettre pied à terre. C'était M. Maillard lui-même, un véritable gentleman de la vieille école : belle mine, noble prestance, manières exquises, et un certain air de gravité, de dignité et d'autorité fait pour produire une vive impression.

Mon ami me présenta et expliqua mon désir de visiter l'établissement ; M. Maillard lui ayant promis qu'il aurait pour moi toutes les attentions possibles, il prit congé de nous, et, depuis lors, je ne l'ai plus revu.

Quand il fut parti, le directeur m'introduisit dans un petit parloir excessivement soigné, contenant, entre autres indices d'un goût raffiné, force livres, des dessins, des vases de fleurs et des instruments de musique. Un bon feu flambait joyeusement dans la cheminée. Au piano, chantant un air de Bellini, était assise une jeune et très-belle femme, qui, à mon arrivée, s'interrompit et me reçut avec une gracieuse courtoisie. Elle parlait à voix basse, et il y avait dans toutes ses manières quelque chose de mortifié. Je crus voir aussi des traces de chagrin dans tout son visage, dont la pâleur excessive n'était pas, selon moi du moins, sans quelque agrément. Elle était en grand deuil, d'ailleurs, et elle éveilla dans mon cœur un sentiment combiné de respect, d'intérêt et d'admiration.

J'avais entendu dire à Paris que l'établissement de M. Maillard était organisé d'après ce qu'on nomme vulgairement le *système de douceur* ; qu'on y évitait l'emploi de tous les châtiments ; qu'on n'avait même recours à la réclusion que fort rarement ; que les malades, surveillés secrètement, jouissaient, en apparence, d'une grande liberté et qu'ils pouvaient, pour la plupart, circuler à travers la maison et les jardins, dans la tenue ordinaire des personnes qui sont dans leur bon sens.

Tous ces détails restant présents à mon esprit, je prenais bien garde à tout ce que je pouvais dire devant la jeune dame ; car rien ne m'assurait qu'elle eût toute sa raison ; et, en effet, il y avait dans ses yeux un certain éclat inquiet qui m'induisait presque à croire qu'elle ne l'avait pas. Je restreignis donc mes observations à des sujets généraux, ou à ceux que je jugeais incapables de déplaire à une folle ou même de l'exciter. Elle répondit à tout ce que je dis d'une manière parfaitement sensée ; et même ses observations personnelles étaient marquées du plus solide bon sens. Mais une longue étude de la physiologie de la folie m'avait appris à ne pas me fier même à de pareilles preuves de santé morale, et je continuai, pendant toute l'entrevue, à pratiquer la prudence dont j'avais usé au commencement.

En ce moment, un fort élégant domestique en livrée apporta un plateau chargé de fruits, de vins et d'autres rafraîchissements, dont je pris volontiers ma part ; la dame, peu de temps après, quitta le parloir. Quand elle fut partie, je tournai les yeux vers mon hôte d'une manière interrogative.

« Non, – dit-il, – oh ! non... c'est une personne de ma famille..., ma nièce, une femme accomplie d'ailleurs.

– Je vous demande mille pardons de mon soupçon, – répliquai-je, – mais vous saurez bien vous-même m'excuser. L'excellente administration de votre maison est bien connue à Paris, et je pensais qu'il serait possible, après tout... vous comprenez...

– Oui ! oui ! n'en parlez plus, – ou plutôt c'est moi qui devrais vous remercier pour la très-louable prudence que vous avez montrée. Nous trouvons rarement autant de prévoyance chez les jeunes gens, et plus d'une fois nous avons vu se produire de déplorables accidents par l'étourderie de nos visiteurs. Lors de l'application de mon premier système, et quand mes malades avaient le privilège de se promener partout à leur volonté, ils étaient quelquefois jetés dans des crises dangereuses par des personnes irréfléchies, invitées à examiner notre établissement. J'ai donc été contraint d'imposer un rigoureux système d'exclusion, et désormais nul n'a pu obtenir accès chez nous, sur la discrétion de qui je ne pusse pas compter.

– Lors de l'application de votre premier système ? dis-je, répétant ses propres paroles. – Dois-je entendre par là que le *système de douceur* dont on m'a tant parlé a cessé d'être appliqué chez vous ?

– Il y a maintenant quelques semaines, – répliqua-t-il, – que nous avons décidé de l'abandonner à tout jamais.

– En vérité ! vous m'étonnez.

– Nous avons jugé absolument nécessaire, – dit-il avec un soupir, – de revenir aux vieux errements. Le système de douceur était un effrayant danger de tous les instants, et ses avantages ont été estimés à un trop haut prix. Je crois, monsieur, que, si jamais épreuve loyale a été faite, c'est dans cette maison même. Nous avons fait tout ce que pouvait raisonnablement suggérer l'humanité. Je suis fâché que vous ne nous ayez pas rendu visite à une époque antérieure. Vous auriez pu juger la question par vous-même. Mais je suppose que vous êtes bien au courant du traitement *par la douceur* dans tous ses détails.

– Pas absolument. Ce que j'en connais, je le tiens de troisième ou de quatrième main.

– Je définirai donc le système en termes généraux : un système où le malade était *ménagé*, un système de *laisser-faire*. Nous ne contredisions aucune des fantaisies qui entrait dans la cerveile du malade. Au contraire, non-seulement nous nous y prêtions, mais encore nous l'encouragions ; et c'est ainsi que nous avons pu opérer un grand nombre de cures radicales. Il n'y a pas de raisonnement qui touche autant la raison affaiblie d'un fou que la *réduction à l'absurde*. Nous avons eu des hommes, par exemple, qui se croyaient poulets. Le traitement consistait, en ce cas, à reconnaître, à accepter le cas comme fait positif, – à accuser le malade de stupidité en ce qu'il ne reconnaissait pas suffisamment son cas comme fait positif, – et dès lors à lui refuser, pendant une semaine, toute autre nourriture que celle qui appartient proprement à un poulet. Grâce à cette méthode, il suffisait d'un peu de grain et de gravier pour opérer des miracles.

– Mais cette espèce d'acquiescement de votre part à la monomanie, était-ce tout ?

– Non pas. Nous avions grande foi aussi dans les amusements de nature simple, tels que la musique, la danse, les exercices gymnastiques en général, les cartes, certaines classes de livres, etc., etc. Nous faisions semblant de traiter chaque individu pour une affection physique ordinaire, et le mot *folie* n'était jamais prononcé. Un point de grande importance était de donner à chaque fou la charge de surveiller les actions de tous les autres. Mettre sa confiance dans l'intelligence ou la discrétion d'un fou, c'est le gagner corps et âme. Par ce moyen, nous pouvions nous passer de toute une classe fort dispendieuse de surveillants.

– Et vous n'aviez de punitions d'aucune sorte ?

– D'aucune.

– Et vous n'enfermiez jamais vos malades ?

– Très-rarement. De temps à autre, la maladie de quelque individu s'élevant jusqu'à une crise, ou tournant soudainement à la fureur, nous le transportions dans une cellule secrète, de peur que le désordre de son esprit n'infectât les autres, et nous le gardions ainsi jusqu'au moment où nous pouvions le renvoyer à ses parents ou à ses amis ; – car nous n'avions rien à faire avec le fou furieux. D'ordinaire, il est transféré dans les hospices publics.

– Et maintenant, vous avez changé tout cela ; et vous croyez avoir fait pour le mieux ?

– Décidément, oui. Le système avait ses inconvénients et même ses dangers. Actuellement, il est, Dieu merci ! condamné dans toutes les maisons de santé de France.

– Je suis très-surpris, – dis-je, – de tout ce que vous m'apprenez ; car je considérais comme certain qu'il n'existe pas d'autre méthode de traitement de la folie, actuellement en vigueur, dans toute l'étendue du pays.

– Vous êtes encore jeune, mon ami, – répliqua mon hôte, – mais le temps viendra où vous apprendrez à juger par vous-même tout ce qui se passe dans le monde, sans vous fier au bavardage d'autrui. Ne croyez rien de ce que vous entendez dire, et ne croyez que la moitié de ce que vous voyez. Or, relativement à nos maisons de santé, il est clair que quelque ignare s'est joué de vous. Après le dîner, cependant, quand vous serez suffisamment remis de la fatigue de votre voyage, je serais heureux de vous promener à travers la maison et de vous faire apprécier un système qui, dans mon opinion et dans celle de toutes les personnes qui ont pu en voir les résultats, est incomparablement le plus efficace de tous ceux imaginés jusqu'à présent.

– C'est votre propre système ? demandai-je ; – un système de votre invention ?

– Je suis fier, – répliqua-t-il, – d'avouer que c'est bien le mien, au moins dans une certaine mesure. »

Je conversai ainsi avec M. Maillard une heure ou deux, pendant lesquelles il me montra les jardins et les cultures de l'établissement.

« Je ne puis pas, – dit-il, – vous laisser voir mes malades immédiatement. Pour un esprit sensitif, il y a toujours quelque chose de plus ou moins répugnant dans ces sortes d'exhibitions, et je ne veux pas vous priver de votre appétit pour le dîner. Car nous dînerons ensemble. Je puis vous offrir du veau *à la Sainte-Menehould*, des choux-fleurs à la *sauce veloutée* ; après cela, un verre de clos-vougeot ; vos nerfs alors seront suffisamment raffermis. »

A six heures, on annonça le dîner, et mon hôte m'introduisit dans une vaste salle à manger, où était rassemblée une nombreuse compagnie, vingt-cinq ou trente personnes en tout. C'étaient, en apparence, des gens de bonne société, certainement de haute éducation, quoique leurs toilettes, à ce qu'il me sembla, fussent d'une richesse extravagante et participassent un peu trop du raffinement fastueux de la vieille cour (1). J'observai aussi que les deux tiers au moins des convives étaient des dames, et que quelques-unes d'entre elles n'étaient nullement habillées selon la mode qu'un Parisien considère comme le bon goût du jour. Plusieurs femmes, par exemple, qui n'avaient pas moins de soixante et dix ans, étaient parées d'une profusion de bijouterie, bagues, bracelets et boucles d'oreilles, et mon-

(1) A propos du veau *à la Sainte-Menehould*, de la *sauce veloutée*, de la *vieille cour*, etc., il ne faut pas oublier que l'auteur est américain, et que, comme tous les auteurs anglais et américains, il a la manie d'employer des termes français et de faire parade d'idées françaises, – termes et idées d'un répertoire un peu suranné. – C. B.

traient leurs seins et leurs bras outrageusement nus. Je notai également que très-peu de ces costumes étaient bien faits, ou du moins que la plupart étaient mal adaptés aux personnes qui les portaient. En regardant autour de moi, je découvris l'intéressante jeune fille à qui M. Maillard m'avait présenté dans le petit parloir ; mais ma surprise fut grande de la voir accoutrée d'une vaste robe à paniers, avec des souliers à hauts talons et un bonnet crasseux de point de Bruxelles, beaucoup trop grand pour elle, si bien qu'il donnait à sa figure une apparence ridicule de petitesse. La première fois que je l'avais vue, elle était vêtue d'un grand deuil qui lui allait à merveille. Bref, il y avait un air de singularité dans la toilette de toute la société, qui me remit en tête mon idée primitive du *système de douceur*, et me donna à penser que M. Maillard avait voulu m'illusionner jusqu'à la fin du dîner, de peur que je n'éprouvasse des sensations désagréables pendant le repas, me sachant à table avec des lunatiques ; mais je me souvins qu'on m'avait parlé, à Paris, des provinciaux du Midi comme de gens particulièrement excentriques et entichés d'une foule de vieilles idées ; et, d'ailleurs, en causant avec quelques-uns des convives, je sentis bientôt mes appréhensions se dissiper complètement.

La salle à manger, elle-même, quoique ne manquant pas tout à fait de confortable et de bonnes dimensions, n'avait pas toutes les élégances désirables. Ainsi, le parquet était sans tapis ; il est vrai qu'en France on s'en passe souvent. Les fenêtres étaient privées de rideaux ; les volets, quand ils étaient fermés, étaient solidement assujettis par des barres de fer, fixées en diagonale, à la manière ordinaire des fermetures des boutiques. J'observai que la salle formait, à elle seule, une des ailes du château, et que les fenêtres occupaient ainsi trois des côtés du parallélogramme, la porte se trouvant placée sur le quatrième. Il n'y avait pas moins de dix fenêtres en tout.

La table était splendidement servie. Elle était couverte de vaisselle plate et surchargée de toutes sortes de friandises. C'était une profusion absolument barbare. Il y avait en vérité assez de mets pour régaler les Anakim. Jamais, de mon vivant, je n'avais contemplé un si monstrueux étalage, un si extravagant gaspillage de toutes les bonnes choses de la vie ; – peu de goût, il est vrai, dans l'arrangement du service ; – et mes yeux, accoutumés à des lumières douces, se trouvaient cruellement offensés par le prodigieux éclat d'une multitude de bougies, dans des candélabres d'argent qu'on avait posés sur la table et disséminés dans toute la salle, partout où on avait pu en trouver la place. Le service était fait par plusieurs domestiques très-actifs et sur une grande table, tout au fond de la salle, étaient assises sept ou huit personnes avec des violons, des flûtes, des trombones et un tambour. Ces gaillards, à de certains intervalles, pendant le repas, me fatiguèrent beaucoup par une infinie variété de bruits qui avaient la prétention d'être de la musique, et qui, à ce qu'il paraissait, causaient un vif plaisir à tous les assistants, – moi excepté, bien entendu.

En somme, je ne pouvais m'empêcher de penser qu'il y avait passablement de bizarrerie dans tout ce que je voyais ; mais, après tout, le monde est fait de toutes sortes de gens, qui ont des manières de penser fort diverses et une foule d'usages tout à fait conventionnels. Et puis, j'avais trop voyagé pour n'être pas un parfait adepte du *nil admirari* ; aussi, je pris tranquillement place à la droite de mon amphitryon et, doué d'un excellent appétit, je fis honneur à toute cette bonne chère.

La conversation, cependant, était animée et générale. Les dames, selon leur habitude, parlaient beaucoup. Je vis bientôt que la société était composée, presque entièrement, de gens bien élevés, et mon hôte était, à lui seul, un trésor de joyeuses anecdotes. Il semblait assez volontiers disposé à parler de sa position de directeur d'une maison de santé ; et, à ma grande surprise, la folie elle-même devint le thème de causerie favori de tous les convives.

« Nous avions ici autrefois un gaillard, – dit un gros petit monsieur, assis à ma droite, – qui se croyait théière ; et, soit dit en passant, n'est-ce pas chose remarquable que cette lubie particulière entre si souvent dans la cervelle des fous ? Il n'y a peut-être pas en France un hospice d'aliénés qui ne puisse fournir une théière humaine. *Notre* monsieur était une théière de fabrique anglaise, et il avait soin de se polir lui-même tous les matins avec une peau de daim et du blanc d'Espagne.

– Et puis, – dit un grand homme, juste en face, – nous avons eu, il n'y a pas bien longtemps, un individu qui s'était fourré dans la tête qu'il était un âne ; – ce qui, métaphoriquement parlant, direz-vous, était parfaitement vrai. C'était un malade très-fatigant, et nous avions beaucoup de peine à l'empêcher de dépasser toutes les bornes. Pendant un assez long temps, il ne voulut manger que des chardons ; mais nous l'avons bientôt guéri de cette idée en insistant pour qu'il ne mangeât pas autre chose. Il était sans cesse occupé à ruer avec ses talons... comme ça, tenez... comme ça...

– Monsieur de Kock ! je vous serais bien obligée, si vous pouviez vous contenir ! – interrompit alors une vieille dame, assise à côté de l'orateur. – Gardez, s'il vous plaît, vos coups de pied pour vous. Vous avez abîmé ma robe de brocart ! Est-il indispensable, je vous prie, d'illustrer une observation d'une manière aussi matérielle ? Notre ami, que voici, vous comprendra tout aussi bien sans cette démonstration physique. Sur ma parole, vous êtes presque un aussi grand âne que ce pauvre insensé croyait l'être lui-même. Votre jeu est tout à fait *nature*, aussi vrai que je vis !

– Mille pardons, mam'zelle ! – répondit M. de Kock, ainsi interpellé, – mille pardons ! je n'avais pas l'intention de vous offenser. Mam'zelle Laplace, M. de Kock sollicite l'honneur de prendre le vin avec vous. »

Alors, M. de Kock s'inclina, baisa cérémonieusement sa propre main, et prit le vin avec mam'zelle Laplace.

« Permettez-moi, mon ami, – dit M. Maillard en s'adressant à moi, – permettez-moi de vous envoyer un morceau de ce veau *à la Sainte-Menehould* ; vous le trouverez particulièrement délicat. »

Trois vigoureux domestiques avaient réussi à déposer sans accident sur la table un énorme plat, ou plutôt un bateau, contenant ce que j'imaginais être le *monstrum horrendum, informe, ingens, cui lumen ademptum*. Un examen plus attentif me confirma toutefois que c'était seulement un petit veau rôti, tout entier, appuyé sur ses genoux, avec une pomme entre les dents, selon la mode usitée en Angleterre pour servir un lièvre.

« Non, je vous remercie, – répliquai-je ; – pour dire la vérité, je n'ai pas un faible bien déterminé pour le veau *à la Sainte*... comment dites-vous ? car je ne trouve pas généralement qu'il me réussisse. Je vous prierais de faire changer cette assiette et de me permettre d'essayer un peu de lapin. »

Il y avait sur la table quelques plats latéraux, contenant

ce qui me semblait être du lapin ordinaire, à la française, un délicieux morceau, que je puis vous recommander.

« Pierre ! – cria mon hôte, – changez l'assiette de monsieur, et donnez-lui un morceau de ce lapin *au chat.*

– De ce... quoi ? – dis-je.

– De ce lapin *au chat.*

– Eh bien, je vous remercie. Toute réflexion faites, non. Je vais me servir moi-même un peu de jambon. »

En vérité, pensais-je, on ne sait pas ce qu'on mange à la table de ces gens de province. Je ne veux pas goûter de leur lapin *au chat,* pas plus, et pour la même raison, que je ne voudrais de leur *chat au lapin.*

« Et puis, – dit un personnage à figure cadavéreuse, placé au bas de la table, reprenant le fil de la conversation où il avait été brisé, – entre autres bizarreries, nous avons eu, à une certaine époque, un malade qui s'obstinait à se croire un fromage de Cordoue, et qui se promenait partout, un couteau à la main, invitant ses amis à couper, seulement pour y goûter, un petit morceau de sa cuisse.

– C'était sans doute un grand fou, – interrompit une autre personne ; – mais il n'est pas à comparer à un individu que nous avons tous connu, à l'exception de ce gentleman étranger. Je veux parler de l'homme qui se prenait pour une bouteille de champagne, et qui *partait,* toujours avec un pan... pan !... et un pschi... i... i... i... ! de cette manière... »

Ici, l'orateur, très-grossièrement, à mon sens, fourra son pouce droit sous sa joue gauche, l'en retira brusquement avec un bruit ressemblant à la pétarade d'un bouchon qui saute, et puis, par un adroit mouvement de la langue sur les dents, produisit un sifflement aigu, qui dura quelques minutes, pour imiter la mousse du champagne. Cette conduite, je le vis bien, ne fut pas précisément du goût de M. Maillard ; cependant, il ne dit rien, et la conversation fut reprise par un petit homme très-maigre avec une grosse perruque.

– Il y avait aussi, – dit-il, – un imbécile qui se croyait une grenouille, animal auquel, pour le dire en passant, il ressemblait considérablement. Je voudrais que vous l'eussiez vu, monsieur, – c'était à moi qu'il s'adressait, – ça vous aurait fait du bien au cœur de voir les airs naturels qu'il prenait. Monsieur, si cet homme n'était pas une grenouille, je puis dire que c'est un grand malheur qu'il ne le fût pas. Son coassement était à peu près cela : O... o... o... gh... ! o... o... o... gh ! – C'était vraiment la plus belle note du monde – un si bémol ! et, quand il plaçait ses coudes sur la table de cette façon, après avoir pris un ou deux verres de vin, et qu'il distendait sa bouche ainsi, et qu'il roulait ses yeux comme ça, et puis qu'il les faisait clignoter avec une excessive rapidité, – comme ça, voyez-vous, – eh bien, monsieur, je puis vous affirmer de la manière la plus positive que vous seriez tombé en extase devant le génie de cet homme.

– Je n'en doute pas, – répondis-je.

– Il y avait aussi, – dit un autre, – il y avait aussi Petit-Gaillard, qui se croyait une pincée de tabac, et qui était désolé de ne pouvoir se prendre lui-même entre son index et son pouce.

– Nous avons eu aussi Jules Deshoulières, qui était vraiment un singulier génie, et qui devint fou de l'idée qu'il était une citrouille. Il persécutait sans cesse le cuisinier pour se faire mettre en pâtés, chose à laquelle le cuisinier se refusait avec indignation. Pour ma part, je n'affirmerai pas qu'une tourte *à la Deshoulières* ne fût un des mets des plus délicats, en vérité.

– Vous m'étonnez ! – dis-je, – et je regardai M. Maillard d'un air interrogatif.

– Ha ! ha ! – fit celui-ci, – hé, hé ! hi ! hi ! ho ! ho ! hu ! hu ! – Excellent, en vérité ! Il ne faut pas vous étonner, mon ami ; notre ami est un original, un farceur ; il ne faut pas prendre à la lettre ce qu'il dit.

– Oh ! mais, – dit une autre personne de la société, – nous avons connu aussi Buffon-Legrand, un autre personnage très-extraordinaire dans son genre. Il eut le cerveau dérangé par l'amour, et se figura qu'il était possesseur de deux têtes. Il affirmait que l'une d'elles était celle de Cicéron ; quant à l'autre, il se la figurait composite, étant celle de Démosthène depuis le haut du front jusqu'à la bouche, et celle de lord Brougham depuis la bouche jusqu'au bas du menton. Il ne serait pas impossible qu'il se trompât ; mais il vous aurait convaincu qu'il avait raison ; car c'était un homme d'une grande éloquence. Il avait une véritable passion pour l'art oratoire, et ne pouvait se retenir de la montrer. Par exemple, il avait l'habitude de sauter ainsi sur la table, et puis... »

En ce moment, un ami de l'orateur, assis à son côté, lui mit la main sur l'épaule et lui chuchota quelques mots à l'oreille ; là-dessus, l'autre cessa soudainement de parler et se laissa retomber sur sa chaise.

« Et puis, – dit l'ami, celui qui avait parlé bas, – il y a eu Boulard aussi, le toton. Je l'appelle le toton parce qu'il fut pris, en réalité, de la manie, singulière peut-être, mais non absolument déraisonnable, de se croire métamorphosé en toton. Vous auriez crevé de rire à le voir tourner. Il pirouettait à l'heure sur un seul talon, de cette façon, voyez... »

Alors, l'ami qu'il avait interrompu, un instant auparavant, par un avis dit à l'oreille, lui rendit, à son tour, exactement le même office.

« Mais alors, – cria une vieille dame d'une voix éclatante, – votre M. Boulard était un fou, et un fou très-bête, pour le moins. Car, permettez-moi de vous le demander, qui a jamais entendu parler d'un toton humain ? La chose est absurde. Madame Joyeuse était une personne plus sensée, comme vous savez. Elle avait aussi sa lubie, mais une lubie inspirée par le sens commun, et qui procurait du plaisir à tous ceux qui avaient l'honneur de la connaître. Elle avait découvert, après mûre réflexion, qu'elle avait été, par accident, changée en jeune coq ; mais, en tant que coq, elle se conduisait normalement. Elle battait des ailes, comme ça, comme ça, avec un effort prodigieux ; et, quant à son chant, il était délicieux ! Co... o... o... o... queri... co... o... o... o... ! Co... o... o... que... ri... co... co... co... o... o... o... o... !

– Madame Joyeuse, je vous prie de vouloir bien vous contenir ! – interrompit notre hôte avec colère. – Si vous ne voulez pas vous conduire décemment comme une dame doit le faire, vous pouvez quitter la table immédiatement. A votre choix ! »

La dame (que je fus très étonné d'entendre nommer madame Joyeuse, après la description de madame Joyeuse qu'elle-même venait de faire) rougit jusqu'aux sourcils, et sembla profondément humiliée de la réprimande. Elle baissa la tête et ne répondit pas une syllabe. Mais une autre dame plus jeune reprit le sujet de conversation en train. C'était ma belle jeune fille du parloir.

« Oh ! – s'écria-t-elle, – Madame Joyeuse *était* une folle ! mais il y avait, en somme, beaucoup de sens dans l'opinion d'Eugénie Salsafette. C'était une très-belle jeune dame, d'un air contrit et modeste, qui jugeait la mode ordinaire de s'habiller très-indécente, et qui voulait toujours se vêtir en se mettant *hors* de ses habits au lieu de se mettre *dedans*. C'est une chose bien facile à faire, après tout. Vous n'avez qu'à faire comme ça... et puis comme ça... et puis ensuite..., et enfin...

– Mon Dieu ! mam'zelle Salsafette ! s'écrièrent une douzaine de voix ensemble, – que faites-vous ? – Arrêtez ! – c'est suffisant. – Nous voyons bien comment cela peut se faire ! – Assez ! Assez ! »

Et quelques personnes s'élançaient déjà de leur chaise pour empêcher mam'zelle Salsafette de se mettre sur le pied d'égalité avec la Vénus de Médicis, quand le résultat désirable fut soudainement et efficacement amené par suite de grands cris ou de hurlements, provenant de quelque partie du corps principal du château. Mes nerfs furent, pour dire vrai, très-affectés par ces hurlements ; mais, quant aux autres convives, ils me firent pitié. Jamais de ma vie je n'ai vu une compagnie de gens sensés aussi complètement effrayée. Ils devinrent tous pâles comme autant de cadavres ; ils se ratatinaient sur leur chaise, frissonnaient et baragouinaient de terreur, et semblaient attendre d'une oreille anxieuse la répétition du même bruit. Il se répéta, en effet, plus haut et comme se rapprochant, – et puis une troisième fois, très-fort, très-fort, – enfin une quatrième, mais avec une vigueur évidemment décroissante. A cet apaisement apparent de la tempête, toute la compagnie reprit immédiatement ses esprits, et l'animation et les anecdotes recommencèrent de plus belle. Je me hasardai alors à demander quelle était la cause de ce trouble.

« Une pure bagatelle, – dit M. Maillard. – Nous sommes blasés là-dessus, et nous nous en inquiétons vraiment fort peu. Les fous, à des intervalles réguliers, se mettent à hurler de concert, l'un excitant l'autre, comme il arrive quelquefois, la nuit, dans une troupe de chiens. Il arrive aussi de temps en temps que ce concert de hurlements est suivi d'un effort simultané de tous pour s'évader ; dans ce cas, il y a, naturellement, lieu à quelques appréhensions.

– Et combien en avez-vous maintenant d'emprisonnés ?

– Pour le moment, nous n'en avons pas plus de dix en tout.

– Principalement des femmes, je suppose ?

– Oh ! non. – Tous des hommes, et de vigoureux gaillards, je puis vous l'affirmer.

– En vérité ! j'avais toujours entendu dire que la majorité des fous appartenait au sexe aimable.

– En général, oui ; mais pas toujours. Il y a quelque temps, nous avions ici environ vingt-sept malades, et, sur ce nombre, il n'y avait pas moins de dix-huit femmes, mais depuis peu, les choses ont beaucoup changé, comme vous voyez.

– Oui..., ont beaucoup changé, comme vous voyez, – interrompit le monsieur qui avait brisé les tibias de mam'zelle Laplace.

– Oui..., ont beaucoup changé, comme vous voyez, – carillonna en chœur toute la société.

– Retenez vos langues, tous ! entendez-vous ! » – cria mon amphitryon, dans un accès de colère. Là-dessus, toute l'assemblée observa, pendant une minute à peu près, un silence de mort. Il y eut une dame qui obéit à la lettre à M. Maillard, c'est-à-dire que, tirant sa langue, une langue d'ailleurs excessivement longue, elle la prit avec ses deux mains, et la tint avec beaucoup de résignation jusqu'à la fin du festin.

« Et cette dame, – dis-je à M. Maillard en me penchant vers lui, et lui parlant à voix basse, – cette excellente dame qui parlait tout à l'heure, et qui nous lançait son coquerico, elle est, je présume, inoffensive, tout à fait inoffensive, hein ?

– Inoffensive ! – s'écria-t-il avec une surprise non feinte ; – comment ? que voulez-vous dire ?

– Elle n'est que légèrement atteinte ? – dis-je en me touchant le front. – Je suppose qu'elle n'est pas particulièrement, dangereusement affectée, hein ?

– Mon Dieu ! qu'imaginez-vous là ? Cette dame, ma vieille et particulière amie, madame Joyeuse, a l'esprit aussi sain que moi-même. Elle a ses petites excentricités, sans doute ; mais, vous savez, toutes les vieilles femmes, toutes les *très*-vieilles femmes sont plus ou moins excentriques !

– Sans doute, – dis-je, – sans doute ! – Et le reste de ces dames et de ces messieurs... ?

– Tous sont mes amis et mes gardiens, – interrompit M. Maillard en se redressant avec hauteur, – mes excellents amis et aides.

– Quoi ! eux tous ? – demandai-je, – et les femmes aussi, sans exception ?

– Assurément, – dit-il. – Nous ne pourrions rien faire sans les femmes ; ce sont les meilleurs infirmiers du monde pour les fous ; elles ont une manière à elles, vous savez ? leurs yeux produisent des effets merveilleux ; quelque chose comme la fascination du serpent, vous savez ?

– Certainement, – dis-je, – certainement !... Elles se conduisent d'une façon un peu bizarre, n'est-ce pas ? Elles ont quelque chose d'original, hein ? ne trouvez-vous pas ?

– Bizarre ! original !... Quoi ! vraiment ! vous pensez ainsi ? A dire vrai, nous ne sommes pas bégueules dans le Midi ; nous faisons assez volontiers tout ce qui nous plaît ; nous jouissons de la vie, – et toutes ces habitudes-là, vous comprenez...

– Parfaitement, – dis-je, – parfaitement.

– Et puis ce clos-vougeot est peut-être un peu capiteux, vous comprenez ? – un peu chaud, n'est-ce pas ?

– Certainement, – dis-je, – certainement. Par parenthèse, monsieur, ne vous ai-je pas entendu dire que le système adopté par vous, à la place du fameux *système de douceur,* était d'une rigoureuse sévérité ?

– Nullement. La réclusion est nécessairement rigoureuse ; mais le traitement, – le traitement médical, veux-je dire, – est plutôt agréable pour les malades.

– Et le nouveau système est de votre invention ?

– Pas absolument. Quelques parties du système doivent être attribuées au docteur Goudron, dont vous avez nécessairement entendu parler ; et il y a dans mon plan des modifications que je suis heureux de reconnaître comme appartenant de droit au célèbre Plume, que vous avez eu l'honneur, si je ne me trompe, de connaître intimement.

– Je suis bien honteux d'avouer, – répliquai-je, – que, jusqu'ici, je n'avais jamais entendu prononcer les noms de ces messieurs.

– Bonté divine ! – s'écria mon hôte, retirant brusquement sa chaise et levant les mains au ciel. – Il est probable que je vous ai mal compris ! vous n'avez pas voulu dire, n'est-ce pas, que vous n'avez jamais ouï parler de l'érudit docteur Goudron, ni du fameux professeur Plume ?

– Je suis forcé de reconnaître mon ignorance, – répondis-je ; – mais la vérité doit être respectée avant toute chose.

Toutefois, je me sens on ne peut plus humilié de ne pas connaître les ouvrages de ces deux hommes, sans aucun doute extraordinaires. Je vais m'occuper de chercher leurs écrits, et je les lirai avec un soin studieux. Monsieur Maillard, vous m'avez réellement, – je dois le confesser, – vous m'avez réellement fait rougir de moi-même ! »

Et c'était la pure vérité.

« N'en parlons plus, mon jeune et excellent ami, – dit-il avec bonté, en me serrant la main ; – prenons cordialement ensemble un verre de ce sauternes. »

Nous bûmes. La société suivit notre exemple sans discontinuer. Ils bavardaient, ils plaisantaient, ils riaient, ils commettaient mille absurdités. Les violons grinçaient, le tambour multipliait ses rantamplans, les trombones beuglaient comme autant de taureaux de Phalaris, – et toute la scène, s'exaspérant de plus en plus à mesure que les vins augmentaient leur empire, devint à la longue une sorte de Pandémonium *in petto*. Cependant, M. Maillard et moi, avec quelques bouteilles de sauternes et de clos-vougeot entre nous deux, nous continuions notre dialogue à tue-tête. Une parole prononcée sur le diapason ordinaire n'avait pas plus de chance d'être entendue que la voix d'un poisson au fond du Niagara.

« Monsieur, – lui criai-je dans l'oreille, – vous me parliez avant le dîner du danger impliqué dans l'ancien *système de douceur*. Quel est-il ?

– Oui, – répondit-il, – il y avait quelquefois un très-grand danger. Il n'est pas possible de se rendre compte des caprices des fous ; et, dans mon opinion, aussi bien que dans celle du docteur Goudron et celle du professeur Plume, il n'est *jamais* prudent de les laisser se promener librement et sans surveillants. Un fou peut être *adouci*, comme on dit, pour un temps, mais à la fin il est toujours capable de turbulence. De plus, sa ruse est proverbiale et vraiment très-grande. S'il a un projet en vue, il sait le cacher avec une merveilleuse hypocrisie ; et l'adresse avec laquelle il contrefait la *sanité* offre à l'étude du philosophe un des plus singuliers problèmes psychiques. Quand un fou paraît *tout à fait* raisonnable, il est grandement temps, croyez-moi, de lui mettre la camisole.

– Mais le *danger*, mon cher monsieur, le danger dont vous parliez ? D'après votre propre expérience, depuis que cette maison est sous votre contrôle, avez-vous eu une raison matérielle, positive, de considérer la liberté comme périlleuse, dans un cas de folie ?

– Ici ? – D'après ma propre expérience ? – Certes, je peux répondre : oui ! Par exemple, *il n'y a pas très-longtemps* de cela, une singulière circonstance s'est présentée dans cette maison même. Le *système de douceur*, vous le savez, était alors en usage, et les malades étaient en liberté. Ils se comportaient *remarquablement* bien, à ce point que toute personne de sens aurait pu tirer d'une si belle sagesse la preuve qu'il se brassait parmi ces gaillards quelque plan démoniaque. Et, en effet, un beau matin, les gardiens se trouvèrent pieds et poings liés, et jetés dans les cabanons, où ils furent surveillés comme fous par les fous eux-mêmes, qui avaient usurpé les fonctions de gardiens.

– Oh ! que me dites-vous là ? Je n'ai jamais, de ma vie, entendu parler d'une telle absurdité !

– C'est un fait. Tout cela arriva, grâce à un sot animal, un fou, qui s'était, je ne sais comment, fourré dans la tête qu'il était inventeur du meilleur système de gouvernement dont on eût jamais ouï parler, – gouvernement de fous, bien entendu. Il désirait, je suppose, faire une épreuve de son invention, – et ainsi il persuada aux autres malades de se joindre à lui dans une conspiration pour renverser le pouvoir régnant.

– Et il a réellement réussi ?

– Parfaitement. Les gardiens et les gardés eurent à troquer leurs places respectives, avec cette différence importante, toutefois, que les fous avaient été libres, mais que les gardiens furent immédiatement séquestrés dans des cabanons et traités, je suis fâché de l'avouer, d'une manière très-cavalière.

– Mais je présume qu'une contre-révolution a dû s'effectuer promptement. Cette situation ne pouvait pas durer longtemps. Les campagnards du voisinage, les visiteurs venant voir l'établissement auront donné sans doute l'alarme.

– Ici, vous êtes dans l'erreur. Le chef des rebelles était trop rusé pour que cela pût arriver. Il n'admit désormais aucun visiteur, – à l'exception, une seule fois, d'un jeune gentleman, d'une physionomie très-niaise et qui ne pouvait lui inspirer aucune défiance. Il lui permit de visiter la maison, comme pour y introduire un peu de variété et pour s'amuser de lui. Aussitôt qu'il l'eut suffisamment fait poser, il le laissa sortir et le renvoya à ses affaires.

– Et combien de temps a duré le règne des fous ?

– Oh ! fort longtemps, en vérité ! – un mois certainement ; combien en plus je ne saurais le préciser. Cependant, les fous se donnaient du bon temps, – vous en pourriez jurer. Ils jetèrent là leurs vieux habits râpés et en usèrent à leur aise avec la garde-robe de famille et les bijoux. Les caves du château étaient bien fournies de vin, et ces diables de fous sont des connaisseurs qui savent bien boire. Ils ont largement vécu, je puis vous l'affirmer !

– Et le traitement ? Quelle était l'espèce particulière de traitement que le chef des rebelles avait mis en application ?

– Ah ! quant à cela, un fou n'est pas nécessairement un sot, comme je vous l'ai déjà fait observer, et c'est mon humble opinion que son traitement était un bien meilleur traitement que celui auquel il était substitué. C'était un traitement vraiment capital, – simple, – propre, – sans aucun embarras, – réellement délicieux, – c'était... »

Ici, les observations de mon hôte furent brusquement coupées par une nouvelle suite de cris, de même nature que ceux qui nous avaient déjà déconcertés. Cette fois, cependant, ils semblaient provenir de gens qui se rapprochaient rapidement.

« Bonté divine ! – m'écriai-je ; – les fous se sont échappés, sans aucun doute.

– Je crains bien que vous n'ayez raison », répondit M. Maillard, devenant alors excessivement pâle.

A peine finissait-il sa phrase, que de grandes clameurs et des imprécations se firent entendre sous les fenêtres ; et, immédiatement après, il devint évident que quelques individus du dehors s'ingéniaient à entrer de force dans la salle. On battait la porte avec quelque chose qui devait être une espèce de bélier ou un énorme marteau, et les volets étaient secoués et poussés avec une prodigieuse violence.

Une scène de la plus horrible confusion s'ensuivit. M. Maillard, à mon grand étonnement, se jeta sous le buffet. J'aurais attendu de sa part plus de résolution. Les membres de l'orchestre, qui, depuis un quart d'heure, semblaient trop ivres pour accomplir leurs fonctions, sautèrent sur leurs pieds et sur leurs instruments, et, escaladant leur table, attaquèrent d'un commun accord un *Yankee Doodle* (1) qu'ils exécutèrent, sinon avec justesse, du moins avec une énergie surhumaine, pendant tout le temps que dura le désordre.

Cependant le monsieur qu'on avait empêché, à grand-peine, de sauter sur la table, y sauta cette fois au milieu des bouteilles et des verres. Aussitôt qu'il y fut commodément installé, il commença un discours qui, sans aucun doute, eût paru de premier ordre, si seulement on avait pu l'entendre. Au même instant, l'homme dont toutes les prédilections étaient pour le toton se mit à pirouetter tout autour de la chambre, avec une immense énergie, les bras ouverts et faisant angle droit avec son corps, si bien qu'il avait l'air d'un toton véritable, renversant, culbutant tous ceux qui se trouvaient sur son passage. Et puis, entendant d'incroyables pétarades et des sifflements inouïs de champagne, je découvris que cela provenait de l'individu qui, pendant le dîner, avait si bien joué le rôle de bouteille. En même temps, l'homme-grenouille coassait de toutes ses forces, comme si le salut de son âme dépendait de chaque note qu'il proférait. Au milieu de tout cela s'élevait, dominant tous les bruits, le braiement non interrompu d'un âne. Quant à ma vieille amie, madame Joyeuse, elle semblait dans une si horrible perplexité, que j'aurais pu pleurer sur la pauvre dame. Elle se tenait debout dans un coin, près de la cheminée, et elle se contentait de chanter, à toutes volées, son « coquericooooo !... »

Enfin arriva la crise suprême, la catastrophe du drame. Comme les cris, les hurlements et les coquericos étaient les seules formes de résistance, les seuls obstacles opposés aux efforts des assiégeants, les deux fenêtres furent très-rapidement et presque simultanément enfoncées. Mais je n'oublierai jamais mes sensations d'ébahissement et d'horreur, quand je vis sautant par les fenêtres et se ruant pêle-mêle parmi nous, et jouant des pieds, des mains, des griffes, une véritable armée hurlante de monstres, que je pris d'abord pour des chimpanzés, des orangs-outangs ou de gros babouins noirs du cap de Bonne-Espérance.

(1) Air populaire américain. – Le lecteur amateur de la vérité locale peut y substituer mentalement l'air de *la Carmagnole*, ou tout autre air français. – C. B.

Je reçus une terrible rossée, après laquelle je me pelotonnai sous un canapé, où je me tins coi. Après être resté là quinze minutes environ, pendant lesquelles j'écoutai de toutes mes oreilles ce qui se passait dans la salle, j'obtins enfin, avec le dénoûment, une explication satisfaisante de cette tragédie. M. Maillard, à ce qu'il me parut, en me contant l'histoire du fou qui avait excité ses camarades à la rébellion, n'avait fait que relater ses propres exploits. Ce monsieur avait été, en effet, deux ou trois ans auparavant, directeur de l'établissement ; puis sa tête s'était dérangée, et il était passé au nombre des malades. Ce fait n'était pas connu du compagnon de voyage qui m'avait présenté à lui. Les gardiens, au nombre de dix, avaient été soudainement terrassés, puis bien goudronnés, puis soigneusement emplumés, puis enfin séquestrés dans les caves. Ils étaient restés emprisonnés ainsi plus d'un mois, et, pendant toute cette période, M. Maillard leur avait accordé généreusement non-seulement le goudron et les plumes (ce qui constituait *son système*), mais aussi un peu de pain et de l'eau en abondance. Journellement une pompe leur envoyait leur ration de douches. A la fin, l'un d'eux, s'étant échappé par un égout, rendit la liberté à tous les autres.

Le *système de douceur*, avec d'importantes modifications, a été repris au château ; mais je ne puis m'empêcher de reconnaître, avec M. Maillard, que son traitement à lui, était, dans son espèce, un traitement capital. Comme il le faisait justement observer, c'était un traitement *simple*, – *propre et ne causant aucun embarras – pas le moindre.*

Je n'ai que quelques mots à ajouter. Bien que j'aie cherché dans toutes les bibliothèques de l'Europe les œuvres du docteur *Goudron*, et du professeur *Plume*, je n'ai pas encore pu, jusqu'à ce jour, malgré tous mes efforts, m'en procurer un exemplaire.

LE PUITS ET LE PENDULE

Impia tortorum longos hic turba furores,
  Sanguinis innocui non satiata, aluit.
Sospite nunc patria, fracto nunc funeris antro,
  Mors ubi dira fuit vita salusque patent.

Quatrain composé pour les portes d'un marché qui devait s'élever sur l'emplacement du club des Jacobins, à Paris (1).

J'étais brisé, – brisé jusqu'à la mort par cette longue agonie ; et, quand enfin ils me délièrent et qu'il me fut permis de m'asseoir, je sentis que mes sens m'abandonnaient. La sentence, – la terrible sentence de mort, – fut la dernière phrase distinctement accentuée qui frappa mes oreilles. Après quoi, le son des voix des inquisiteurs me parut se noyer dans le bourdonnement indéfini d'un rêve. Ce bruit apportait dans mon âme l'idée d'une rotation, – peut-être à cause que dans mon imagination je l'associais avec une roue de moulin. Mais cela ne dura que fort peu de temps ; car tout d'un coup je n'entendis plus rien. Toutefois, pendant quelque temps encore, je vis ; mais avec quelle terrible exagération ! Je voyais les lèvres des juges en robe noire. Elles m'apparaissaient blanches, – plus blanches que la feuille sur laquelle je trace ces mots, – et minces jusqu'au grotesque ; amincies par l'intensité de leur expression de

(1) Ce marché – marché Saint-Honoré – n'a jamais eu ni portes ni inscription. L'inscription a-t-elle existé en projet ? – C. B.

dureté, – d'immuable résolution, – de rigoureux mépris de la douleur humaine. Je voyais que les décrets de ce qui pour moi représentait le Destin coulaient encore de ces lèvres. Je les vis se tordre en une phrase de mort. Je les vis figurer les syllabes de mon nom ; et je frissonnai, sentant que le son ne suivait pas le mouvement. Je vis aussi, pendant quelques moments d'horreur délirante, la molle et presque imperceptible ondulation des draperies noires qui revêtaient les murs de la salle. Et alors ma vue tomba sur les sept grands flambeaux qui étaient posés sur la table. D'abord, ils revêtirent l'aspect de la Charité, et m'apparurent comme des anges blancs et sveltes qui devaient me sauver ; mais alors, et tout d'un coup, une nausée mortelle envahit mon âme, et je sentis chaque fibre de mon être frémir comme si j'avais touché le fil d'une pile voltaïque ; et les formes angéliques devenaient des spectres insignifiants, avec des têtes de flamme, et je voyais bien qu'il n'y avait aucun secours à espérer d'eux. Et alors se glissa dans mon imagination comme une riche note musicale, l'idée du repos délicieux qui nous attend dans la tombe. L'idée vint doucement et furtivement, et il me sembla qu'il me fallut un long temps pour en avoir une appréciation complète ; mais, au moment même où mon esprit commençait enfin à bien sentir et à choyer cette idée, les figures des juges s'évanouirent comme par magie ; les grands flambeaux se réduisirent à néant ; leurs flammes s'éteignirent entièrement ; le noir des ténèbres survint : toutes sensations parurent s'engloutir comme dans un plongeon fou et précipité de l'âme dans l'Hadès. Et l'univers ne fut plus que nuit, silence, immobilité.

J'étais évanoui ; mais cependant je ne dirai pas que j'eusse perdu toute conscience. Ce qu'il m'en restait, je n'essaierai pas de le définir, ni même de le décrire ; mais enfin tout n'était pas perdu. Dans le plus profond sommeil, – non ! Dans le délire, – non ! Dans l'évanouissement, – non ! Dans la mort, – non ! Même dans le tombeau tout n'est pas perdu. Autrement, il n'y aurait pas d'immortalité pour l'homme. En nous éveillant du plus profond sommeil, nous déchirons la toile aranéeuse de quelque rêve. Cependant, une seconde après, – tant était frêle peut-être ce tissu, – nous ne nous souvenons pas d'avoir rêvé. Dans le retour de l'évanouissement à la vie, il y a deux degrés : le premier, c'est le sentiment de l'existence morale ou spirituelle ; le second, le sentiment de l'existence physique. Il semble probable que, si, en arrivant au second degré, nous pouvions évoquer les impressions du premier, nous y retrouverions tous les éloquents souvenirs du gouffre transmondain. Et ce gouffre, quel est-il ? Comment du moins distinguerons-nous ses ombres de celles de la tombe ? Mais, si les impressions de ce que j'ai appelé le premier degré ne reviennent pas à l'appel de la volonté, toutefois après un long intervalle, n'apparaissent-elles pas sans y être invitées, cependant que nous nous émerveillons d'où elles peuvent sortir ? Celui-là qui ne s'est jamais évanoui n'est pas celui qui découvre d'étranges palais et des visages bizarrement familiers dans les braises ardentes ; ce n'est pas lui qui contemple, flottant au milieu de l'air, les mélancoliques visions que le vulgaire ne peut apercevoir ; ce n'est pas lui qui médite sur le parfum de quelque fleur inconnue, – ce n'est pas lui dont le cerveau s'égare dans le mystère de quelque mélodie qui jusqu'alors n'avait jamais arrêté son attention.

Au milieu de mes efforts répétés et intenses, de mon énergique application à ramasser quelque vestige de cet état de néant apparent dans lequel avait glissé mon âme, il y a eu des moments où je rêvais que je réussissais ; il y a eu de courts instants, de très-courts instants où j'ai conjuré des souvenirs que ma raison lucide, dans une époque postérieure, m'a affirmé ne pouvoir se rapporter qu'à cet état où la conscience paraît annihilée. Ces ombres de souvenirs me présentent, très-distinctement, de grandes figures qui m'enlevaient, et silencieusement me transportaient en bas – et encore en bas, – toujours plus bas, – jusqu'au moment où un vertige horrible m'oppressa à la simple idée de l'infini dans la descente. Elles me rappellent aussi je ne sais quelle vague horreur que j'éprouvais au cœur, en raison même du calme surnaturel de ce cœur. Puis vient le sentiment d'une immobilité soudaine dans tous les êtres environnants ; comme si ceux qui me portaient, – un cortège de spectres ! – avaient dépassé dans leur descente les limites de l'illimité, et s'étaient arrêtés, vaincus par l'infini ennui de leur besogne. Ensuite mon âme retrouve une sensation de fadeur et d'humidité ; et puis tout n'est plus que folie, – folie d'une mémoire qui s'agite dans l'abominable.

Très-soudainement revinrent dans mon âme son et mouvement, – le mouvement tumultueux du cœur, et dans mes oreilles le bruit de ses battements. Puis une pause dans laquelle tout disparaît. Puis, de nouveau, le son, le mouvement et le toucher, – comme une sensation vibrante pénétrant mon être. Puis, la simple conscience de mon existence, sans pensée, – situation qui dura longtemps. Puis, très-soudainement, la *pensée*, et une terreur frissonnante, et un ardent effort de comprendre au vrai mon état. Puis un vif désir de retomber dans l'insensibilité. Puis brusque renaissance de l'âme et tentative réussie de mouvement. Et alors le souvenir complet du procès, des draperies noires, de la sentence, de ma faiblesse, de mon évanouissement. Quant à tout ce qui suivit, l'oubli le plus complet ; ce n'est que plus tard et par l'application la plus énergique que je suis parvenu à me le rappeler vaguement.

Jusque-là, je n'avais pas ouvert les yeux, je sentais que j'étais couché sur le dos et sans liens. J'étendis ma main, et elle tomba lourdement sur quelque chose d'humide et dur. Je la laissai reposer ainsi pendant quelques minutes, m'évertuant à deviner où je pouvais être et *ce que* j'étais devenu. J'étais impatient de me servir de mes yeux, mais je n'osais pas. Je redoutais le premier coup d'œil sur les objets environnants. Ce n'était pas que je craignisse de regarder des choses horribles, mais j'étais épouvanté à l'idée de ne rien voir. A la longue, avec une folle angoisse de cœur, j'ouvris vivement les yeux. Mon affreuse pensée se trouvait donc confirmée. La noirceur de l'éternelle nuit m'enveloppait. Je fis un effort pour respirer. Il me semblait que l'intensité des ténèbres m'oppressait et me suffoquait. L'atmosphère était intolérablement lourde. Je restai paisiblement couché, et je fis un effort pour exercer ma raison. Je me rappelai les procédés de l'Inquisition, et, partant de là, je m'appliquai à en déduire ma position réelle. La sentence avait été prononcée, et il me semblait que, depuis lors, il s'était écoulé un long intervalle de temps. Cependant, je n'imaginai pas un seul instant que je fusse réellement mort. Une telle idée, en dépit de toutes les fictions littéraires, est tout à fait incompatible avec l'existence réelle ; – mais où étais-je, et dans quel état ? – Les condamnés à mort, je le savais, mouraient ordinairement dans les *auto-da-fé*. Une solennité de ce genre avait été célébrée le soir même du jour de mon jugement. Avais-je été réintégré dans mon cachot pour y attendre le prochain sacrifice qui ne devait avoir lieu que dans quelques mois ? Je vis tout d'abord que cela ne pouvait pas être. Le contingent des victimes avait été mis immédiatement en réquisition ; de plus, mon premier cachot, comme toutes les cellules des condamnés à Tolède, était pavé de pierres, et la lumière n'en était pas tout à fait exclue.

Tout à coup une idée terrible chassa le sang par torrents vers mon cœur, et, pendant quelques instants, je retombai de nouveau dans mon insensibilité. En revenant à moi, je me dressai d'un seul coup sur mes pieds, tremblant convulsivement dans chaque fibre. J'étendis follement mes bras au-dessus et autour de moi, dans tous les sens. Je ne sentais rien ; cependant, je tremblais de faire un pas, j'avais peur de me heurter contre les murs de ma tombe. La sueur jaillissait de tous mes pores et s'arrêtait en grosses gouttes froides sur mon front. L'agonie de l'incertitude devint à la longue intolérable, et je m'avançai avec précaution, étendant les bras et dardant mes yeux hors de leurs orbites, dans l'espérance de surprendre quelque faible rayon de lumière. Je fis plusieurs pas, mais tout était noir et vide. Je respirai plus librement. Enfin il me parut évident que la plus affreuse des destinées n'était pas celle qu'on m'avait réservée.

Et alors, comme je continuais à m'avancer avec précaution, mille vagues rumeurs qui couraient sur ces horreurs de Tolède vinrent se presser pêle-mêle dans ma mémoire. Il se racontait sur ces cachots d'étranges choses, – je les avais toujours considérées comme des fables, – mais cependant si étranges et si effrayantes, qu'on ne les pouvait répéter qu'à voix basse. Devais-je mourir de faim dans ce monde souterrain de ténèbres, – ou quelle destinée, plus terrible encore peut-être, m'attendait ? Que le résultat fût la mort, et une mort d'une amertume choisie, je connaissais trop bien le caractère de mes juges pour en douter ; le mode et l'heure étaient tout ce qui m'occupait et me tourmentait.

Mes mains étendues rencontrèrent à la longue un obstacle solide. C'était un mur, qui semblait construit en pierres, – très-lisse, humide et froid. Je le suivis de près, marchant avec la soigneuse méfiance que m'avaient inspirée certaines anciennes histoires. Cette opération néanmoins ne me donnait aucun moyen de vérifier la dimension de mon cachot ; car je pouvais en faire le tour et revenir au point d'où j'étais parti sans m'en apercevoir, tant le mur semblait parfaitement uniforme. C'est pourquoi je cherchai le couteau que j'avais dans ma poche quand on m'avait conduit au tribunal ; mais il avait disparu, mes vêtements ayant été changés contre une robe de serge grossière. J'avais eu l'idée d'enfoncer la lame dans quelque menue crevasse de la maçonnerie, afin de bien constater mon point de départ. La difficulté cependant était bien vulgaire ; mais d'abord, dans le désordre de ma pensée, elle me sembla insurmontable. Je déchirai une partie de l'ourlet de ma robe, et je plaçai le morceau par terre, dans toute sa longueur et à angle droit contre le mur. En suivant mon chemin à tâtons autour de mon cachot, je ne pouvais pas manquer de rencontrer ce chiffon en achevant le circuit. Du moins, je le croyais ; mais je n'avais pas tenu compte de l'étendue de mon cachot ou de ma faiblesse. Le terrain était humide et glissant. J'allai en chancelant pendant quelque temps, puis je trébuchai, je tombai. Mon extrême fatigue me décida à rester couché, et le sommeil me surprit bientôt dans cet état.

En m'éveillant et en étendant un bras, je trouvai à côté de moi un pain et une cruche d'eau. J'étais trop épuisé pour réfléchir sur cette circonstance, mais je bus et mangeai avec avidité. Peu de temps après, je repris mon voyage autour de ma prison, et avec beaucoup de peine j'arrivai au lambeau de serge. Au moment où je tombai, j'avais déjà compté cinquante-deux pas, et, en reprenant ma promenade, j'en comptai encore quarante-huit, – quand je rencontrai mon chiffon. Donc, en tout, cela faisait cent pas ; et, en supposant que deux pas fissent un yard, je présumais que le cachot avait cinquante yards de circuit. J'avais toutefois rencontré beaucoup d'angles dans le mur, et ainsi il n'y avait guère moyen de conjecturer la forme du caveau ; car je ne pouvais m'empêcher de supposer que c'était un caveau.

Je ne mettais pas un bien grand intérêt dans ces recherches, – à coup sûr, pas d'espoir ; mais une vague curiosité me poussa à les continuer. Quittant le mur, je résolus de traverser la superficie circonscrite. D'abord, j'avançai avec une extrême précaution ; car le sol, quoique paraissant fait d'une matière dure, était traître et gluant. A la longue cependant, je pris courage, et je me mis à marcher avec assurance, m'appliquant à traverser en ligne aussi droite que possible. Je m'étais ainsi avancé de dix ou douze pas environ, quand le reste de l'ourlet déchiré de ma robe s'entortilla dans mes jambes. Je marchai dessus et tombai violemment sur le visage.

Dans le désordre de ma chute, je ne remarquai pas tout de suite une circonstance passablement surprenante, qui cependant, quelques secondes après, et comme j'étais encore étendu, fixa mon attention. Voici : mon menton posait sur le sol de la prison, mais mes lèvres et la partie supérieure de ma tête, quoique paraissant situées à une moindre élévation que le menton, ne touchaient à rien. En même temps, il me sembla que mon front était baigné d'une vapeur visqueuse et qu'une odeur particulière de vieux champignons montait vers mes narines. J'étendis le bras, et je frissonnai en découvrant que j'étais tombé sur le bord même d'un puits circulaire, dont je n'avais, pour le moment, aucun moyen de mesurer l'étendue. En tâtant la maçonnerie juste au-dessous de la margelle, je réussis à déloger un petit fragment, et je le laissai tomber dans l'abîme. Pendant quelques secondes, je prêtai l'oreille à ses ricochets ; il battait dans sa chute les parois du gouffre ; à la fin, il fit dans l'eau un lugubre plongeon, suivi de bruyants échos. Au même instant, un bruit se fit au-dessus de ma tête, comme d'une porte presque aussitôt fermée qu'ouverte, pendant qu'un faible rayon de lumière traversait soudainement l'obscurité et s'éteignait presque en même temps.

Je vis clairement la destinée qui m'avait été préparée, et je me félicitai de l'accident opportun qui m'avait sauvé. Un pas de plus, et le monde ne m'aurait plus revu. Et cette mort évitée à temps portait ce même caractère que j'avais regardé comme fabuleux et absurde dans les contes qui se faisaient sur l'Inquisition. Les victimes de sa tyrannie n'avaient pas d'autre alternative que la mort avec ses plus cruelles agonies physiques, ou la mort avec ses plus abominables tortures morales. J'avais été réservé pour cette dernière. Mes nerfs étaient détendus par une longue souffrance, au point que je tremblais au son de ma propre voix, et j'étais devenu à tous égards un excellent sujet pour l'espèce de torture qui m'attendait.

Tremblant de tous mes membres, je rebroussai chemin à tâtons vers le mur, – résolu à m'y laisser mourir plutôt que d'affronter l'horreur des puits, que mon imagination multipliait maintenant dans les ténèbres de mon cachot. Dans une autre situation d'esprit, j'aurais eu le courage d'en finir avec mes misères, d'un seul coup, par un plongeon dans l'un de ces abîmes ; mais maintenant j'étais le plus parfait des lâches. Et puis il m'était impossible d'oublier ce que j'avais lu au sujet de ces puits, – que l'extinction *soudaine* de la vie était une possibilité soigneusement exclue par l'infernal génie qui en avait conçu le plan. L'agitation de mon esprit me tint éveillé pendant de longues heures ; mais à la fin je m'assoupis de nouveau. En m'éveillant, je trouvai à côté de moi, comme la première fois, un pain et une cruche d'eau. Une soif brûlante me consumait, et je vidai la cruche tout d'un trait. Il faut que cette eau ait été droguée, – car à peine l'eus-je bue que je m'assoupis irrésistiblement. Un profond sommeil tomba sur moi, – un sommeil semblable à celui de la mort. Combien de temps dura-t-il, je n'en puis rien savoir ; mais, quand je rouvris les yeux, les objets autour de moi étaient visibles. Grâce à une lueur singulière, sulfureuse, dont je ne pus pas d'abord découvrir l'origine, je pouvais voir l'étendue et l'aspect de la prison.

Je m'étais grandement mépris sur sa dimension. Les murs ne pouvaient pas avoir plus de vingt-cinq yards de circuit. Pendant quelques minutes cette découverte fut pour moi un immense trouble ; trouble bien puéril, en vérité, – car, au milieu des circonstances terribles qui m'entouraient, que pouvait-il y avoir de moins important que les dimensions de ma prison ? Mais mon âme mettait un intérêt bizarre dans des niaiseries, et je m'appliquai fortement à me rendre compte de l'erreur que j'avais commise dans mes mesures. A la fin, la vérité m'apparut comme un éclair. Dans ma première tentative d'exploration, j'avais compté cinquante-deux pas, jusqu'au moment où je tombai ; je devais être alors à un pas ou deux du morceau de serge ; dans le fait, j'avais presque accompli le circuit du caveau. Je m'endormis alors, – et, en m'éveillant, il faut que je sois retourné sur mes pas, – créant ainsi un circuit presque double du circuit réel. La confusion de mon cerveau m'avait empêché de remarquer que j'avais commencé mon tour avec le mur à ma gauche, et que je le finissais avec le mur à ma droite.

Je m'étais aussi trompé relativement à la forme de l'enceinte. En tâtant ma route, j'avais trouvé beaucoup d'angles, et j'en avais déduit l'idée d'une grande irrégularité ; tant est puissant l'effet d'une totale obscurité sur quelqu'un qui sort d'une léthargie ou d'un sommeil ! Ces angles étaient simplement produits par quelques légères dépressions ou retraits à des intervalles inégaux. La forme générale de la prison était un carré. Ce que j'avais pris pour de la maçonnerie semblait maintenant du fer, ou tout autre métal, en plaques énormes, dont les sutures et les joints occasionnaient les dépressions. La surface entière de cette construction métallique était grossièrement barbouillée de tous les emblèmes hideux et répulsifs auxquels la superstition sépulcrale des moines a donné naissance. Des figures de démons, avec des airs de menace, avec des formes de squelettes, et d'autres images d'une horreur plus réelle souillaient les murs dans toute leur étendue. J'observai que les contours de ces monstruosités étaient suffisamment distincts, mais que les couleurs étaient flétries et altérées, comme par l'effet d'une atmosphère humide. Je remarquai alors le sol, qui était en pierre. Au centre bâillait le puits circulaire, à la gueule duquel j'avais échappé ; mais il n'y en avait qu'un seul dans le cachot.

Je vis tout cela indistinctement et non sans effort, – car ma situation physique avait singulièrement changé pendant mon sommeil. J'étais maintenant couché sur le dos, tout de mon long, sur une espèce de charpente de bois très-basse. J'y étais solidement attaché avec une longue bande qui ressemblait à une sangle. Elle s'enroulait plusieurs fois autour de mes membres et de mon corps, ne laissant de liberté qu'à ma tête et à mon bras gauche ; mais encore me fallait-il faire un effort des plus pénibles pour me procurer la nourriture contenue dans un plat de terre posé à côté de moi sur le sol. Je m'aperçus avec terreur que la cruche avait été enlevée. Je dis : avec terreur, car j'étais dévoré d'une intolérable soif. Il me sembla qu'il entrait dans le plan de mes bourreaux d'exaspérer cette soif, – car la nourriture contenue dans le plat était une viande cruellement assaisonnée.

Je levai les yeux, et j'examinai le plafond de la prison. Il était à une hauteur de trente ou quarante pieds, et, par sa construction, il ressemblait beaucoup aux murs latéraux. Dans un de ses panneaux, une figure des plus singulières fixa toute mon attention. C'était la figure peinte du Temps, comme il est représenté d'ordinaire, sauf qu'au lieu d'une faux il tenait un objet qu'au premier coup d'œil je pris pour l'image peinte d'un énorme pendule, comme on en voit dans les horloges antiques. Il y avait néanmoins dans l'aspect de cette machine quelque chose qui me fit la regarder avec plus d'attention. Comme je l'observais directement, les yeux en l'air, – car elle était placée juste au-dessus de moi, – je crus la voir remuer. Un instant après, mon idée était confirmée. Son balancement était court, et naturellement très-lent. Je l'épiai pendant quelques minutes, non sans une certaine défiance, mais surtout avec étonnement. Fatigué à la longue de surveiller son mouvement fastidieux, je tournai mes yeux vers les autres objets de la cellule.

Un léger bruit attira mon attention, et, regardant le sol, je vis quelques rats énormes qui le traversaient. Ils étaient sortis par le puits, que je pouvais apercevoir à ma droite. Au même instant, comme je les regardais, ils montèrent par troupes, en toute hâte, avec des yeux voraces, affriandés par le fumet de la viande. Il me fallait beaucoup d'efforts et d'attention pour les en écarter.

Il pouvait bien s'être écoulé une demi-heure, peut-être même une heure, – car je ne pouvais mesurer le temps que très-imparfaitement, – quand je levai de nouveau les yeux au-dessus de moi. Ce que je vis alors me confondit et me stupéfia. Le parcours du pendule s'était accru presque d'un yard ; sa vélocité, conséquence naturelle, était aussi beaucoup plus grande. Mais ce qui me troubla principalement fut l'idée qu'il était visiblement *descendu*. J'observai alors, – avec quel effroi, il est inutile de le dire, – que son extrémité inférieure était formée d'un croissant d'acier étincelant, ayant environ un pied de long d'une corne à l'autre ; les cornes dirigées en haut, et le tranchant inférieur évidemment affilé comme celui d'un rasoir. Comme un rasoir aussi, il paraissait lourd et massif, s'épanouissant, à partir du fil, en une forme large et solide. Il était ajusté à une lourde verge de cuivre, et le tout *sifflait* en se balançant à travers l'espace.

Je ne pouvais pas douter plus longtemps du sort qui m'avait été préparé par l'atroce ingéniosité monacale. Ma découverte du puits avait été devinée par les agents de l'Inquisition, – *le puits*, dont les horreurs avaient été réservées à un hérétique aussi téméraire que moi, – *le puits*, figure de l'enfer, et considéré par l'opinion comme l'*Ultima Thule* de tous leurs châtiments ! J'avais évité le plongeon par le plus fortuit des accidents, et je savais que l'art de faire du supplice un piège et une surprise formait une branche importante de tout ce fantastique système d'exécutions secrètes. Or, ayant manqué ma chute dans l'abîme, il n'entrait pas dans le plan démoniaque de m'y précipiter ; j'étais donc voué – et cette fois sans alternative possible, – à une destruction différente et plus douce. – Plus douce ! J'ai presque souri dans mon agonie en pensant à la singulière application que je faisais d'un pareil mot.

Que sert-il de raconter les longues, longues heures d'horreur plus que mortelles durant lesquelles je comptai les oscillations vibrantes de l'acier ! Pouce par pouce, – ligne par ligne, – il opérait une descente graduée et seulement appréciable à des intervalles qui me paraissaient des siècles, – et toujours il descendait, – toujours plus bas, – toujours plus bas ! Il s'écoula des jours, il se peut que plusieurs jours se soient écoulés, avant qu'il vînt se balancer assez près de moi pour m'éventer avec son souffle âcre. L'odeur de l'acier aiguisé s'introduisait dans mes narines. Je priai le ciel, – je le fatiguai de ma prière, – de faire descendre l'acier plus rapidement. Je devins fou, frénétique, et je m'efforçai de me soulever, d'aller à la rencontre de ce terrible cimeterre mouvant. Et puis, soudainement, je tombai dans un grand calme, – et je restai étendu, souriant à cette mort étincelante, comme un enfant à quelque précieux joujou.

Il se fit un nouvel intervalle de parfaite insensibilité ; intervalle très-court, car, en revenant à la vie, je ne trouvai pas que le pendule fût descendu d'une quantité appréciable. Cependant, il se pourrait bien que ce temps eût été long, – car je savais qu'il y avait des démons qui avaient pris note de mon évanouissement, et qui pouvaient arrêter la vibration à leur gré. En revenant à moi, j'éprouvai un malaise et une faiblesse – oh ! inexprimables, – comme par suite d'une longue inanition. Même au milieu des angoisses présentes, la nature humaine implorait sa nourriture. Avec un effort pénible, j'étendis mon bras gauche aussi loin que mes liens me le permettaient, et je m'emparai d'un petit reste que les rats avaient bien voulu me laisser. Comme j'en portais une partie à mes lèvres, une pensée informe de joie, – d'espérance, – traversa mon esprit. Cependant, qu'y avait-il de commun entre *moi* et l'espérance ? C'était, dis-je, une pensée informe ; – l'homme en a souvent de semblables, qui ne sont jamais complétées. Je sentis que c'était une pensée de joie, – d'espérance ; mais je sentis aussi qu'elle était morte en naissant. Vainement je m'efforçai de la parfaire, – de la rattraper. Ma longue souffrance avait presque annihilé les facultés ordinaires de mon esprit. J'étais un imbécile, – un idiot.

La vibration du pendule avait lieu dans un plan faisant angle droit avec ma longueur. Je vis que le croissant avait été disposé pour traverser la région du cœur. Il éraillerait la serge de ma robe, – puis il reviendrait et répéterait son opération, – encore, – et encore. Malgré l'effroyable dimension de la courbe parcourue (quelque chose comme trente pieds, peut-être plus), et la sifflante énergie de sa descente, qui aurait suffi pour couper même ces murailles de fer, en somme tout ce qu'il pouvait faire, pour quelques minutes, c'était d'érailler ma robe. Et sur cette pensée je fis une pause. Je n'osais pas aller plus loin que cette réflexion. Je m'appesantis là-dessus avec une attention opiniâtre, comme si, par cette insistance, je pouvais arrêter *là* la descente de l'acier. Je m'appliquai à méditer sur le son que produirait le croissant en passant à travers mon vêtement, – sur la sensation particulière et pénétrante que le frottement de la toile produit sur les nerfs. Je méditai sur toutes ces futilités, jusqu'à ce que mes dents fussent agacées.

Plus bas, – plus bas encore, – il glissait toujours plus bas. Je prenais un plaisir frénétique à comparer sa vitesse de haut en bas avec sa vitesse latérale. A droite, – à gauche, – et puis il fuyait loin, loin, et puis il revenait, – avec le glapissement d'un esprit damné ! – jusqu'à mon cœur, avec l'allure furtive du tigre ! Je riais et je hurlais alternativement, selon que l'une ou l'autre idée prenait le dessus.

Plus bas, – invariablement, impitoyablement plus bas ! Il vibrait à trois pouces de ma poitrine ! Je m'efforçai violemment – furieusement, – de délivrer mon bras gauche. Il était libre seulement depuis le coude jusqu'à la main. Je pouvais faire jouer ma main depuis le plat situé à côté de moi jusqu'à ma bouche, avec un grand effort, – et rien de plus. Si j'avais pu briser les ligatures au-dessus du coude, j'aurais saisi le pendule, et j'aurais essayé de l'arrêter. J'aurais aussi bien essayé d'arrêter une avalanche !

Toujours plus bas ! – incessamment, – inévitablement plus bas ! Je respirais douloureusement, et je m'agitais à chaque vibration. Je me rapetissais convulsivement à chaque balancement. Mes yeux le suivaient dans sa volée ascendante et descendante, avec l'ardeur du désespoir le plus insensé ; ils se refermaient spasmodiquement au moment de la descente, quoique la mort eût été un soulagement, – oh ! quel indicible soulagement ! Et cependant je tremblais dans tous mes nerfs, quand je pensais qu'il suffisait que la machine descendît d'un cran pour précipiter sur ma poitrine cette hache aiguisée, étincelante. C'était l'*espérance* qui faisait ainsi trembler mes nerfs, et tout mon être se replier. C'était l'*espérance*, – l'espérance qui triomphe même sur le chevalet, – qui chuchote à l'oreille des condamnés à mort, même dans les cachots de l'Inquisition.

Je vis que dix ou douze vibrations environ mettraient l'acier en contact immédiat avec mon vêtement, – et avec cette observation entra dans mon esprit le calme aigu et condensé du désespoir. Pour la première fois depuis bien des heures, – depuis bien des jours peut-être, je *pensai*. Il me vint à l'esprit que le bandage, ou sangle, qui m'enveloppait était d'un seul morceau. J'étais attaché par un lien continu. La première morsure du rasoir, du croissant, dans une partie quelconque de la sangle, devait la détacher suffisamment pour permettre à ma main gauche de la dérouler tout autour de moi. Mais combien devenait terrible dans ce cas la proximité de l'acier ! Et le résultat de la plus légère secousse, mortel ! Etait-il vraisemblable, d'ailleurs, que les mignons du bourreau n'eussent pas prévu et paré cette possibilité ? Etait-il probable que le bandage traversât ma poitrine dans le parcours du pendule ? Tremblant de me voir frustré de ma faible espérance, vraisemblablement la dernière, je haussai suffisamment la tête pour voir distinctement ma poitrine. La sangle enveloppait étroitement mes membres et mon corps dans tous les sens, – *excepté dans le chemin du croissant homicide*.

A peine avais-je laissé retomber ma tête dans sa position première, que je sentis briller dans mon esprit quelque chose que je ne saurais mieux définir que la moitié non formée de cette idée de délivrance dont j'ai déjà parlé, et dont une moitié seule avait flotté vaguement dans ma cervelle, lorsque je portais la nourriture à mes lèvres brûlantes. L'idée tout entière était maintenant présente ; – faible, à peine viable, à peine définie, – mais enfin complète. Je me mis immédiatement, avec l'énergie du désespoir, à en tenter l'exécution.

Depuis plusieurs heures, le voisinage immédiat du châssis sur lequel j'étais couché fourmillait littéralement de rats. Ils étaient tumultueux, hardis, voraces, – leurs yeux rouges dardés sur moi, comme s'ils n'attendaient que mon immobilité pour faire de moi leur proie.

A quelle nourriture, pensai-je, ont-ils été accoutumés dans ce puits ?

Excepté un petit reste, ils avaient dévoré, en dépit de tous mes efforts pour les en empêcher, le contenu du plat. Ma main avait contracté une habitude de va-et-vient, de balancement vers le plat ; et, à la longue, l'uniformité machinale du mouvement lui avait enlevé toute son efficacité. Dans sa voracité cette vermine fixait souvent ses dents aiguës dans mes doigts. Avec les miettes de la viande huileuse et épicée qui restait encore, je frottai fortement le bandage partout où je pus l'atteindre ; puis, retirant ma main du sol, je restai immobile et sans respirer.

D'abord, les voraces animaux furent saisis et effrayés du changement, – de la cessation du mouvement. Ils prirent l'alarme et tournèrent le dos ; plusieurs regagnèrent le puits ; mais cela ne dura qu'un moment. Je n'avais pas compté en vain sur leur gloutonnerie. Observant que je restais sans mouvement, un ou deux des plus hardis grimpèrent sur le châssis et flairèrent la sangle. Cela me parut le signal d'une invasion générale. Des troupes fraîches se précipitèrent hors du puits. Ils s'accrochèrent au bois, – ils l'escaladèrent et sautèrent par centaines sur mon corps. Le mouvement régulier du pendule ne les troublait pas le moins du monde. Ils évitaient son passage et travaillaient activement sur le bandage huilé. Ils se pressaient, – ils fourmillaient et s'amoncelaient incessamment sur moi ; ils se tortillaient sur ma gorge ; leurs lèvres froides cherchaient les miennes ; j'étais à moitié suffoqué par leur poids multiplié ; un dégoût, qui n'a pas de nom dans le monde, soulevait ma poitrine et glaçait mon cœur comme un pesant vomissement. Encore une minute, et je sentais que l'horrible opération serait finie. Je sentais positivement le relâchement du bandage ; je savais qu'il devait être déjà coupé en plus d'un endroit. Avec une résolution surhumaine, je restai *immobile*. Je ne m'étais pas trompé dans mes calculs, – je n'avais pas souffert en vain. A la longue, je sentis que j'étais *libre*. La sangle pendait en lambeaux autour de mon corps ; mais le mouvement du pendule attaquait déjà ma poitrine ; il avait fendu la serge de ma robe ; il avait coupé la chemise de dessous ; il fit encore deux oscillations, – et une sensation de douleur aiguë traversa tous mes nerfs. Mais l'instant du salut était arrivé. A un geste de ma main, mes libérateurs s'enfuirent tumultueusement. Avec un mouvement tranquille et résolu, – prudent et oblique, – lentement et en m'aplatissant, – je me glissai hors de l'étreinte du bandage et des atteintes du cimeterre. Pour le moment du moins, *j'étais libre* !

Libre ! – et dans la griffe de l'Inquisition ! J'étais à peine sorti de mon grabat d'horreur, j'avais à peine fait quelques pas sur le pavé de la prison, que le mouvement de l'infernale machine cessa, et que je la vis attirée par une force invisible à travers le plafond. Ce fut une leçon qui me mit le désespoir dans le cœur. Tous mes mouvements étaient indubitablement épiés. Libre ! – je n'avais échappé à la mort sous une espèce d'agonie que pour être livré à quelque chose de pire que la mort sous quelque autre espèce. A cette pensée, je roulai mes yeux convulsivement sur les parois de fer qui m'enveloppaient. Quelque chose de singulier – un changement que d'abord je ne pus apprécier distinctement – se produisit dans la chambre, – c'était évident. Durant quelques minutes d'une distraction pleine de rêves et de frissons, je me perdis dans de vaines et incohérentes conjectures. Pendant ce temps, je m'aperçus pour la première fois de l'origine de la lumière sulfureuse qui éclairait la cellule. Elle provenait d'une fissure large à peu près d'un demi-pouce, qui s'étendait tout autour de la prison à la base des murs, qui paraissaient ainsi et étaient en effet complètement séparés du sol. Je tâchai, mais bien en vain, comme on le pense, de regarder par cette ouverture.

Comme je me relevais découragé, le mystère de l'altération de la chambre se dévoila tout d'un coup à mon intelligence. J'avais observé que, bien que les contours des figures murales fussent suffisamment distincts, les couleurs semblaient altérées et indécises. Ces couleurs venaient de prendre et prenaient à chaque instant un éclat saisissant et très-intense, qui donnait à ces images fantastiques et diaboliques un aspect dont auraient frémi des nerfs plus solides que les miens. Des yeux de démons, d'une vivacité féroce et sinistre, étaient dardés sur moi de mille endroits, où primitivement je n'en soupçonnais aucun, et brillaient de l'éclat lugubre d'un feu que je voulais absolument, mais en vain, regarder comme imaginaire.

Imaginaire ! – Il me suffisait de respirer pour attirer dans mes narines la vapeur du fer chauffé ! Une odeur suffocante se répandit dans la prison ! Une ardeur plus profonde se fixait à chaque instant dans les yeux dardés sur mon agonie ! Une teinte plus riche de rouge s'étalait sur ces horribles peintures de sang ! J'étais haletant ! Je respirais avec effort ! Il n'y avait pas à douter du dessein de mes bourreaux. Oh ! les plus impitoyables, oh ! les plus démoniaques des hommes ! Je reculai loin du métal ardent vers le centre du cachot. En face de cette destruction par le feu, l'idée de la fraîcheur du puits surprit mon âme comme un baume. Je me précipitai vers ses bords mortels. Je tendis mes regards vers le fond. L'éclat de la voûte enflammée illuminait ses plus secrètes cavités. Toutefois, pendant un instant d'égarement, mon esprit se refusa à comprendre la signification de ce que je voyais. A la fin, cela entra dans mon âme, – de force, victorieusement ; cela s'imprima en feu sur ma raison frissonnante. Oh ! une voix, une voix pour parler ! – Oh ! horreur ! – Oh ! toutes les horreurs, excepté celle-là ! – Avec un cri, je me rejetai loin de la margelle, et, cachant mon visage dans mes mains, je pleurai amèrement.

La chaleur augmentait rapidement, et une fois encore je levai les yeux, frissonnant comme dans un accès de fièvre. Un second changement avait eu lieu dans la cellule, – et maintenant ce changement était évidemment dans la forme. Comme la première fois, ce fut d'abord en vain que je cherchai à apprécier ou à comprendre ce qui se passait. Mais on ne me laissa pas longtemps dans le doute.

La vengeance de l'Inquisition marchait grand train, déroutée deux fois par mon bonheur, et il n'y avait pas à jouer plus longtemps avec le Roi des Epouvantements. La chambre avait été carrée. Je m'apercevais que deux de ses angles de fer étaient maintenant aigus, – deux conséquemment obtus. Le terrible contraste augmentait rapidement, avec un grondement, un gémissement sourd. En un instant, la chambre avait changé sa forme en celle d'un losange. Mais la transformation ne s'arrêta pas là. Je ne désirais pas, je n'espérais pas qu'elle s'arrêtât. J'aurais appliqué les murs rouges contre ma poitrine, comme un vêtement d'éternelle paix.

La mort, – me dis-je, – n'importe quelle mort, excepté celle du puits !

Insensé ! comment n'avais-je pas compris qu'*il fallait le puits*, que *ce puits seul* était la raison du fer brûlant qui m'assiégeait ? Pouvais-je résister à son ardeur ? Et, même en le supposant, pouvais-je me roidir contre sa pression ? Et maintenant, le losange s'aplatissait, s'aplatissait avec une rapidité qui ne me laissait pas le temps de la réflexion. Son centre, placé sur la ligne de sa plus grande largeur, coïncidait juste avec le gouffre béant. J'essayai de reculer, – mais les murs, en se resserrant, me pressaient irrésistiblement. Enfin, il vint un moment où mon corps brûlé et contorsionné trouvait à peine sa place, où il y avait à peine place pour mon pied sur le sol de la prison. Je ne luttais plus, mais l'agonie de mon âme s'exhala dans un grand et long cri suprême de désespoir. Je sentis que je chancelais sur le bord, – je détournai les yeux...

Mais voilà comme un bruit discordant de voix humaines ! Une explosion, un ouragan de trompettes ! Un puissant rugissement comme celui d'un millier de tonnerres ! Les murs de feu reculèrent précipitamment ! Un bras étendu saisit le mien comme je tombais, défaillant, dans l'abîme. C'était le bras du général Lasalle. L'armée française était entrée à Tolède. L'Inquisition était dans les mains de ses ennemis.

TABLE DES RÉCITS

Littérature

extrait du catalogue

Cette collection est d'abord marquée par sa diversité : classiques, grands romans contemporains ou même des livres d'auteurs réputés plus difficiles, comme Borges, Soupault, Goes. En fait, c'est tout le roman qui est proposé ici, Henri Troyat, Bernard Clavel, Guy des Cars, Alain Robbe-Grillet, mais aussi des écrivains étrangers tels que Moravia, Colleen McCullough ou Konsalik.

Les classiques tels que Stendhal, Maupassant, Flaubert, Zola, Balzac, etc. sont publiés en texte intégral au prix le plus bas de toute l'édition. Chaque volume est complété par un cahier photos illustrant la biographie de l'auteur.

AKÉ LOBA	Kocoumbo, l'étudiant noir 1511***
ALLEY Robert	La mort aux enchères 1461**
ANDREWS Virginia C.	Fleurs captives :
	- Fleurs captives 1165****
	- Pétales au vent 1237****
	- Bouquet d'épines 1350****
	- Les racines du passé 1818****
	Ma douce Audrina 1578****
APOLLINAIRE Guillaume	Les onze mille verges 704*
	Les exploits d'un jeune don Juan 875*
AUEL Jean M.	Ayla, l'enfant de la terre 1383****
AVRIL Nicole	Monsieur de Lyon 1049***
	La disgrâce 1344***
	Jeanne 1879***
	L'été de la Saint-Valentin 2038** (août 86)
BACH Richard	Jonathan Livingston le goéland 1562* illustré
BALZAC Honoré de	Le père Goriot 1988**
BARBER Noël	Tanamera 1804**** & 1805****
BAUDELAIRE Charles	Les fleurs du mal 1939**
BAUM Frank L.	Le magicien d'Oz 1652**
BELMONT Véra	Rouge Baiser 2014*** (juin 86)
BORGES & BIOY CASARES	Nouveaux contes de Bustos Domecq 1908***
BORY Jean-Louis	Mon village à l'heure allemande 81***
BOVE Emmanuel	Mes amis 1973***
BRADFORD Sarah	Grace 2002**** (juin 86)

BREILLAT Catherine	*Police 2021★★ (juillet 86)*
BRENNAN Peter	*Razorback 1834★★★★*
BRISKIN Jacqueline	*Les sentiers de l'aube 1399★★★★ & 1400★★★★*
BROCHIER Jean-Jacques	*Odette Genonceau 1111★*
	Villa Marguerite 1556★★
BURON Nicole de	*Vas-y maman 1031★★*
	Dix-jours-de-rêve 1481★★★
CALDWELL Erskine	*Le bâtard 1757★★*
CARS Guy des	*La brute 47★★★*
	Le château de la juive 97★★★★
	La tricheuse 125★★★
	L'impure 173★★★★
	La corruptrice 229★★★
	La demoiselle d'Opéra 246★★★
	Les filles de joie 265★★★
	La dame du cirque 295★★
	Cette étrange tendresse 303★★★
	La cathédrale de haine 322★★★
	L'officier sans nom 331★★
	Les sept femmes 347★★★★
	La maudite 361★★★
	L'habitude d'amour 376★★
	Sang d'Afrique 399★★ & 400★★
	Le Grand Monde 447★★★★ & 448★★★★
	La révoltée 492★★★★
	Amour de ma vie 516★★★
	Le faussaire 548★★★★
	La vipère 615★★★★
	L'entremetteuse 639★★★★
	Une certaine dame 696★★★★
	L'insolence de sa beauté 736★★★
	L'amour s'en va-t-en guerre 765★★
	Le donneur 809★★
	J'ose 858★★
	De cape et de plume 926★★★ & 927★★★
	Le mage et le pendule 990★
	Le mage et les lignes de la main... et la bonne aventure... et la graphologie 1094★★★★
	La justicière 1163★★
	La vie secrète de Dorothée Gindt 1236★★
	La femme qui en savait trop 1293★★

Guy des Cars (suite)	Le château du clown 1357****
	La femme sans frontières 1518***
	Le boulevard des illusions 1710***
	Les reines de cœur 1783***
	La coupable 1880***
	L'envoûteuse 2016*****
CARS Jean des	Sleeping Story 832****
	Haussmann, la gloire du 2nd Empire 1055****
	Louis II de Bavière 1633***
	Elisabeth d'Autriche (Sissi) 1692****
CASTELOT André	Les battements de cœur de l'histoire 1620****
	Belles et tragiques amours de l'histoire-1 1956****
CASTILLO Michel del	Les Louves de l'Escurial 1725****
CASTRIES Duc de	La Pompadour 1651****
	Madame Récamier 1835****
CATO Nancy	L'Australienne 1969**** & 1970****
CESBRON Gilbert	Chiens perdus sans collier 6**
	C'est Mozart qu'on assassine 379***
	La ville couronnée d'épines 979**
	Huit paroles pour l'éternité 1377****
CHARDIGNY Louis	Les maréchaux de Napoléon 1621****
CHASTENET Geneviève	Marie-Louise 2024***** (juillet 86)
CHAVELET Élisabeth & DANNE Jacques de	Avenue Foch 1949***
CHOUCHON Lionel	Le papanoïaque 1540**
CHOW CHING LIE	Le palanquin des larmes 859***
	Concerto du fleuve Jaune 1202***
CLANCIER Georges-Emmanuel	Le pain noir 651***
CLAVEL Bernard	Le tonnerre de Dieu 290*
	Le voyage du père 300*
	L'Espagnol 309****
	Malataverne 324*
	L'hercule sur la place 333***
	Le tambour du bief 457**
	Le massacre des innocents 474*
	L'espion aux yeux verts 499***
	La grande patience :
	1 - La maison des autres 522****
	2 - Celui qui voulait voir la mer 523****
	3 - Le cœur des vivants 524****
	4 - Les fruits de l'hiver 525****

	Le Seigneur du Fleuve 590★★★
	Victoire au Mans 611★★
	Pirates du Rhône 658★★
	Le silence des armes 742★★★
	Écrit sur la neige 916★★★
	Tiennot 1099★★
	La bourrelle - L'Iroquoise 1164★★
	Les colonnes du ciel :
	1 - La saison des loups 1235★★★
	2 - La lumière du lac 1306★★★★
	3 - La femme de guerre 1356★★★
	4 - Marie Bon Pain 1422★★★
	5 - Compagnons du Nouveau Monde 1503★★★
	L'homme du Labrador 1566★★
	Terres de mémoire 1729★★
	Bernard Clavel, qui êtes-vous ? 1895★★
COLETTE	*Le blé en herbe* 2★
CORMAN Avery	*Kramer contre Kramer* 1044★★★
COUSSE Raymond	*Stratégie pour deux jambons* 1840★★
CURTIS Jean-Louis	*L'horizon dérobé :*
	1 - L'horizon dérobé 1217★★★★
	2 - La moitié du chemin 1253★★★★
	3 - Le battement de mon cœur 1299★★★
DAUDET Alphonse	*Tartarin de Tarascon* 34★
	Lettres de mon moulin 844★
DECAUX Alain	*Les grands mystères du passé* 1724★★★★
DÉCURÉ Danielle	*Vous avez vu le pilote ? c'est une femme !* 1466★★★ illustré
DELAY Claude	*Chanel solitaire* 1342★★★★ illustré
DÉON Michel	*Louis XIV par lui-même* 1693★★★
DHÔTEL André	*Le pays où l'on n'arrive jamais* 61★★
DIDEROT	*Jacques le fataliste* 2023★★ (juillet 86)
DJIAN Philippe	*37,2° le matin* 1951★★★★
	Bleu comme l'enfer 1971★★★★
DOCTOROW E.L.	*Ragtime* 825★★★
DORIN Françoise	*Les lits à une place* 1369★★★★
	Les miroirs truqués 1519★★★★
	Les jupes-culottes 1893★★★★

2004
★★★

Impression Brodard et Taupin à La Flèche (Sarthe)
le 7 mai 1986
6070-5 Dépôt légal mai 1986. ISBN 2 - 277 - 22004 - 3
Imprimé en France
Editions J'ai lu
27, rue Cassette, 75006 Paris
diffusion France et étranger : Flammarion